Pat

NON MAIS OH,
ROMÉO !

CAROLINE HUYGHUES

NON MAIS OH, ROMÉO !

Roman

EDITIONS PRISMA

Responsable éditoriale : Ambre Rouvière
Assistante éditoriale : Laure Rognon
Correction : Nord Compo Multimédia
Composition : Nord Compo Multimédia
Illustration de couverture : © Emmanuelle Legavre
Conception graphique de la couverture : Marie Barbelet

ISBN : 978-2-8104-2696-6

PEFC
PEFC/18-31-103
Certifié PEFC
Ce produit est issu de forêt gérées durablement et de sources contrôlées
www.pefc.it

Depuis 2009, Prisma Media met en place une politique d'achat éco-responsable. Ainsi, près de 100 % du papier de nos magazines est certifié PEFC (gestion durable des forêts). La fabrication des livres des Éditions Prisma s'inscrit également dans cette démarche.

« Il faut beaucoup aimer les hommes.
Beaucoup, beaucoup.
Beaucoup les aimer pour les aimer.
Sans cela, ce n’est pas possible,
on ne peut pas les supporter. »

Marguerite Duras, *La Vie matérielle*

Chapitre I

J'ai huit ans quand je rigole avec mes copines. Ma mère pense que j'en ai toujours douze.

J'en ai vingt quand je mate les garçons aux terrasses de cafés.

Puis trente quand je me prépare pour un rencard.

J'ai quarante ans pour les soirées mojito avec les potes.

Mais bon sang, le lendemain matin, je sens bien mes quarante-huit ans.

Genre aujourd'hui.

Je tiens une gueule de bois de toute beauté. Comment ai-je fait pour participer à une soirée de L'Escalier de la soif une veille de jour où je travaille ? Alors que je ne bosse que trois jours par semaine ? Comme si ce n'était déjà pas assez dur d'aller bosser, en plus j'arrive au taf avec les cheveux qui me poussent à l'intérieur du cervelet. À ma décharge, toutes les occupantes de mon immeuble sont des filles célibataires portées sur la boisson, et elles sont (presque) toutes mes copines. Ça rend les soirées joyeuses, mais les matinées douloureuses. Quand j'entends des gens se plaindre de leurs voisins ou dire « À Paris, les gens ne se parlent pas, ils ne connaissent même pas leurs voisins », je rigole. Nous, on se connaît toutes. Il y en a toujours une qui a quelque chose à célébrer. Et quand il n'y a rien à fêter, on organise une réunion de copropriété (autant dire que la prise de décisions y est quelque peu erratique).

Je dois rapidement me caféiner avant le bug fatal.

À l'instant précis où je parviens à extraire mon séant replet de mon fauteuil, je me rassieds. J'entends les claquements secs de talons de 12 résonner dans le couloir. Comme à chaque passage, ce bruit me dresse les poils des bras. Les pas se rapprochent, la créature qui est au bout de ces pieds passe devant la porte de mon bureau, et… contact. L'Empuse tourne la tête brièvement, me crucifie de son œil charbonneux et continue son chemin. Bon, une de passée. Il n'en reste plus que deux.

Les Trois Empuses (Maléfique, Cruella et Aurore) sont des collègues de bureau, qui, depuis que je leur ai attribué ce charmant sobriquet, ont perdu un peu de leur pouvoir funeste. J'ai trouvé ce nom dans un des livres dont je suis l'éditrice, *Démons et autres créatures des enfers* : « Les Empuses sont les filles d'Hécate, elles peuvent prendre l'apparence d'une belle jeune femme, mais aussi se métamorphoser en mulet. Leur chevelure s'enflamme et elles se nourrissent de la chair et du sang de leurs victimes. » Ça leur va bien. En plus, en prononçant « Empuse » avec l'accent marseillais, ça passe encore mieux. « Ohé, espèceu d'emmpuseuuu. » J'ai plein de collègues vachement sympas, mais les Trois Empuses me pètent carrément le groove. Elles ne seraient pas là, mes journées au boulot seraient franchement plus simples. L'avantage de l'âge, c'est d'avoir déjà eu son lot d'Empuses dans sa vie professionnelle et de voir venir les vacheries un peu plus vite. Mais j'avoue que ces trois-là arrivent encore à me surprendre. On ne marche pas tous les jours sur un tapis de pétales de roses.

Maléfique vient donc de passer, à la manière d'un Godzilla écrasant des populations d'innocents sous ses talons, crinière noire, toute de noir vêtue, lèvres pincées, comme à son habitude. Avant, je l'appelais Morticia, mais j'ai arrêté, car j'ai trouvé que ce n'était pas sympa pour Morticia. J'aime bien Morticia.

Sur le chemin de la machine à café, je passe devant le bureau de Cruella, qui y est comme d'hab calfeutrée, faisant semblant de travailler avec une conviction confondante. La reine du « On se voit tout à l'heure pour faire un petit point ? » qui se termine en réunion de deux heures pendant laquelle elle parvient à refourguer aux autres le boulot qui lui était assigné. Cruella porte des pulls en mohair et des matières toutes douces alors que c'est la plus cryogénique des pestes, qui ne dirait sûrement pas non à un manteau en peau de chaton.

Je manque de courage pour aller voir la troisième Empuse, Aurore, pour évoquer le dossier de la collection « Merveilleuses princesses ». Une conversation avec Aurore, en *slow motion* permanent, qui me regarde avec ses grands yeux mous, c'est au-dessus de mes forces un jour de gueule de bois. J'ai mes limites. Aurore est toute douce, toute lente, toute lisse, toute blonde, elle ne s'habille qu'en rose poudré, mais toute cette suavité dissimule la méchanceté d'une enfant de cinq ans qui torture tranquillement le chat pendant que tu lui prépares des cookies.

– Hé, t'as vu le mail de Simplet ?..., me lance Catherine en entrant dans mon bureau. Oh là ! Réveil difficile ?

– Oui... pour te donner une idée, je me suis mis de la Ventoline en guise de déo ce matin. Ça ira mieux tout à l'heure... Quel mail de Simplet ?

Catherine me tend son Nifoune sur lequel je peux lire : « Merci de refaire le dessin de la page 12, afin que la tour de contrôle ne soit pas aussi reconnaissable. »

« 404 Error System », fait mon cerveau. Simplet (on l'appelle comme ça, on est très Disney dans nos références) est le client pour lequel ma boîte édite des livres, et lui les publie. Nous sommes des packageurs, comme on dit dans le milieu de l'édition. C'est sympa et varié comme boulot, mais franchement, y a des jours où c'est plus compliqué que d'autres. Donc, on en était à « tour de contrôle ». OK.

– Mais en fait c'est quoi cette histoire de tour de contrôle ? me demande Catherine.

– Pendant la réunion de préparation du projet, Simplet était inquiet à l'idée que la tour de contrôle soit trop reconnaissable.

– Et donc ? Je demande au dessinateur de refaire le croquis pour faire une nouvelle tour ? Mais quoi comme tour ?

– Je ne sais pas. Je crois qu'il a peur que ça ressemble trop à une vraie tour de contrôle.

– Mais qu'est-ce qu'il croit ? Que des terroristes vont utiliser notre dessin de tour de contrôle dans laquelle on aperçoit un éléphant pour un plan d'attaque ?

– Avec Simplet, je ne m'étonne plus de rien, tu sais. S'il veut une nouvelle tour de contrôle, on lui fait une nouvelle tour de contrôle.

– D'accord.

C'est ça que j'aime chez Catherine, en dehors de toutes ses qualités humaines : rien n'est impossible, rien ne la met en colère, rien ne peut être trop tard.

La journée se traîne mollement. Malgré ma gueule de bois, j'arrive quand même à régler certains problèmes de la plus haute importance. Je réussis à convaincre le client de la collection « Merveilleuses princesses » que nous n'avons pas le droit de retourner la demoiselle. Si la princesse regarde à gauche, elle regardera à gauche pour toujours et à jamais. Même si ça n'arrange pas le client, qui n'est pas roi, pour le coup. Je parviens à faire comprendre à l'éditeur du *Livre de la jungle* que, bien que Bagheera soit UNE panthère, on doit parler de lui au masculin car c'est un mâle. Car oui, aussi incroyable que cela puisse paraître d'un point de vue zoologique, il n'y a pas que des panthères femelles. Comme les hyènes. Ou les girafes. Enfin, je ne suis pas très claire dans mon explication, mais il finit par imprimer. Je valide le nouveau dessin de la tour de contrôle. J'explique à la correctrice que barrer d'un trait rouge rageur « toutefois » sur une copie pour le remplacer par « néanmoins » est peut-être un poil, mais à peine, excessif, et qu'il est important de ménager la susceptibilité des auteurs. Je termine ma journée en écoutant patiemment le pépé engagé comme consultant escrime pour le livre sur les films de cape et d'épée me détailler les cascades exécutées avec brio par Jean Marais dans *Le Bossu* (« dont les muscles puissants saillaient sous son justaucorps », tu m'étonnes, John).

En bonne employée consciencieuse, j'attends la fin de la journée pour consulter mes mails perso. Et là, paf ! Surgit « Expéditeur : JEAN-RENÉ ».

Je reste hébétée devant ce nom sorti des limbes.

Comme au premier jour, mes poumons se craquellent et des suées froides glacent mes oreilles. Mon premier et grand amour m'invite à déjeuner après vingt-cinq ans de silence.

Alors que je suis incarcérée dans la ligne 13, le front encastré dans le torse mou de mon voisin, je repense à mon aventure avec Jean-René. Une histoire que je déguste comme un bonbon au caramel au goût un peu douceâtre, que je fais rouler sur ma langue depuis toutes ces années. Une histoire pleine de bruit et de fureur, romantique, sous les tropiques, entre moi, étudiante, et lui, prof de littérature marié… Une histoire qui avait duré sept ans, au gré de nos séjours sur deux continents différents. J'étais tombée raide dingue amoureuse de Jean-René, au premier regard, malgré son statut marital et nos quinze ans d'écart. Je m'étais rendu compte sans aucun doute possible de son attrait pour moi lors d'un slow langoureux au bal de l'Alliance française. Mais mon sens de l'honneur m'avait permis de résister à la tentation… Jusqu'à ce que nous nous retrouvions tous les deux à Paris à la faveur de sa venue pour un séjour professionnel. Nous étions tombés dans les bras l'un de l'autre. Nous avions écumé les chambres d'hôtel et autres lieux propices (ou pas, du style la salle des profs de la fac) aux relations extraconjugales quand il était à Paris ou que je venais voir mes parents en Afrique. Nous nous écrivions des lettres enflammées lorsque nous étions séparés pendant des mois. Il était venu s'installer à Paris après son divorce. Mais, bien que nous soyons enfin non seulement sur le même continent, mais aussi dans la même ville, dans le même arrondissement, nos retrouvailles n'avaient pas vraiment été à la hauteur. Puis, après quelques soubresauts et hoquets baveux, notre idylle improbable avait lentement, douloureusement et salement agonisé, comme un méchant dans un film de Tarantino essayant de retenir ses tripes sanguinolentes qui se font la malle par le trou qu'il a dans le bide. Il m'avait posé quelques lapins jusqu'au jour funeste entre tous où, passant devant chez lui pour aller faire les courses chez *Carrefour*, j'avais vu un camion de déménagement contenant ses meubles. Ce qui avait eu le mérite d'être clair. Il n'avait pas jugé utile de m'informer de son départ.

À peine arrivée à la maison, je me jette sur le téléphone pour appeler Nathalie. Ma meilleure amie, qui était déjà là du temps de Jean-René, des ratages, mais aussi des exaltations. Elle sait de-quoi-ça-s'agit-tout-ça.

– Nathalie, Jean-René m'a envoyé un mail. Il me donne rendez-vous pour un déj'. Je fais quoi ? J'y vais ? Je ne sais pas si c'est une bonne idée. Mais j'ai envie d'y aller. Je sais pas. C'est pas une bonne idée, faut pas que j'y aille. Mais en fait si. Ou alors je sais pas. T'en penses quoi, toi ?

– Rhôlavache, c'est dingue !

– Oui, hein ?

– Mais en fait, ça te fait quoi qu'il t'ait recontactée, L'Affreux J.-R. ?

– Quelle fougère ? lui réponds-je, dans un état de confusion mentale frisant le burn out.

– Oh, t'es con ! PAS LA FOUGÈRE, L'AFFREUX J.-R. ! Jean-René ! Youhou ! Y a quelqu'un ? Ah oui, quand même, t'es bien attaquée, là.

– Ah oui, oui, L'Affreux J.-R... mais en fait, je suis déjà en train de cogiter à ce que je vais me mettre pour le déj'.

C'est le jour J. Je cours comme une dinde décapitée. Comment je m'habille ? Il neige. Impossible de mettre des chaussures de neige pour revoir Jean-René. Ni un col roulé, mais il fait super froid, de toute manière je ne peux quand même pas péter un décolleté de la mort pour ces retrouvailles, ça va faire un peu trop saute-au-paf. Bottines à talons, pantalon noir, pull avec un petit décolleté, ça devrait marcher. J'arrive au restaurant *Le Monsieur-le-Prince*, rue Monsieur-le-Prince. Sur le pas de la porte, je bugue. Pourquoi a-t-il fait ça ? Le lieu est d'un romantisme à tomber par terre. C'est tout chic, tout joli, tout gracieux. Quand je m'installe à la table qu'il a réservée, j'entends :

– Bonjour madame !

Pfff.

Respire.

Retourne-toi.

Il n'a pas changé.

Merde.

Il me prend doucement le bras pour me faire la bise. Je frôle le coma. Il s'assied à table et je regarde ses mains. Ces mains qui ont touché mon corps il y a vingt-cinq ans. Je le regarde me parler. Je vois bien que ses lèvres bougent, je subodore donc que des sons en sortent, sauf que j'entends que couic. J'ai une boule de bowling dans la gorge et mon cerveau fait blub-blub-blub. Je m'absorbe dans la carte, pour me donner une contenance. Je réfléchis à ce que je vais manger, ça ne peut pas nuire. Pendant ce temps, Jean-René commande d'office deux coupes de champagne.

Soudain, Jean-René me lance son regard qui annonce du lourd.

– Je voulais te revoir pour te dire que je me suis comporté comme un lâche et un minable avec toi et que je le regrette. Je t'ai fait souffrir et je suis désolé. Et surtout, je voulais te dire que, de toutes les femmes que j'ai connues, tu es la seule que j'aie vraiment aimée. J'ai tout gâché…

– Ah. Ah oui. Ah bon.

Je n'enregistre pas toutes les infos, étant donné que j'ai coulé une bielle cérébrale depuis qu'il a prononcé « aimée ».

– Tu ne dis rien ?

– Si. Euh, en fait, tu te rends compte quand même que tu m'as brisé le cœur ?

C'est tout ce que ma cervelle parvient à extraire du potage aux poireaux dans lequel elle est en train de blubluter.

– Je sais, pardonne-moi.

Je suis en pilote automatique jusqu'à la fin du repas. Je me concentre sur le dessert, qui se trouve être un gâteau au chocolat d'une forme invraisemblablement phallique et super compliqué à manger élégamment. Ce combat pour la grâce me redonne du poil de la bête.

– Tu sais…

– Dans quel domaine travailles-tu ? m'interrompt-il alors que j'ouvre la bouche pour attaquer le débrief.

– Je travaille dans l'édition.

– Et comment vont tes parents ?

– Mon père a fait un AVC…

– Et le chien de tes parents ? C'est un épagneul breton, c'est ça ?

– Il est mort depuis vingt ans.

– Ah, désolé. Et tes grands-parents ?

– Ben, ils sont morts aussi. Mais sinon…

– Tu sais, je prends ma retraite dans un mois.

– Ah bienbienbien… Et…

– Mes enfants vont bien, ils ont tous les deux de bons postes, je suis assez fier d'eux, je dois le dire.

– Super.

– Et sinon, mon ex-femme est morte.

– Ah. Bon, mais…

– Déjà quinze heures, me re-re-re-coupe-t-il, faut que j'y aille !

Jean-René vient de décrocher la coupe du monde du *manterrupting*[1]. En deux temps trois mouvements, il a réglé, pris nos manteaux, m'a enfilé le mien, et

1. Manie un poil agaçante qu'ont certains messieurs de nous couper la parole.

hop ! Nous voilà dehors sans que j'aie compris ce qu'il s'était passé. Nous repartons bras dessus, bras dessous pour ne pas glisser dans cette foutue neige avec son ambiance de conte de fées à la con. Nous descendons dans la station Odéon pour prendre le métro. On se fait la bise.

– On se revoit vite, hein ? dit-il. On ne va pas à nouveau attendre vingt-cinq ans...

– Oui, oui... (Bé voui, gros malin, mais c'est qui qui a disparu, hein ?)

Et chacun monte dans sa rame.

Et clac.

Je rentre à la maison et je déclenche le plan Orsec (Organisation ratée de séduction embarrassante d'un connard) : j'ouvre une boîte d'After Eight, je me verse un verre de vin et je me roule en boule sur le canapé, sans rien renverser, avec ma chatte Pupuce, qui pour une fois se montre agréablement disposée. En général, « elle a son petit caractère » comme je dis pudiquement, mais là, même elle sent que j'ai besoin de réconfort, c'est dire. Je bloque sur le sujet toute l'après-midi. Ce que m'a dit Jean-René nécessite une reconfiguration complète. Je dois tout rebooter à partir du nouveau mot de passe « aimée ». Alors, ça n'aurait finalement pas été un vulgaire plan Q d'un quarantenaire en pleine crise qui s'envoie en l'air avec une étudiante, histoire de se divertir de sa vie monotone avec sa femme ? Hum ? Ça ne serait pas ça ?

Et si j'ai été complètement fracassée par cet amour, il aurait donc existé quelque part un espace spatio-temporel où Jean-René m'a lui aussi aimée ? Bienbienbien... Et il me retrouve, vingt-cinq ans après, pour m'inviter à déjeuner dans un restaurant indécemment romantique (on va laisser de côté le concept neige, admettons qu'il n'y soit pour rien) pour me dire ça, et me promettre de nous revoir ensuite. Bon. Et donc, on est bien d'accord que, à peine le pas de la porte du restau passé, je suis retombée direct dans le panneau.

Premier réflexe de survie : appeler Sophie. Ma voisine du 5e a toujours des techniques d'enfer pour les urgences graves, en bonne infirmière qu'elle est. En l'occurrence, un cubi de rhum. L'artillerie lourde postrencard moisi de L'Escalier de la soif.

– Tiens, prends un ti-ponch, j'ai l'impression que t'en as besoin.

– Merci. Je reviens de mon déj' avec Jean-René, je suis complètement HS.

– Pourquoi ? Ça ne s'est pas bien passé ?

– Ben si, il m'a dit que j'étais la seule femme qu'il ait jamais aimée.

– C'est bien, non ?

– Ben je ne sais pas. J'ai du mal à m'en remettre.

– Et vous allez vous revoir ?

– Ben je ne sais pas, j'ai du mal à m'en remettre.

– Euh...

– Ben je ne sais pas, j'ai du mal à m'en remettre.

– Attends, je te ressers un ti-ponch. Quel est le problème ? Tu n'es pas contente de l'avoir revu ? Moi je trouve ça génial, des années après, de vous retrouver comme ça…

– Le problème c'est que ça fait vingt-cinq ans que je pense à cette histoire en mode « Je l'ai aimé, mais il a disparu en me brisant le cœur parce que c'est un salaud qui n'avait pas de sentiments pour moi. » Et là, d'un coup, il m'a aimée ? Alors ça change tout. Ma vie amoureuse n'a été qu'un gigantesque désastre depuis qu'il m'a quittée et ça fait une paye que je suis célibataire. Tout cela avait un sens si c'était juste un empaffé, mais d'un coup, s'il m'a aimée, ça n'en a plus. T'imagines ?

– Essaie de voir les choses de manière plus positive. Là, vu la façon dont ça s'est passé, tu pourrais le revoir, et voir ce qu'il se passe, non ?

– Il ne m'en a pas laissé placer une et m'a larguée comme une canette sur le quai du métro après avoir lâché son scud, ça me laisse peu d'espoir d'épanouissement futur de la relation, tu vois.

Après avoir éclusé quelques ti-ponchs de plus, je fais un roulé-boulé du 5e étage vers mon 4e étage (c'est quand même bien pratique tout ça) et je me faxe dans mon lit tout en pleurnichant sur mon triste sort, en essayant de serrer mon chat contre mon sein généreux, alors que cette satanée bête dénuée de toute compassion essaie désespérément de s'échapper.

Après mon deuxième réveil difficile de la semaine, je décide de faire le tour des copines pour récolter des avis pas du tout objectifs sur la situation. Sophie, la personne la plus positive de la galaxie, aurait, au pied de l'échafaud, des projets pour le lendemain et trouverait des qualités à Émile Louis. Demander d'autres avis ne peut donc pas nuire. Je ne suis pas déçue.

Le tempérament bouillonnant de Véro lui fait dire : « QUOI ? Mais qu'il aille se faire cuire le cul, ce con de Jean-René ! Rhâââ, mais ça m'énerve ! Son ego de mâle est malmené par l'approche de la retraite, alors il est venu tirer sur la corde sensible pour voir si tu y étais toujours accrochée. À tous les coups, il va s'évaporer encore dans la nature si tu le revois. Laisse tomber, ce n'est qu'un péteux. »

Quelque peu échaudée par la gent masculine, Béa souffle : « Pfff… les mecs. C'est abusé. Il se prend pour qui ? Avec tout le temps qu'il t'a fait perdre, il croit que tu n'attends que lui ? Laisse tomber. »

Nathalie, comme souvent expéditive, me répond : « Oublie La Fougère, elle est moisie ! Trouve-toi une autre plante ! »

Corinne veut tout savoir : « Mais du coup, y a du potentiel ? Il est comment maintenant ? Il a beaucoup vieilli ? T'as envie de remettre le couvert ? »

Agnès, compatissante et sensible, soupire : « Mais quelle histoire ! Te retrouver comme ça, vingt-cinq ans plus tard, et avec la neige en plus… Ça devait être si beau ! Et romantique ! Ma pauvre Caro, tu te sens comment après cette conversation ? Ça a dû être difficile ce rendez-vous. Et tu envisages de le revoir ? Je ne suis pas sûre que cela te fasse du bien… »

Et enfin Nadine, ne jurant que par l'horoscope, lance un définitif : « Ça ne m'étonne pas d'un Capricorne. »

Ces différents avis ne font finalement pas vraiment avancer mon schmilblick. Je reste donc encore en boucle sur Jean-René pendant deux semaines. Je n'arrive pas à me le sortir du cerveau. J'envisage de le revoir, de lui écrire une lettre, de lui téléphoner, bref, une flopée de très mauvaises idées. Jusqu'à cette épiphanie : je réalise que, si je bloque sur Jean-René, c'est un peu parce que je n'ai rien d'autre à me mettre sous la dent (ni sous la couette) en termes de gent masculine, et ce depuis trèèèès longtemps. Le déjeuner avec Jean-René est l'événement qui m'a permis d'être le plus proche physiquement d'un homme depuis ma dernière séance d'ostéo. C'est dire.

Si ça continue comme ça, ça ne peut pas continuer. Il faut que je laisse Jean-René dans le cercueil capitonné de vampire dont il n'aurait jamais dû sortir. Et me trouver un charmant clou pour chasser celui-ci. Le problème, c'est qu'à mon âge canonique, les charmants clous, ça ne se trouve pas sous les sabots d'un cheval. Les soirées ? Fini. Les sorties en groupe ? Fini. Les soirées en boîte ? Fini (manière mes articulations ne sont plus d'accord). J'ai beau fréquenter assidûment les bars et restaus du quartier, ils ne regorgent pas vraiment de potentiel à se mettre sous la dent.

Alors ?

Alors, soyons folle : à double quarante-huit (âge et taille), je m'inscris sur un site de rencontres, même pas peur !

Chapitre II

C'est bien joli de vouloir s'inscrire sur un site de rencontres, mais lequel ? N'ayant aucun instinct maternel et sans tendances cougar, je ne me vois pas sur un site de petits jeunes comme Adoptunmec ou sur une appli genre Tinder. Mais je n'ai pas envie de me coltiner les vieux croûtons de Disonsdemain (d'accord, je suis une vieille croûtonne moi-même, mais si je veux rencontrer d'autres vieux, je ne veux pas le faire sur un site de vieux. Chacun sa logique). Finalement, commencer par les fondamentaux, Meetic, ce n'est peut-être pas plus mal, et je pourrai toujours changer si ça craint. Je vais essayer de ne pas réitérer la boulette de ma première (et brève) inscription sur Meetic. À l'époque, à la question « De quoi êtes-vous la plus fière dans votre physique ? », j'avais répondu honnêtement « Mes seins ». Les messages qui s'en étaient suivis avaient immédiatement entraîné un repli stratégique de plusieurs années. Donc, soyons honnête, mais point trop n'en faut.

Je cogite à plein tube à tout ça en regardant défiler le paysage par la fenêtre du TGV. Faut pas que je rate mon annonce : compte tenu de mon physique plantureux, j'ai intérêt à annoncer la couleur dès le début, au risque que les garçons fassent une tête de hareng saur en me voyant au premier rendez-vous. Je vais donc devoir faire de la spéléo dans mes photos pour en trouver une, récente, qui me met en valeur, sans dissimuler pour autant mes rondeurs.

Le train arrive en gare de Montpellier, j'aurai le temps de réfléchir à tout ça au retour.

Je trouve Môman assoupie sur un des sièges de la gare. J'ai beau dire « Coucou » le plus doucement possible, elle bondit sur ses pieds en criant « HEIN ? QUOI ? QU'EST-CE QU'IL Y A ? », ce qui fait sursauter tout le monde, moi y compris. J'ai beau être habituée, elle me surprend toujours : quatre-vingts ans, narcoleptique et hyperactive, le cocktail est détonnant. Elle passe plusieurs fois par jour de la Belle au Bois dormant à Speedy Gonzales, faut s'adapter.

– Tu veux conduire ? T'as eu mal au cœur dans le train ?

– Oui, un peu, je vais prendre le volant.

En fait, je conduis surtout parce que j'ai mal au cœur quand elle conduit, car elle manœuvre comme un kakou : elle double dans les ronds-points, klaxonne les gens qui ne vont pas assez vite, accélère au feu orange… Bref, ce n'est pas de tout repos d'être à la place du mort.

Ça me fait bizarre de prendre le volant sur le chemin de la maison : avant, c'était mon père qui venait me chercher à la gare. Mais ça, c'était avant.

J'entends Gaïa qui gratte comme une furie derrière la porte, et, dès que j'ouvre, la chienne se jette sur moi en touillant frénétiquement de l'arrière-train. Elle me lèche, me griffe les bras, les jambes, fourre son museau dans mes cheveux, me renifle, pose ses pattes sur mes épaules, bref, c'est la fête à la maison. Après avoir renversé d'un coup de museau la boîte de transport du chat qui fait trois tonneaux à l'intérieur, elle part continuer sa java dans le salon en faisant des allers-retours entre les fauteuils et le canapé. Le petit problème, c'est qu'avec son format de braque de Weimar, elle déplace carrément tous les meubles avec son poids. Ma mère lui court après pour essayer de la calmer, j'extrais Pupuce de sa cage (elle part sans demander son reste), et au milieu de tout ce remue-ménage, mon père arrive dans la pièce, les sourcils complètement cramés.

– Hey ! Salut ! T'as vu, j'ai réussi à allumer le feu dans la cheminée !

– Euh oui, ah, c'est sup…

– Quoi ? Mais chéri, je t'avais dit de m'attendre pour le faire ! C'est pas possible ça, quand tu as une idée quelque part… Mais tu te rends compte ? Tu aurais pu mettre le feu à la maison ! Et à toi !

– Grmblgrompf...
– C'est vrai Papounet, tu n'es pas très raisonnable...
– Il faut bien que je fasse des trucs... »

Ça, c'est sûr que côté rééducation, Papounet met les bouchées doubles. Depuis son AVC du mois de mars, il est tombé dans le coma, a été trépané, a passé des semaines en soins intensifs, puis deux mois en centre de rééducation (où il s'est fracturé une vertèbre en tombant) et depuis quatre mois qu'il est rentré à la maison, il voudrait tout refaire comme avant. Nous, nous n'en revenons pas qu'il soit encore là et nous trouvons cela miraculeux, mais lui, il voudrait marcher comme avant, conduire comme avant, faire du feu comme avant... alors qu'il lui manque quand même de gros bouts de cerveau, qui ont l'air assez importants pour entreprendre certaines actions.

– Bon, c'est pas l'tout, mais je dirais bien que c'est l'heure de l'apéro..., déclare Papounet en se frottant le ventre, signe qui ne trompe pas.

– Mais chéri, tu sais que tu n'es pas cens...

– Tu veux me supprimer ça aussi ? À quoi ça sert de vivre alors ?

Actor's Studio. Clap. Clap. Clap. Ma mère préfère encore partir dans la cuisine pour éviter le conflit, tout en me faisant signe de le surveiller. Mais bien sûr. Comme si j'étais capable d'empêcher mon père de se servir un verre de whisky.

– Alors, comment ça se passe au boulot, avec ta bande de connasses ?

Un des effets de l'AVC, c'est l'absence de filtre. Ça fait quand même super bizarre que Papounet, géologue cultivé, posé, peu disert, se lance dans de grandes conversations avec moi en disant plein de gros mots.

– Bof, comme d'hab… La dernière en date d'Aurore, c'est de déplacer tous les fichiers de mon livre sur la cuisine vegan pour les mettre dans un dossier planqué au fin fond du serveur pour que je ne puisse pas les retrouver, ce qui me fait galérer devant le client.

– Mais pourquoi fait-elle ça ? En même temps, « Les cons ça ose tout, c'est même à ça qu'on les reconnaît. »

– Hahaha ! Tu n'as pas oublié les fondamentaux ! Ça me rappelle quand tu as cité Desproges, au médecin en salle de réanimation : « Pâques au scanner, Noël au cimetière » !

– Si on ne peut même plus rigoler des choses pas drôles… mais pour en revenir à cette gourdasse d'Aurore, elle n'a rien d'autre à faire de ses journées que de t'emmerder ?

– Il faut croire que non… Ça fait vraiment partie des trucs que je n'arrive pas à comprendre dans la vie : comment certaines personnes peuvent-elles consacrer autant de temps de cerveau disponible et d'énergie à pourrir la vie des autres ?

– Crois-en ton vieux père, Descartes a dit : « Le bon sens est la chose du monde la mieux partagée : car chacun pense en être si bien pourvu que ceux même qui sont les plus difficiles à contenter en toute autre chose n'ont point coutume d'en désirer plus qu'ils en ont. » Aurore et ses copines se croient intelligentes, pour ce qu'elles peuvent en juger et doivent donc se prendre pour Machiavel quand elles fomentent leurs machinations. J'en ai eu quelques-uns des cons comme ça au boulot, et crois-moi, le temps de cerveau disponible que tu consacres à penser à leurs plans retors doit être inversement proportionnel au temps qu'ils passent à les élaborer… D'ailleurs, dis-toi que le temps de cerveau disponible d'un con ne vaut pas un pet de lapin par rapport au tien.

– Oui, mais ma chérie, il ne faut pas te laisser marcher sur les pieds, tu es trop gentille ! lance Môman en arrivant avec les feuilletés apéro. Est-ce que tu as réfléchi à une riposte ? Qu'est-ce que tu peux faire pour lui compliquer la vie ? Tu pourrais la dénoncer à ta boss ? Jeter ses dossiers ? La griller auprès des clients ? Tu n'as pas un ami qui pourrait l'attendre un soir au coin d'une rue sombre pour lui coller une bonne raclée ? Tu ne m'as pas dit que tu connaissais un Roumain ? Ou un Serbe ? Je ne sais plus.

– Euh… quand même… tu sais, maman, il y a des jours où j'ai vraiment l'impression de pas faire le poids face aux Trois Empuses. Et comme je refuse d'utiliser les mêmes méthodes qu'elles, je suis un peu coincée.

– Ma chérie, il faudrait que tu te trouves un autre boulot. Plus agréable, mieux payé et si possible sans cons. C'est bien de vouloir garder du temps pour toi pour écrire, mais là, je trouve que ça commence à faire beaucoup : un temps partiel en autoentrepreneur, en banlieue, dans un bureau en sous-sol, entourée de toutes ces peaux de vache et, en plus, payée au lance-pierre, franchement, tu vaux mieux que ça…

– Je suis d'accord avec ta mère. Tu n'enverrais pas une candidature à Actes Sud ? Ils sont pas loin d'ici et ils font de beaux livres.

– Mais bien sûr. Actes Sud. C'est trop chic et intello pour moi ça, Actes Sud. En plus Arles, ce n'est quand même pas la porte à côté… Mais vous avez raison, je vais reprendre mes recherches. Au moins me trouver un autre temps partiel. Parce que là, bosser dans mon sous-sol rempli d'Empuses, prendre la ligne 13 et rentrer me cloîtrer à la maison pour écrire des trucs alimentaires comme les fiches sur les poêles à bois, sérieusement, ce n'est pas une vie… Je vais finir complètement neurasthénique.

– Tu sais comment on appelle les granulés de bois qu'on met dans les poêles ? Des pellets ! me dit Papounet, tout fier de s'être rappelé ce mot qui sert à rien quand on n'a pas de poêle.

Le lendemain matin, je descends dans la cuisine dans mon état habituel : chonchon, au ralenti et sans neurones. Après les questions d'usage : « Tu as bien dormi ? Tu te souviens que ta marraine vient déjeuner ? On va faire des courses ? » Môman file dans son jardin pour s'occuper, le temps que je prenne mon petit déj' et me prépare, temps qu'elle considère comme proche de l'infini. Je suis en train de faire doucement surface quand Papounet rentre dans la pièce :

– J'ai l'impression qu'il y a un problème, mais je vois pas quoi…

Tu m'étonnes qu'il ne voit pas. Il a enfilé son pull un bras dans une manche (jusque-là tout va bien), la tête coincée dans l'autre manche qui pend lamentablement devant son nez et le col au niveau du nombril. Il gigote à l'intérieur en s'énervant parce qu'il ne trouve pas la sortie. Je pouffe, tout en me disant que c'est mal de pouffer. Mais je pouffe d'une force. Ce n'est pas que je me moque de mon père qui a fait un AVC de l'hémisphère droit et qui a donc perdu la notion d'espace et d'enchaînement logique, mais j'avoue que je pouffe bien quand même. Pendant que je le libère, j'entends ma mère qui crie dans le jardin :

– Non, Gaïa, non !

Je passe Papounet dans les bons trous et je me précipite :

– C'te gourde de bête a mâchouillé les branches pleines de nids de chenilles processionnaires que j'avais brûlées ! Regarde-la !

La chienne est assise l'air piteux et bave tout ce qu'elle peut.

– Merdemerdemerde ! Mais c'est hyper dangereux, poison et tout et tout ! Faut que je l'emmène de suite chez le vétérinaire de garde ! Cherche les coordonnées pendant que je m'habille !

– Ah non ! On attend ta marraine pour déjeuner, tu ne vas pas partir chez le véto maintenant !

– Mais si ! Bon sang, c'est mortel ce truc !

– Pfff, tu dramatises, tout de suite…

Je roule à tombeau ouvert, pleurant toutes les larmes de mon corps, jetant des coups d'œil à Gaïa qui se répand sur la banquette arrière, tout en essayant de me souvenir du bouquin que j'ai édité sur les chiens : *Chiens : guide pratique*. « Intoxication par les chenilles processionnaires. Symptômes : hypersalivation, vomissements, œdèmes et ulcères de la langue évoluant vers la nécrose. Gravité : très grave, voire mortel. Le chien peut perdre des morceaux de langue. Si une surface équivalente à la moitié de la langue tombe, l'animal est condamné puisqu'il ne peut plus boire ni manger. »

Ma Toutouneeeuuuu !

La salle d'attente du vétérinaire de garde est remplie de chats et de chiens dans des états plus ou moins inquiétants, avec des maîtres plus ou moins en panique. Je m'assieds, Gaïa à côté de moi, l'air misérable. Maintenant, un long filet de bave verte fait le yoyo entre ses babines et le sol. Je sanglote. C'est enfin notre tour.

– Ah ça, les chenilles processionnaires, dans la région, c'est une vraie plaie. Qu'avez-vous fait quand vous vous êtes aperçu qu'elle avait mâchouillé la branche ?

– Je lui ai mis le tuyau d'arrosage dans la gueule pour rincer.

– Malheureuse ! C'est la dernière chose à faire ! Vous avez entraîné les poils urticants vers son œsophage et son système digestif !

– Mais non non nooon…

– Ne paniquez pas. Les poils avaient quand même été brûlés auparavant. Je vais lui faire une piqûre de cortisone, ne lui donnez pas à manger ce soir, et si demain elle s'alimente, c'est bon signe. Si dans deux jours elle n'a pas recommencé à manger, ou si vous voyez que sa langue commence à noircir, revenez me voir.

Je chuchote un tout petit « D'accord ». En me flagellant mentalement.

Je conduis sur le chemin du retour à moitié retournée, à parler au chien, tout en pleurant à grands coups de « BOUHOUHOOUUHAAAARRGL » (c'est l'avantage d'être toute seule en voiture). Malheureusement, tout cela nuit quelque peu à mon attention sur la petite route des vignes, raccourci vers la maison. Horreur ! Je me suis déportée et une voiture arrive en face ! Je donne un coup de volant, je pars sur le bas-côté et « PUM ! », fait le pneu qui explose.

Debout devant la voiture, mes yeux passent du pneu au chien qui me regarde avec sa tête de chien depuis la banquette arrière. Je re-repleure. Le sort s'acharne un peu, là. Une voiture s'arrête : quatre jeunes garçons à l'allure subtilement patibulaire me hèlent.

– Hé m'dame, ça va ? Z'avez besoin d'aide ?

– Oui, non, enfin je ne sais pas, mais…

– Ho, c'est quoi vot' problème ?

Ça sort comme si j'avais huit ans :

– Beuhhh, c'est le chien, il a mangé des chenilles processionnaires alors il va mourir et je reviens du véto et ma marraine elle est chez moi et mes parents m'attendent pour déjeuner et mon père il a fait un AVC et ma roue elle est crevée et je sais même pas où est la roue de secooouuuuurs.

Alors que je pourrais être leur mère. La honte.

– Hohé, madame, ça va, vous inquiétez pas, on gère, on va vous la changer votre roue !

– Ben oui, et pleurez pas comme ça, le chien si ça se trouve, il va s'en sortir !

– T'sais le pit à ma sœur, il a eu les chenilles aussi, il lui manque un bout de langue, mais ça l'empêche pas de tout déchirer !

– Rhôlàlà, vous êtes chou, les garçons, c'est drôlement gentil.

Je les regarde changer la roue en reniflant, pendant que Gaïa bave toujours.

Je suis accueillie comme le Messie à la maison (mais je ne me fais pas d'illusions, c'est surtout parce qu'ils peuvent enfin se mettre à table), même si je me fais remonter les bretelles parce que j'ai crevé, que j'aurais pu avoir un accident, voire mourir, voire me faire violer par cette horde sauvage tout ça pour c'te gourde de bête qui a l'air en pleine forme.

Dimanche soir. Le chien n'est pas mort et a même l'air de respirer la santé, la roue de la voiture a été remplacée, Papounet a toujours ses sourcils, sur le siège passager Nôman appuie sur un champignon imaginaire tandis que je roule vers la gare. J'ai hâte de pouvoir me reposer en travaillant et de réfléchir à mon avenir professionnel tout en m'inscrivant sur un site de rencontres. Je place peut-être la barre un peu haut, mais battons le fer tant qu'il est chaud.

Chapitre III

E*nter.*

Le sort en est jeté, mon annonce est publiée sur Meetic.

J'ai bien rempli les cases : j'ai quarante-huit ans, je vis à Paris, je mesure 1 m 68, ma silhouette est ronde, je suis blonde (à forte poitrine mais ça je ne le dis plus), j'ai les cheveux longs, non, j'ai pas d'enfants et non, j'en veux pas, je n'ai jamais été mariée, non, j'aime pas la fumée, je parle français et j'ai un bac + 5, mon défaut c'est bavarde (moui), à la question « Prête à m'engager dans une relation ? », je réponds « Laissons faire le hasard » (on ne s'emballe pas), j'aime la cuisine, les films policiers, les loisirs créatifs, la soul et la déco et je cherche un mec de 48 à 58 ans entre 1 m 68 et 1 m 90.

Pfiouuu ! Et encore, j'ai laissé plein de trucs en blanc.

Je choisis quatre photos de profil où je souris, mais pas trop, où on voit que je suis ronde, mais pas trop, où on voit mon décolleté, mais pas trop. Comme ça, ça donne une bonne idée d'ensemble.

Après l'avoir refait quinze fois, je publie finalement ce texte :

« Je trouve que : je commence à parler un peu trop à mon chat,

les plats surgelés pour une personne c'est pas drôle,

le petit verre de blanc en terrasse, toute seule, c'est la *lose* totale,

les suppléments chambre individuelle dans les voyages, c'est carrément insister lourdement…

Alors que les voyages à deux, c'est tellement mieux !

Et aussi les promenades, les restaus, les cinés, et tout plein d'autres trucs !

Alors s'il y a un mec bien qui passe dans le coin… »

Je trouve mon annonce légère et pleine d'humour. Si avec ça (et une carte bleue de 119,94 euros d'abonnement pour six mois) je ne trouve pas mon Graal…

Quête du Graal, H + 5 minutes

Qu'est-ce que ça va donner ? Je vais crouler sous les messages de beaux gars subjugués par mon humour et mon charme incandescent ? Ou je vais me faire traiter de grosse vieille par des hordes de types plus vieux et bedonnants que moi ?

En attendant de connaître mon sort, je regarde ce qu'il y a en stock… Un écran rempli de photos et de pseudos. Je fais défiler des pages et des pages d'images de garçons qui se sont pris (ou fait prendre) en photo, et qui ont choisi, en leur âme et conscience, ce visuel, comme étant le plus susceptible de leur permettre de pécho.

Bananaetsplit a recadré un portrait magnifique où il était avec sa femme. Bon, visiblement, il n'avait pas Photoshop : il n'a donc pas pu couper la main posée sur son épaule et les cheveux longs et blonds qui volent dans son cou.

Glouglou a choisi comme visuel une superbe photo prise par sa femme du temps où ils s'aimaient. Le mec, il rayonne d'amour, ses yeux sont tout pleins d'un sentiment béat de plénitude. Sympa. Sauf que c'est plus vraiment d'actualité.

Lapeniche a publié une photo de lui, à son avantage, à la plage, avec maillot poutre apparente (au moins, il est cohérent avec son pseudo). Je suis donc fixée tout de suite sur son corps de rêve. Seul inconvénient : la photo, légèrement orangée (et ce n'est pas un filtre Instagram), a un petit parfum *seventies* qui laisse penser qu'elle n'est pas récente-récente… et que le corps de rêve risque d'en avoir pris un coup sur la patate depuis. Je ne suis pas un perdreau de l'année, mais je préfère savoir à quoi m'en tenir. Et puis moi, j'ai choisi des photos récentes, non mais. Trouvertonpoing est en combinaison de ski, avec chaussures, moufles, lunettes et bonnet. Sexy en diable, et vachement pratique pour se rendre compte de la dégaine du type. Revemoche ne doit pas avoir d'amis, vu qu'il a mis une photo de lui en pleine action au boulot, en train de faire sa présentation PowerPoint, pointeur laser en main. Cnulcetruc est en lunettes de soleil et chapeau, en maillot, tout rouge, transpirant et grimaçant sous le soleil. Discipleofdeath a un pseudo qui fait peur et pas de photo. BigBrainGosseBeau est négligemment appuyé sur une grosse ouature. Labuche est en short, marcel, tongs et sac à dos devant un paysage de rêve, mais pas au top du top de la sexitude ravageuse. Mystergooddeal, avachi dans un transat à côté d'un barbecue, en short et torse nu, en plein manspreading, laisse entrevoir de la classe et de l'élégance. Contedenuit s'est pris en photo au volant, ce qui lui donne l'air d'un évadé en cavale. Onpartiradumemequai est, semble-t-il, à poil sous son tablier de cuisine, une grande cuillère à la main. Qu'a-t-il l'intention d'en faire ? Mystère. ClarcKent, quant à lui, a voulu montrer qu'il aime des tas de trucs. Pas de photo de lui, donc, mais un inventaire, avec, en vrac, le Capitaine Stubing de *La croisière s'amuse*, un magret sanguinolent, Fantômas, une tarte aux fraises et une mare aux canards.

MonDieuMonDieuMonDieuMonDieuMonDieu-MonDieuMonDieuMonDieuMonDieu

Quête du Graal, H + 30 minutes

Faut que j'arrête de faire défiler ces photos, c'est hypnotique ET déprimant. Je fais une recherche dans le quartier, on va pas se compliquer la vie. Je ne m'arrête pas à la photo, je vais éplucher chaque profil et chaque annonce. Dans le lot, je vais bien trouver un potentiel, quand même. Je lis les annonces :

Hommecharmant a le sens pratique : « Pour savoir si l'eau d'un bol est chaude ou froide, il faut mettre le doigt. Il ne sert à rien de discuter. »

Gégédu17 annonce : « Coucou je suis un homme simple dit Tarzan en espérant trouver ma Jane. Mais sans Cheetah vous savez qui est Cheetah c'est le singe il fout un sacré bordel alors non merci. »

Charmeurfou se la pète, mais dans une métaphore bizarre : « Je suis une perle rare dans une huître disposée à s'ouvrir… »

Gibolin a le sens de la formule qui fait mouche : « La personne idéale n'est pas de ce monde, mais la personne avec qui je voudrais partager ces idéaux est bien quelque part… Si cet oiseau rare se fait voir, sans doute, la gâchette de ma carabine ira vers elle. »

Quant à Paconrabanne, il fait dans la métaphore cheloue : « Viens, viens planter ton ancre au fond de mon sable et tes racines au creux de mon talus. »

Rhôlavache, c'est pas gagné.

Quête du Graal, J + 1

Ma page clignote de partout, j'ai apparemment des flashs, des favoris, des messages… Je clique sur le premier : « slt ».

OK.

Le deuxième : « slt sava ? ».

OKOK.

Le troisième : « Bjr ».

Bienbienbien.

Si un de ces messieurs pouvait faire une phrase avec des mots entiers dedans, ça serait sympa.

Ah ! Un effort : « bjr tu tappel comment ? ». Qui ne dénote pas d'une grande attention aux détails (ni à l'orthographe), vu que mon pseudo est… Caroline.

« Petit Suisse expatrié sur Paris. Plutôt amateur de vins de garde que de beaujolais nouveau :) » fait preuve d'humour mais de peu de galanterie.

« Guillaume » comme message, c'est bien, mais c'est court. Et redondant. Voire, n'hésitons pas à le dire, complètement con, vu que son pseudo s'affiche au-dessus : « Guillaume ».

Démosthène s'emballe un peu, mais au moins, il a fait une phrase avec des mots qui ont toutes les lettres à l'intérieur : « Si seulement je pouvais être un petit Lilliputien pour pouvoir trouver refuge entre vos mains douces, ô Caroline ! » Bien que je tique sur le « petit Lilliputien » légèrement (mais à peine, hein) pléonastique. Et sur « trouver refuge entre vos mains douces », car quelque chose me dit que ce n'est pas un Lilliputien qu'il espère caler entre mes mains douces, le petit fripon.

Ça fait maintenant deux heures que j'erre sur Meetic. Je jette l'éponge, un peu refroidie par ces résultats pas très concluants.

Bon, Rome ne s'est pas faite en un jour, je garde espoir.

Quête du Graal, J + 2

La moisson du jour me laisse penser que j'ai peut-être fait une boulette dans mon annonce, vu que les messages deviennent thématiques :

« Comment chat va ? »

« Moi aussi je commence à parler à mon chat. »

« J'ai offert à ma future ex-épouse une très belle chatte des forêts norvégiennes. »

« Je crois que nous sommes félins pour l'autre. »

Il faut que je change mon annonce. Voyons ce que ça donne avec ça :

« Je travaille beaucoup chez moi. Alors, forcément, pour les rencontres, c'est pas ça : pas de machine à café ni de transports en commun… Après avoir attendu que le prince (à peu près) charmant vienne frapper à ma porte, j'ai décidé de tenter une autre approche. Je suis, sauf erreur tragique de perception de ma part, attentionnée, drôle, gourmande et gentille (en général). Bon, je suis plein d'autres trucs aussi, mais je vais pas tout dévoiler d'un coup, ce serait gâcher. Alors s'il y a un mec bien qui passe dans le coin… »

Je croise les doigts. Et si j'allais mettre un cierge à sainte Rita ? En attendant de trouver un mec bien, je vais chercher du boulot. Je mets à jour mon profil LinkedIn, je refais mon CV, je remets les sites d'annonces en favoris, bref, je suis à fond. À fond sur deux gros dossiers en même temps, je risque la surchauffe, mais je suis multitâche, même pas peur.

Quête du Graal, J + 3

Les messages sont moins félins, c'est déjà ça, mais toujours en service limité.

Pfff.

Quête du Graal, J + 4

C'est dingue le temps que ça prend, ces bêtises. Je n'avais pas anticipé cette problématique. J'entame ma troisième soirée consacrée à ma Grande Quête. Entre les profils qui ont envoyé des flashs ou des favoris à éplucher, les connectés à reluquer, les messages à lire et les réponses, ça me bouffe deux heures chaque soir. Pas eu le temps d'appeler les parents, je n'ai pas corrigé les dernières pages du livre de cuisine vegan, et je n'ai pas répondu aux messages de Béa et Corinne pour organiser un petit dîner au restau. J'ai tout juste eu le temps de checker les annonces de boulot. Cette Quête est quelque peu chronophage. En même temps, un amoureux aussi, c'est chronophage, faudrait peut-être que je commence à m'y habituer…

Quête du Graal, J + 5

Bon, ça commence enfin à mordre : je discute avec deux mecs en même temps, ils sont pas mal, ils écrivent des phrases avec des mots, c'est plutôt sympa tout ça.

Bonsoir charmante Caroline !
Très agréable et très jolie photo.
Que faites-vous de beau ce week-end ?
Bastien

J'ose un bonsoir :)
Stéphane

Bonjour Bastien,
merci pour le compliment !
Je travaille ce week-end, c'est le lot parfois des free-lance !
J'espère que de votre côté il est agréable.
Caroline

Bonsoir Stéphane,
comment allez-vous ?
Caroline

Bonsoir belle Caroline
J'aime beaucoup vos photos…

Enchanté Caroline
Plutôt bien puisque vous me répondez !

Vous êtes très attirante
Je suis doux, gentil, câlin.
Ça fait un peu annonce
de labrador à la SPA,
mais je ne vais pas bloquer
pour si peu...

Vous êtes de Paris même ?
Pour ma part
je suis dans le 20e.
Ah, c'est cool, ça.

Bonsoir Bastien,
On peut peut-être se retrouver
la semaine prochaine
pour boire un verre
si ça vous dit ?
À un moment, faut avancer,
hein...

Bonsoir Stéphane,
Je suis à Paris,
dans le 18e,
pas si loin, donc ;-)

J'ai une bouteille de
champagne chez moi...
pas envie de la boire avec
n'importe qui...
Euh, il est mignon le Bastien,
mais pas question d'aller
chez un mec
que je ne connais pas.

Oui en effet... bon allez
je saute dans le métro
si vous m'invitez à venir
prendre un verre !
WTF ? Mais je veux pas
me retrouver
avec un inconnu
sur mon paillasson
à minuit
et des brouettes !

Je préfère les premiers
rendez-vous à l'extérieur,
je suis *old school...*

Hahaha ! Merci mais non
merci.
Je serais ravie
de boire un verre avec vous
à l'occasion à l'extérieur,

On pourrait se donner
rendez-vous à Châtelet
si cela vous convient ?
Une réponse tout en finesse pour éviter le traquenard.

mais pas d'invitation
au débotté à la maison...
Nanmého.

Et SPROUCHT ! font les Brett Sinclair et Danny Wilde du plan Q (mais en moins élégants) en disparaissant tous les deux pour toujours et à jamais. J'ai vraiment du mal avec cette idée de plan Q au débotté. Je ne sais pas si c'est mon côté Tata Jacqueline, mais je trouve ça très pas du tout respectueux de rien. C'est moi ou bien ? Tiens, je vais appeler Véro pour avoir son avis. Véro, elle a bourlingué sur les sites, elle a donc une petite idée de ce qu'il s'y passe. Et en plus je peux parler de sexe avec cette Tata Jacqueline mâtinée de Nadine de Rothschild, elle comprend de quoi ça s'agit tout ça. Véro, quoi qu'il arrive, a décidé de s'amuser des galères qu'elle traverse, en partant d'un grand rire de comtesse. Et elle trouve toujours dans son grand cœur des réserves d'empathie pour moi.

– Véro, il y a un grand mystère que j'aimerais percer sur les sites de rencontres.

– Si grand que ça ?

– Oui, plus fort que l'Atlantide ou les pistes de Nazca. J'aimerais savoir comment ils font, les mecs qui te proposent au premier message de débouler chez toi pour baiser.

– Comment ça comment ils font ? J'ai bien ma petite idée…

– Hahaha, non, comment un mec fait pour avoir envie de sauter sur une nana qu'il n'a jamais vue en vrai ?

– Ben, je sais pas, son profil lui a plu.

– Oui, mais moi, je peux voir un profil de mec qui me plaît, je n'ai pas du tout envie qu'il déboule sur mon paillasson en plein milieu de la nuit. Tu te rends compte que le dernier en date, il habitait à Nation, il était prêt à sauter dans le dernier métro à minuit et quelques pour traverser tout Paris pour venir sonner à ma porte !

– Heu, n'est-ce pas un peu rapide en besogne ?

– Mais ouiii ! Déjà, je ne me vois pas m'habiller, sortir de chez moi et traverser tout Paris à minuit pour un hypothétique coup. Pour un garçon que je connais et qui m'émoustille, d'accord, ça ne se discute pas. Mais là ? Et le mec, il ne sait pas si je n'ai pas une haleine de chacal ou une voix horrible ou quoi ou qu'est-ce…

– Mais tu ne crois pas qu'à ce niveau-là, il n'en a cure, le fripon ?

– Mais je ne pourrais pas coucher avec quelqu'un qui sent mauvais, par exemple.

– Moi je pense qu'à ce moment-là, le bonhomme, il est plutôt dans une démarche du type « Auriez-vous, chère madame, l'obligeance de mettre vos orifices à ma disposition ? » Et que ton parfum, c'est le cadet de ses soucis.

– Rhôôô, tu crois ? J'avais demandé à Agnès ce qu'elle en pensait, et elle disait sensiblement la même chose : « Il est pragmatique. » Elle disait qu'un mec qui, autrefois, était capable de monter avec une vieille prostituée toute rabougrie rue Saint-Denis, maintenant, pour vingt euros par mois il peut espérer coucher avec plusieurs nanas par semaine et pas rabougries du tout.

– Je te dis, il cherche un orifice ! Ça lui est complètement indifférent de savoir comment tu es, du moment que tu acceptes de coucher avec lui. Les sites de rencontres, c'est la mort de la prostitution.

– C'est déprimant… Une fois, j'ai demandé à un mec s'il avait des réponses positives à ce type de demande, et il m'a dit : « Suffisamment souvent pour que ça vaille le coup d'essayer. »

– Ou alors le type veut rentabiliser son abonnement. Il galère depuis des mois, et pour une fois qu'il y a une gentille qui répond à ses messages, hop ! Il se dit qu'il va en profiter pour lui faire son affaire.

– Oui, mais du coup, il n'anticipe pas grand-chose…

– Bouhaha ! Ce n'est pas ce qu'on reproche souvent aux hommes ? De ne pas anticiper et de réfléchir avec autre chose que leur cerveau ?

– C'est pas faux.

– Sinon, il y aurait bien une autre hypothèse : les mecs, ils seraient encore plus fleur bleue que nous et ils se disent que ça va être le coup de foudre, ils vont tomber direct amoureux.

– BIM ! sur mon paillasson ?

– BIM ! sur ton paillasson.

– Moui.

– Ou alors ce ne sont que des *serial* queutards qui font ça, mais ils n'assument pas d'aller sur des sites spécialisés, du coup, ils sont sur Meetic.

– Il faudrait pouvoir faire un sondage anonyme pour avoir des réponses.

– Carrément.

Quête du Graal, J + 6

À 3 h 13, un Meetic Boy encore plus noctambule que moi m'a envoyé un message : « ... sur votre photo vous souriez, vous êtes lumineuse, on a envie de vous aimer... ». Phrase qui entraîne instantanément la mise en position *on* de mon petit bouton ce-gars-est-choupinou. Enfin un qui fait des phrases avec des mots, pas de proposition graveleuse, et à qui j'ai envie de répondre ! Et avec un peu de chance, il ne se volatilisera pas...

Je lui écris avec toute la grâce dont je peux faire preuve. S'ensuit un échange frénétique de messages qui conduit à la mise en place d'un rendez-vous. Jean-François est drôle, dragouille et tout comme il faut sur le papier. Reste à vérifier s'il est cohérent dans la vraie vie.

Quête du Graal, J + 10

J'en reviens pas que j'ai déjà un rencard ! Je suis toute pomponnée, prête à voler vers l'Irrésistible Jean-François. Rendez-vous fixé à cinq minutes de la maison, il habite tout près, c'est super pratique. C'est vachement bien, pasque comme ça, quand il sortira du boulot, il pourra passer me voir ou, moi, je ferai un saut chez lui… Pôpôpô ! J'arrête de fantasmer et de tirer des plans sur la comète, c'est quand même mon premier premier rencard depuis une éternité.

Troquet en approche : y a un grand garçon debout devant, ce doit être lui. Je fais comme si je ne l'avais pas encore vu, comme ça, ça ne fait pas trop on avance l'un vers l'autre au ralenti comme dans *Un homme et une femme*. Allez, un petit coup d'œil quand même… Rhôlavache, il est super mal fringué ! Je m'approche, il me regarde, je le regarde… je rentre le ventre, je sors la poitrine, j'affiche mon plus grand sourire… moui, il est moins bien que sur sa photo. VRAIMENT moins bien… Ah, mais quand il sourit, tout de suite, il prend du charme. J'aime bien. Contact dans 5 m, 4 m, 3 m, 2 m, 1 m… contact ! Bise agréable, touchage de bras d'une main légère mais assurée, il sent bon, jusque-là, tout va bien.

– Vous pouvez dès maintenant mesurer ma capacité à générer des plans foireux, me dit-il. Le café dans lequel je vous ai donné rendez-vous est fermé. Qu'est-ce qu'on fait ? On en cherche un autre ou on va directement au restau ? J'en connais un bien juste à côté.

– Si vous connaissez quelque chose dans le coin, c'est parfait, allons-y !

Je lui laisse l'initiative du lieu : les garçons, souvent, ils aiment bien croire que ce sont eux qui décident. Une fois au restau, il me conduit vers notre table d'une main à peine posée sur le bas de mon dos (il ne faudrait pas qu'il pose plus, il sentirait le bourrelet qui surmonte inévitablement une culotte gainante. Ben oui, ce sont les lois de la physique : il y a des niveaux de compression qu'on ne peut pas dépasser et tout ce qui ne se comprime pas à l'intérieur ressort à l'extérieur, vers le haut ou vers le bas ou sur les côtés).

Le repas se passe divinement bien. Jean-François est drôle, galant, il se la joue un peu, mais il a un sens de l'humour ravageur, je suis sous le charme. Il pète la Gold pour m'inviter et me lance :

– On va boire un dernier verre ailleurs ?

Sur le trajet, je lui pose la question qui me taraude depuis le début :

– J'ai recherché ton pseudo, Gom Jabbar[1], sur Google… je me souvenais bien de ce mot, mais honte à moi, je l'avais confondu avec Jabba le Hutt de *La Guerre des étoiles*. Choisir comme pseudo un crapaud

1. Aiguille empoisonnée qui tue les hommes qui n'ont pas maîtrisé leurs réflexes animaux dans *Dune*.

géant baveux, je trouvais ça un peu décalé… Mais en retrouvant ce qu'est le Gom Jabbar dans *Dune*, je reste tout de même perplexe. C'est quoi l'idée ?

– Ah, Wikipédia, c'est la mort du pseudo ! Fini la cryptoculture ! Dire que c'est un pseudo que je tiens de mes jeunes années, celles des jeux de rôles et des flippers dans les bistrots… Je n'avais pas revérifié le sens avant de l'utiliser. Tu crois que je sème la terreur parmi les abonnées de Meetic ? Hahaha ! Le retour du psychopathe ! Finalement ça ne me déplaît pas ! Mais Jabba le Hutt, c'est une bonne idée aussi, je vais la garder, c'est concept, fétide et sincère ! Je risque d'attirer les limaces, mais on verra bien !

– Bon, Jabba le Hutt, il avait la princesse Leia en maillot à ses pieds, y a pire…

– T'as raison ! Mais elle était tarte avec ses macarons. Je me demande si ça t'irait, les macarons ?

– Hahaha, c'est malin !

On s'installe à la terrasse du bar, la conversation reprend et… *Pourquoi il me regarde comme ça l'Irrésistible Jean-François ? Ouh là, je sens qu'il va dire un truc…*

– Je peux te prendre la main ?

Arf.

– C'est dingue ce qui nous arrive, non ?

– Euh…

– Tu te rends compte, on se rencontre, comme ça, on se trouve, et ça devient une évidence ?

Arrrggglll. Nanmého, Roméo, tu ne t'emballes pas un peu, pour un premier rendez-vous ?

Nos verres terminés main dans la main, toujours aussi galant, l'Irrésistible Jean-François propose de me raccompagner. Devant mon digicode, il fait semblant de continuer à discuter, tout ça… Au point où on en est, le touchage de doigts c'est bien joli, mais un petit roulage de pelle permettrait de confirmer (ou non) le potentiel de monsieur.

J'entrouvre les lèvres, je secoue un peu les cheveux, je le regarde avec mes yeux qui crient « Embrasse-moi ! » et à moins d'être complètement abruti, le message est clair. Il le capte bien et me plaque contre lui. BOING ! font nos deux bidons se rencontrant et il me roule le premier d'une succession de patins d'enfer. Ça, c'est bien un truc de vieux : avant, quand un gars me pressait contre lui, je peux vous dire que ce n'étaient pas nos bidons qui entraient en contact. C'est bizarre, faut s'habituer, on fait un peu Culbuto.

Après une bonne demi-heure d'un traitement pareil, je suis pantelante, échevelée, en surchauffe complète et je parviens à grand-peine à désencastrer ma langue de ses incisives.

C'est peut-être bien le bon. Même si j'ai conscience que je m'emballe un peu.

Malgré une petite pression à la fois psychologique et pantalonesque pour poursuivre chez moi ces échanges de fluides, je reste droite dans mes escarpins.

– Écoute, je vais rentrer. Soyons raisonnables.

– Tu as raison, on doit être raisonnables. Attends, t'es sûre ? J'ai encore envie de t'embrasser…

– Mmm…

– Tu vois, on ne peut pas être raisonnables !

– Si, si, je suis sûre, on peut le f…

– Mmm…

– Non, on ne peut pas…

– Allez, laisse-moi y aller. On va se revoir très vite pour faire ce qu'on ne va pas faire ce soir…

– Promis ?

– Promis. Allez, j'y vais. Bonne nuit.

En fait, j'ai besoin d'un petit délai pour me faire à l'idée que je vais devoir abandonner mon titre incontesté d'Impératrice de la Chasteté. Et c'est pas pour dire, mais j'ai des toiles d'araignées à l'endroit où je pense depuis des années que je n'ai pas livré mon petit corps grassouillet aux assauts d'un mâle. J'ai besoin d'un petit temps de préparation pour remettre tout ça en état d'être vu par quelqu'un d'autre que ma gynéco.

Ding ! fait le SMS : « C'est nul de ne pas être dans tes bras. De ne pas t'embrasser. » Je m'en mords les doigts. D'autant que c'est mon premier SMS d'amouuur.

Re-ding ! « J'ai envie d'avoir le nez dans tes cheveux. De sentir ton odeur. Que tu me prennes dans tes bras. » Je frôle le coma. Je fais des petits bonds de tout partout chez moi en jetant en l'air des brassées virtuelles de pétales de roses, comme les hippopotames dans *Fantasia*. Pupuce, que je dérange dans son sommeil de grosse feignasse sur la couette, me fusille du regard, les oreilles à l'horizontale. Je partagerais bien ma joie avec elle, mais je vois bien qu'elle n'est pas très réceptive.

Je n'ai guère que cinq jours à tenir, ce qui, à l'échelle de mon récent record d'abstinence, est de la roupie de sansonnet. Je me lève en pensant à l'Irrésistible Jean-François, je mange en pensant à l'Irrésistible Jean-François, je bosse en pensant à l'Irrésistible Jean-François, je vais même jusqu'à sourire à Maléfique en pensant à l'Irrésistible Jean-François (c'est dire), je me rase les poils en pensant à l'Irrésistible Jean-François, j'achète de la lingerie en pensant à l'Irrésistible Jean-François. Et toutes ces sortes de choses.

Quête du Graal, J + 15

Je reçois le SMS « Suis dans le bus. Je vole vers toi » : je pars donc retrouver l'Irrésistible Jean-François, en irradiant tellement de tension sexuelle que j'en ai les cheveux qui frisent.

Je passe le dîner à le regarder en me demandant ce que ses mains donneront au niveau contact corporel, ce que sa bouche sera capable de faire et… hum… je jette aussi un petit coup d'œil sur tout le reste. Mais vite fait, hein. Discrètement. On ne traîne pas des plombes au restau.

La suite des événements se révèle à la hauteur de mes espérances. L'Irrésistible Jean-François est un garçon fort habile de ses mains (je ne sais pas s'il est bricoleur, mais en tout cas, il sait utiliser tous les outils à sa disposition). De mon côté, ça fait tellement longtemps que je n'avais pas fait de galipettes que j'ai le trouillomètre à zéro, c'est rien de le dire. J'en suis malade, à me demander si je suis empotée ou incompétente... En plus j'ai quand même pris une tapée de kilos depuis la dernière fois que je me suis retrouvée à poil devant un gars. Je me sens grosse, vieille et moche. Mais comme l'Irrésistible Jean-François fait preuve de la plus grande galanterie en la matière et montre tous les signes d'un attachement certain (précoce, certes, mais certain), je passe d'une vision de moi qui frise une Carlos blonde à celle, nettement plus plaisante, d'une Wonder Woman. Carrément.

Messieurs, s'il vous arrive de vous demander pourquoi on couche avec vous, ben, c'est pour ça.

Malgré moult démonstrations d'affection et de tendresse, l'Irrésistible Jean-François repart à peine l'affaire conclue, soit à minuit et quart. Ce qui me laisse quelque peu sur ma faim. Pasque c'est pas pour dire, mais une fois que tu remets la machine en route, tu ne l'arrêtes pas comme ça. Mais comme il m'envoie ce SMS « Bonne nuit petit cœur », je lui pardonne instantanément.

Quête du Graal, J + 16

Corinne, Béa, Agnès, Nathalie, Sophie

Caro
Hé les filles, pour info : JE NE SUIS PLUS LA DÉESSE DE L'ABSTINENCE !

Nathalie
Nooon ! Je suis zoutrée. Et alors ?

Caro
Ben… je ne vais pas dire des cochoncetés, mais ça fait du bien !!!

Agnès
Rhôôôô…

Caro
Je sais.

Agnès
Il est comment ?

Caro
Grand, baraqué, hyper drôle, gentil, galant… donc y doit y avoir un vice caché, c'est pas poss. Je dois le revoir dimanche, troisième rendez-vous, à mon avis, ça sera assez décisif !

Agnès
Mmmm... Pour ?

Caro
Tâter l'ambiance, voir si ça va plus loin...

Sophie
Tâte, après on verra !

Caro
OUAIP ! le tâtu, y a que ça de vrai !!!
Notre prochain RV c'est une visite de musée !!!

Sophie
Lequel ? Érotisme ?

Caro
C'est malin... Cernuschi, art asiatique...
Remarque y aura peut-être des estampes japonaises ????

Corinne
Nous sommes toutes fébriles en attendant de tes nouvelles.

Quête du Graal, J + 20

Caro
Chuis dégoûtée, me suis fait téj comme une canette,
vous le croyez ça ???

Corinne
Comment ça ? Explique !

Caro
Ben, le garçon, il s'est évaporé, a disparu, a pas donné de news... et quand j'ai appelé, m'a balancée sur la messagerie !!!

Nathalie
Le salaud !

Ouaip ! C'était pas la peine de me faire des grandes déclarations de Roméo de pacotille, si c'était juste pour coucher, j'aurais enlevé ma culotte de toute façon !!!

Béa
Pfff, quel nase !!!

Caro
On est d'accord !

Sophie
Pauv' type... C'est pas grave : tu as le pied à l'étrier c'est le principal, non ?

Caro
Et que j'te prends la main,

et que j't'envoie des mots
doux et gnagnagna…
m'en fous, chuis toujours sur le site,
et j'ai pas l'intention de m'arrêter là !

Sophie
Au pire des cas tu t'es remise dans le coup et *a priori*,
c'était pas mal.
Il faut garder ce souvenir même si c'est pas top classe.

Caro
Ouaip ! Comme disait ma grand-mère,
ce qui est pris n'est plus à prendre !

Chapitre IV

– Alors ? Tu en es où de ton dossier « Rencontres » ? me demande Agnès, devant un verre de chardonnay.

On ne se voit pas très souvent, mais je sais que je vais repartir gonflée à bloc de cette soirée. Agnès, c'est à elle que je dois mon estime de moi physique, ce n'est pas rien. Ça fait vingt-cinq ans qu'on se connaît et ça fait vingt-cinq ans qu'elle me dit, avec constance et bienveillance, que je suis jolie, sexy, que mes rondeurs sont charmantes, que je suis bien habillée, que ce que je porte me va à ravir et tout et tout. Et elle me faisait remarquer quand un garçon me regardait avec insistance, ce que je ne voyais jamais. Agnès a continué avec constance à me complimenter, même quand je l'envoyais paître, que je ronchonnais ou que j'éclatais en sanglots parce que je ne pouvais pas accepter ce qu'elle me disait parce que je me trouvais grosse et moche. Elle n'a jamais lâché l'affaire, jusqu'à ce que je finisse par entendre ce qu'elle me disait, à regarder autour de moi, et à éventuellement peut-être un jour commencer à la croire. Maintenant, j'ai vingt-cinq ans de plus, mais j'ai le moral gonflé à bloc, en grande partie grâce à elle. Et à toutes mes amies, qu'elles soient bénies !

– Ben, j'ai quand même mis trois mois à me remettre de l'histoire avec l'Infâme Jean-François. Pour une remise en selle après des années de calme plat, l'accélération suivie du freinage brutal m'a fait saigner les oreilles.

– C'est sûr que pour une première rencontre, il a frappé fort.

– Au moins, ça a le mérite de mettre les pendules à l'heure dès le début : s'emballer est inévitable, coucher c'est bien, mais mieux vaut ne pas trop attendre de ces messieurs si je ne veux pas me pendre avec ma gaine-culotte.

– Hahaha, t'es con !

– Le seul point positif de cette aventure, c'est que le largage n'a, *a priori*, rien à voir ni avec mon poids, ni avec mon âge.

– Meuh, mais attends, t'es jolie comme tout, Caro !

– T'es mignonne, m'enfin quand même… Regarde, si je pince la peau du dessus de ma main, eh bien, elle revient plus en place comme avant. Et pis elle est toute fripée. Et regarde, là, j'ai une tache de vieillesse ! Ça dit bien ce que ça veut dire. Et je ne parle même pas des cheveux blancs… Tu savais, toi, que la couleur tient moins bien sur les cheveux blancs ?

– Sérieux, tu es trop dure, t'as même pas de rides, on te donne dix ans de moins.

– Oui, mais ça, c'est parce que je suis grosse ! Le gras, ça comble…

– Ce qu'il ne faut pas entendre… Mais ça va sinon ? Tu n'as pas l'impression qu'il s'est servi de toi pour arriver à ses fins ?

– Tu sais, on avait la même fin, hein ! Même avec son attitude de queutard pleutre, il m'a redonné confiance en moi. Il faut reconnaître que je n'ai pas été la dernière pour l'étape galipettes… Il ne m'a pas mis un pistolet sur la tempe ! Les filles qui se griffent les cheveux parce qu'elles ont passé la nuit avec un type qui a disparu dans la nature, je trouve qu'elles ne prennent pas le truc dans le bon sens. À moins que le gars n'ait vraiment raconté des carabistouilles pour emballer l'affaire, s'il s'est montré vaguement cohérent, la fille a couché avec lui parce qu'elle en avait envie, non ? Il faut prendre les bonnes choses comme elles se présentent. Comme dit Scarlett, « Tara sera toujours Tara ». Je ne vais pas lui reprocher de m'avoir fait grimper aux rideaux. Après, s'il a disparu, ça lui appartient. Moi je suis remise en selle, c'est l'essentiel !

– T'as raison ma Brenda, faut pas se laisser aller !

– C'est le jeu ma pauvre Lucette ! Après avoir bien ruminé sur la goujaterie masculine, je suis prête à reprendre ma Quête. Vu que j'ai pris un abonnement de six mois sur Meetic, je peux y retourner, mais je suis un peu échaudée, j'ai moyennement envie de retomber sur l'Infâme au détour d'une page. Je ne sais pas trop quoi faire, du coup.

– T'as essayé POF ? C'est gratuit.

– POF ? Ça fait « bof », ils vendent du rêve, eux !

– Non, le nom est ridicule comme ça en français, mais c'est l'acronyme de *Plenty of Fish*.

– Et ?

– C'est le raccourci de l'expression *Plenty of fish in the sea*, l'équivalent anglais de « Un de perdu, dix de retrouvés ».

– Moui, je ne trouve pas ça de très bon augure, vu qu'il faut quand même en paumer un pour avoir la chance d'en trouver dix. Moi je préférerais en trouver un tout court.

– Bah, essaie quand même, tu verras bien ce que ça donne !

Aussitôt rentrée à la maison (un peu pompette, certes, mais encore en état de remplir une fiche de site de rencontres), j'attaque le questionnaire d'inscription, qui est hallucinant : « Prenez-vous des drogues ? », « Est-ce que vous possédez une voiture ? », « Vos parents sont : Toujours mariés, divorcés, Séparés, l'un d'eux est décédé, Ils sont tous les deux décédés, pas ensemble », « Nombre de frères et sœurs et position dans la fratrie », « Sortiriez-vous avec un membre qui dit être corpulent ou avoir quelques kilos en trop ? ». La plupart des questions sont obligatoires et tu ne peux pas répondre « j'en sais rien » ou « va te faire foutre » (ce qui, en l'occurrence, est le projet, mais bon, je m'égare). Je réponds tant bien que mal à ce questionnaire digne de la Stasi et je vais me balader sur le site.

Pétard, j'avais oublié.

Photos improbables, annonces sibyllines, messages minimalistes.

Allez, hophophop, on se motive, on retourne au charbon !

Quête du Graal, J + 3 mois et 15 jours

J'ai un premier message de Sebcestbien. Pleine d'espoir, j'ouvre : « Bonsoir, je vois sur votre profil que vous êtes éditrice. Je viens juste de finir ce texte, dites-moi ce que vous en pensez.

Volent volent âmes perdues
Volent volent dans les cieux
Qui suspend son vol nu
Dans ce monde agité des dieux. »

Euh, comment dire… Et s'ilvousplaîtmerci, c'est en option ? Tête de con, tiens.

VeryCoolBoy m'écrit « bjr pztrler mpu de tpi ». Il a clairement un forfait consonnes. Je me demande si ça ne m'énerve pas encore plus que les messages ineptes. Un garçon avec lequel je pourrais envisager de correspondre, mais comme il tape à deux doigts boudinés et qu'il ne se relit pas, on comprend rien. Pfff.

Philamour « recherche une pin-up, obsédée sexuelle mais avec des valeurs humaines », Gilou « recherche un emploi dans la plasturgie, merci de faire valoir ce que de droit, cordialement ». Jeteveuxbien me fait l'honneur de me crier dessus qu'il veut « PARTAGER AVEC VOUS, VOIRE MÊME VIVRE EN COUPLE (MARIAGE) CAR JE N'AI PAS D'OBLIGATIONS FAMILIALES ET CELA ME FERAIT TRÈS PLAISIR DE FAIRE MA VIE AVEC VOUS ».

Cela fait deux heures que j'erre. Je suis complètement déprimée, convaincue qu'il n'y a aucun espoir pour la race humaine. Si les hommes viennent de Mars et les femmes de Vénus, clairement, les mecs normaux doivent être restés sur Alpha du Centaure. Un certain David me flashe. Je fais un tour sur sa fiche : annonce vaguement cohérente, photos à la hauteur du niveau habituel (une photo de trombinoscope de boulot, une autre d'une soirée professionnelle et une toute floute prise dans sa glace de salle de bains. Un trio qui peut piquer les yeux d'une néophyte, mais qui, au bout de quelque temps sur les sites de rencontres, est presque le dessus de panier). Allez, j'y vais.

Merci pour ce petit flash !
Nous pouvons faire connaissance,
si vous le souhaitez.
À bientôt peut-être ?

Caroline
Youhou.

Bonsoir Caroline
Merci de me répondre
Oui avec plaisir David
Merci, ça aurait été sympa
de terminer par une question ouverte,
ce qui m'aurait grandement facilité
le boulot pour enchaîner derrière.

Bonjour David,
J'espère que vous allez bien !
Je ne sais pas ce que vous en pensez,
mais je suis plutôt partante pour nous rencontrer « en vrai »,
histoire de sortir de ce site si on peut !
Alors évidemment pas tout de suite,
direct, mais on pourrait se retrouver
pour boire un verre un de ces soirs, qu'en dites-vous ?
Caroline
Je crois bien avoir réussi, en un seul message,
à faire passer l'idée qu'on va pas ragnasser là
pendant des semaines, que je suis pour
une rencontre dans la vraie vie,
mais que ça n'implique pas forcément
que je sois une grosse chaudasse, non môôôssieur.

Avec grand plaisir
AAAaaarrrggglll.
Mais c'est pas vrai, il faut tout faire, ici !

On se retrouve pour boire
un verre la semaine prochaine ?

Vous êtes dans quel quartier ?
Je vous laisse mon numéro : 06...
À bientôt !
Caroline
Bon, là, comme ça, on va avancer.

Paris 10 et vous ?
Ben non, on n'avance pas.

Mon numéro 06...
Moui... mais bon,
j'ai déjà donné le mien,
qu'il eût été judicieux d'utiliser,
si ce n'était pas trop demander,
pour une avancée majeure de 1,3 mm.

Moi je suis au métro La Fourche,
on ne devrait pas avoir de mal
à trouver un point de chute !
Bon, là, je dis clairement :
la balle est dans ton camp,
très cher, bouge-toi !
et appelle (ma douceur s'effrite quelque peu)...

Bon, je vais me coucher. J'ai beau reprendre ma Grande Quête, je ne dois pas en oublier pour autant que mon cerveau est censé être vaguement opérationnel pour affronter les Empuses demain. Et chercher du boulot. Et téléphoner à Môman.

Compactée dans la ligne 13, je réfléchis à ce que je pourrais faire pour optimiser ma Quête et écrémer les boulets. Sur un blog, une fille dit que ce n'est pas la peine d'aller sur les sites élitistes comme Élite rencontres, ça coûte affreusement cher et ce sont les mêmes boulets. Donc autant faire le tri sur un site qui brasse plus comme Meetic ou POF. Ou faudrait-il peut-être finalement que j'essaie Tinder ? Il n'y a peut-être pas que des jeunots ? À cogiter.

Je suis à peine installée à mon bureau que Sandrine, la boss, m'appelle.

– Caroline, je voulais t'informer de ceci : les éditions Chartier ont décidé d'arrêter leur collaboration avec nous. Marion perd donc deux titres sur lesquels elle travaillait. Il faut que je réorganise le service, sinon elle n'a plus rien à faire. Je sais que tu t'es beaucoup investie dans la collection « Mes créations déco », mais je vais lui confier le suivi de ce projet.

– Ah. Du coup, qu'est-ce que j'aurai à la place ?

– Rien pour l'instant.

– Mais si je n'ai plus « Mes créations déco », j'aurai moins de jours ?

– Oui, mais c'est provisoire. Il y aura forcément quelque chose d'autre qui va se présenter.

– Tu as des projets en vue ?

– Non, pas pour l'instant, mais je ne suis pas inquiète.

– Oui, mais ça me fait combien de jours en moins, ça ?

– J'ai calculé, ça te fait un jour de moins, tu ne viendrais plus que deux jours chaque semaine.

– QUOI ? Tu te rends compte de ce que ça représente pour moi ?

– Je sais bien, mais tu comprends, Marion est salariée chez nous, toi tu es free-lance. S'il y a moins de boulot, Marion je suis obligée de la payer à ne rien faire, tandis que toi…

– Tu peux me supprimer un tiers de mes revenus d'un coup. D'accord, je comprends.

– Écoute, ne t'inquiète pas, je suis sûre que c'est transitoire. En attendant, je compte sur toi pour faire la passation des dossiers avec Marion.

– Très bien. J'arrête quand « Mes créations déco » ?

– Tu finis le numéro en cours, c'est le 25, je crois ? Marion prend la main à partir du 26.

– Bien. Est-ce qu'au moins, à partir de maintenant, je pourrai grouper mes jours sur deux semaines, histoire de ne pas rater une opportunité de boulot qui se présenterait ?

– Oui, bien sûr.

– Partons là-dessus, alors.

Je crois bien qu'on pouvait voir des stalactites descendre de cette phrase.

Pfff. J'en reviens pas, mais quelle saleté ! Je comprends son point de vue, les impératifs économiques et tout ça, mais perdre la collection « Mes créations déco » et en plus au bénéfice de Maléfique, franchement, ça me saoûle. Ah tiens, quand on parle de la louve… la voilà qui arrive, ce doit être pour parler du dossi… et elle me passe sous le nez, sans me dire bonjour ni même me regarder. OK. Très bien, ma cocotte, ta passation, tu vas pouvoir te la mettre où je pense.

Heureusement que j'ai quelques autres missions alimentaires pour faire le tour d'un budget vaguement cohérent. Mais j'avoue que la rédaction de fiches de bricolage ne faisait pas tout à fait partie de mes objectifs d'écriture quand j'étais jeune. Allez, la vie est quand même bien faite côté timing : j'allume mon ordi pour découvrir un mail d'un certain Matthieu Dufourcq : « Bonjour, j'ai vu sur votre profil LinkedIn que vous aviez édité plusieurs livres sur les chiens et les chats. Je suis directeur de Chiens et chats en liberté, un petit groupe de presse qui édite plusieurs magazines sur les chiens et les chats, basé à Lunel. Je suis à la recherche d'une secrétaire de rédaction et éventuellement journaliste pour m'assister à temps partiel, dix jours par mois. Si vous êtes intéressée par ce projet, appelez-moi ! »

Mais c'est génial ! Outre que ça tombe à pic, Lunel est à quoi, une demi-heure en voiture de la maison des parents. J'aurais un deuxième boulot relativement fixe, et en plus à côté de Montpellier, où je pourrai donc descendre régulièrement et aider un peu à la maison. Les chiens et les chats, c'est sympa comme sujet. Je lui réponds aussi sec, ranafout de me faire attraper au boulot en train d'envoyer ma candidature pour un autre poste, vu la manière dont je suis traitée ici. Au moins ça, ça avance. Je vois au passage dans mes mails que j'ai un message sur Meetic, mais je le garde pour ce soir. Je ne veux pas briser mon élan d'enthousiasme avec un énième « cc sa va ? ».

Arrivée à la maison, je me jette sur le téléphone :

– Dis, maman, t'en penserais quoi si je venais habiter chez vous deux semaines par mois ? J'ai une proposition de boulot, ce n'est pas encore confirmé, mais j'ai rendez-vous dans quinze jours avec un monsieur qui s'occupe de magazines sur les animaux à Lunel, et il cherche quelqu'un.

– Oh là là, mais ce serait super, ça ! On te verrait plus et ça te ferait un autre boulot…

– Bon, c'est cool ! Papounet va bien ?

– Ça va, mais il s'est mis en tête de recommencer à conduire, c'est un peu compliqué.

– QUOI ? Mais il ne peut pas conduire avec ses troubles de perception. Manière il n'a plus son permis, si ?

– Ben si. Tant qu'un médecin ne fait pas un certificat que tu dois donner à la Préfecture pour annuler le permis et le rendre, tu as toujours le permis.

– J'imagine que tu as demandé au Dr Meillan ? Ou au neurologue ?

– Tu parles que je leur ai demandé ! Ils ne veulent pas se mouiller, ils se renvoient la balle, la renvoient au centre de rééducation. Personne ne veut dire à ton père qu'il ne conduira plus, même les médecins dont c'est le boulot. Comme d'habitude, ça me retombe dessus... Officiellement, ton père a toujours le permis, alors il me tanne pour conduire !

– Aïe. Et si toi, tu lui dis que ce n'est pas possible, il va t'en vouloir à mort.

– Voilà.

– Tiens bon, on trouvera bien quelque chose ! Grosses bises !

– Grosses bises, à bientôt !

Après une nuit à fantasmer sur ce travail à Lunel, j'appelle Matthieu Dufourcq. Le boulot qu'il me propose n'est pas très bien payé (quelle surprise !), mais cela me permettrait de varier un peu les employeurs et de mettre un pied dans la presse. Nous convenons que je descends à Lunel dans quinze jours pour une semaine d'essai. Je demande à la boss de concentrer mes jours la semaine prochaine pour me libérer. Je vois bien qu'elle n'est pas emballée, mais elle ne peut décemment pas me refuser ça. Elle en profite pour me refiler une magnifique patate chaude :

– Tu sais qu'on doit faire un test de collection « Stimuler son cerveau » pour les éditions Chronos. J'ai un boulot à te proposer, je suis sûre que ça va t'amuser !

– Ah oui ?

Je sens bien arriver le truc pourri, là.

– Dans le fascicule, il y aura des recettes de cuisine pour stimuler le cerveau. Mais comme ils n'ont pas de budget pour faire faire des recettes par un auteur spécialisé, on est convenu que tu allais t'en occuper.

– Mais je n'ai jamais écrit de recettes de cuisine, moi !

– Oui, oui, ce n'est pas un problème. Par ailleurs, comme on n'a pas non plus de budget pour faire photographier les recettes, j'ai trouvé une solution. Tu vas chercher dans les banques d'images de jolies photos de recettes avec des oméga 3, des machins naturels bons pour le cerveau comme ça, et puis tu vas rédiger la recette à partir des ingrédients que tu vois sur la photo ! C'est rigolo à faire, non ?

– Euh…

– Si, si, tu vas voir !

J'en ris déjà. Je ne sais pas comment ça se fait, mais ce n'est jamais aux Trois Empuses qu'elle propose ce genre de plan « pour les amuser ». Suis-je bête. Elles sont salariées, elles, et elles l'enverraient bouler, elles. J'aimerais bien un jour avoir les moyens financiers d'envoyer bouler quelqu'un qui me propose un boulot complètement naze « parce que ça va m'amuser ».

De retour à la maison, je vois que j'ai un message de David.

Donne ton numéro
Nan, mais je rêve ?
Il est con ou il est con ?
Ou il est grossier ET con ?

Euh, déjà donné…
mais je le redonne : 06…
Après trois Tranxène, je fais cette réponse d'anthologie.

Tu ne réponds pas
Seigneur, envoie-moi un signe, fais-moi savoir dans ton infinie mansuétude que ce n'est pas Toi qui me mets à l'épreuve.

Tu as dû te tromper de numéro !
Réponse de la dernière chance.

Tu crois ?
Ça y est, c'est confirmé, je vais tous mouriiiiiiiiir.

Le téléphone sonne. Truc de dingue, David a réussi à composer les dix chiffres de mon numéro sans se tromper. Malgré ce début poussif, la conversation est plutôt sympathique : il est meilleur à l'oral qu'à l'écrit (en même temps, ce n'est pas très difficile). Tandis que nous sommes en plein badinage, je fais les cent pas dans l'appart comme d'habitude au téléphone (enfin cent pas, c'est une vision de l'esprit, étant donné que je fais un tour complet de mon trente-trois mètres carrés en cinquante-quatre pas). Je m'allonge sur le lit, et là, c'est le drame. J'avise une tache au plafond qui s'étend de seconde en seconde. NOOOON ! J'ai ENCORE un dégât des eaux ! Je raccroche en prévenant David que je dois très vite monter chez la voisine pour gérer le truc.

Je tambourine jusqu'à ce que la voisine m'ouvre (elle est l'exception dans L'Escalier de la soif : pas sympa et pas fute-fute non plus).

– J'ai de l'eau qui dégouline de mon plafond, qu'est-ce qu'il se passe chez vous ? Je peux aller voir ?

– Oui, oui, c'est dans la salle de bains.

Là, je vois un geyser sortir d'un tuyau derrière les toilettes.

– Mais vous avez vu ça ? Vous avez fait quelque chose ?

– Ah non, je n'y connais rien, mais j'ai appelé le plombier.

– Quand ?

– Il y a deux heures.

– QUOI ? Ça fait deux heures que ça coule comme ça ?

– Oui, mais regardez, j'ai allumé le radiateur pour que ça sèche.

Je vais la tu-er.

– Mais ça ne sert à rien d'allumer le radiateur, bon sang, il y a cinq centimètres d'eau dans votre salle de bains et un geyser qui monte au plafond ! Vous allez créer un court-circuit ! Vous allez vous électrocuter !

– Ah bon, vous croyez ?

– Ben oui ! Il faut commencer par couper l'eau ! Où est le robinet ?

Je coupe l'eau et je la laisse éponger/sécher/chauffer ce qu'elle veut, je préfère partir avant de commettre l'irréparable. Une fois que j'ai terminé d'éponger chez moi, David me rappelle et j'ai un bon feeling. Bon feeling qui, il faut bien le dire, tient du miracle : à partir du moment où je ne suis comme qui dirait pas franchement à prendre avec des pincettes. Mais David sait compatir et s'intéresser tout bien comme il faut à ma petite personne et à mes problèmes de plomberie pour que cela me laisse croire que c'est un garçon civilisé.

Quête du Graal, J + 3 mois et 17 jours

Je raccroche et je vais me détendre en faisant défiler mon lot quotidien de profils (non je ne vais pas mettre tous les œufs dans le même panier). BIM ! Chouette, j'ai un nouveau message !

Ça ne méritait pourtant pas que je me précipite, étant donné la nature dudit : « Bsr douce princesse mé kel inocence courone c visage angelik e kel charm tr mystik vogue en flambant kom 1 lueur ororal sublim o large d c bo yx d 1 vré sirene charmant l reveux ! Ca t di 1 dialogue correct e serieux ? » Oui, justement, à propos : sérieux ? NON, MAIS SÉRIEUX ?

Pendant que j'y suis, je regarde les profils de ceux qui m'ont envoyé un flash.

Je me demande vraiment quelles femmes Phil78 peut pécho avec cette annonce : « Alors étonne-moi, deviens la muse bouche qui me fera vibrer ! Marre des surgelés et des conserves, je veux du produit frais. Alors si tu sais manier le rouleau à pâtisserie comme une pro, écris-moi ! Mais attention, avant le réconfort, l'effort. J'aime celles qui prennent soin d'elles. J'aimerais aussi que tu n'aies pas, si possible, le QI d'une huître (je n'aime pas les fruits de mer), mais un minimum de culture, afin qu'on puisse quand même discuter pendant les 70 prochaines années qu'on aura à vivre ensemble. » Mais va jouer sur l'autoroute…

Je suis tellement énervée que je fais une pause pour appeler Corinne qui fréquente aussi les sites. Elle aura peut-être des tuyaux à me donner pour éviter les baltringues.

– Coucou ma poulette, ça va toi ?

– Ça va, et toi ? Ta Quéquête du Graal, ça avance ?

– Ah, c'est malin ! Pfff, non, justement, je n'en peux plus, là.

– Ah, toi aussi ? Moi j'en ai assez, je galère, je ne récupère que des balourds.

– Pareil. Le dernier, il avait mis dans son annonce : « J'aime celles qui prennent soin d'elles. J'aimerais aussi que tu n'aies pas, si possible, le QI d'une huître. » Non, mais ça va, oui ?

– Aaah, je ne supporte pas ces mecs-là ! Ils font un inventaire à la Prévert de ce qu'ils veulent et ne veulent pas chez une femme, ils font la liste des défauts de leur ex et de toutes celles qui les ont arnaqués sur les sites.

– Mais ouiii ! Comme si on y pouvait quelque chose s'ils sont assez couillons pour croire qu'une bombasse appelée Tatiana est tombée amoureuse d'eux au premier coup d'œil sur leur photo !

– C'est ça ! Ils en veulent à toutes les femmes, et ils polluent les sites, parce qu'ils ne trouveront jamais, mais JAMAIS, la femme parfaite selon eux ! Ils feraient mieux de développer leurs arguments pour nous donner envie de parler avec eux ou de les rencontrer avant de faire leur liste au Père Noël…

– T'as bien raison. Sinon, tu as eu des rendez-vous récemment ?

– Que des tocards.

– La vache, vu que tu as dix ans de moins que moi et quelques dizaines de kilos de moins aussi, c'est franchement inquiétant pour la réussite de mon projet, si toi tu ne trouves pas !

– Tu vas voir, ça va nous tomber dessus quand on ne s'y attendra pas !

– Moui…

– Allez, courage ma bichette, on va y arriver !

Ouééé, j'ai un nouveau message. J'y vais avec encore un vague espoir, mais Bill, citoyen de Sa Très Gracieuse Majesté, qui vit à Stockton-on-Tees, dans le nord de l'Angleterre, est complètement cintré : « YEUX BLEUS JE VAIS PRIER POUR QUE

VOUS ALLIEZ À LA MESSE ET QUE VOUS VOUS CONFESSIEZ ET VOUS LE FEREZ CAR LE SEIGNEUR RÉPOND TOUJOURS À MES PRIÈRES ET JE LE REMERCIE PAR AVANCE. VOUS ALLEZ ALLER À L'ÉGLISE CAR C'EST CARÊME ET NE LAISSEZ PAS LE DIABLE GAGNER ET SI VOUS LE FAITES JE VOUS INVITERAI PEUT-ÊTRE À BOIRE UN CAFÉ UN DE CES JOURS. » Bill propose donc, du fin fond de son Angleterre natale, de « m'inviter peut-être à boire un café un de ces jours » : la faisabilité du projet me laisse perplexe et l'enjeu me laisse rêveuse… Par ailleurs, Bill me souhaite un « Joyeux carême », ce qui, là aussi, laisse pensive. Un petit coup de Wikipédia pour me rappeler le catèch : « Le carême est un temps de pénitence, de prière et de partage. La pénitence peut être marquée par le jeûne ou l'abstinence… » Souhaiter un joyeux temps de pénitence et d'abstinence à une fille inscrite sur un site de rencontres, moi j'dis que cet homme vit dans une dimension parallèle… Bon, on va se focaliser sur David, qui a l'air de tenir à peu près la route, pour l'instant.

Quête du Graal, J + 3 mois et 18 jours

Bonjour Caroline, juste pour vous dire
que j'ai une pensée pour vous,
et que j'ai apprécié notre

petit échange d'hier après-midi.
David

Bonsoir David,
merci pour votre gentil message,
j'ai moi aussi apprécié notre conversation...
Vous avez une très belle voix.
À bientôt
Caroline

Merci Caroline,
c'est gentil surtout que je vous apprécie
moi aussi, aurai-je la chance
de vous rencontrer dans la vraie vie ?

Avec plaisir !

Hâte de te voir alors.

Moi aussi !

Quête du Graal, J + 3 mois et 20 jours

Coucou,
Serais-tu dispo pour boire
un verre vendredi soir ?
Caroline

Quête du Graal, J + 3 mois et 21 jours

…

Quête du Graal, J + 3 mois et 22 jours

…

Quête du Graal, J + 3 mois et 23 jours

…

Quête du Graal, J + 3 mois et 24 jours

…

Quête du Graal, J + 3 mois et 25 jours

…

Quête du Graal, J + 3 mois et 26 jours

…

Quête du Graal, J + 3 mois et 27 jours

…

Quête du Graal, J + 3 mois et 28 jours

« Drelin, drelin », fait mon Nifoune, affichant le doux prénom de David, que je suis déjà en train d'oublier et je dois me reconnecter le cerveau pour me souvenir lequel c'est.

– Ben alors ? Ça fait je ne sais combien de messages que je laisse et de SMS que j'envoie, tu ne réponds jamais, qu'est-ce qu'il se passe ? me balance-t-il.

– Je n'ai pas eu tes appels et SMS, tu n'as pas appelé…

– Mais si.

– Mais non.

– Ben si.

– Ben non.

– Tu fais quoi là ?

– Je me prépare à partir prendre un verre avec une copine.

– Ah, super, où est-ce, que je vous rejoigne ?

– ... Euh, je vais prendre un verre avec une copine, donc toutes les deux, pas tous les trois.

– Ben pourquoi ?

– Pasque.

– Alleeez, sois cool !

– Non, je passe une soirée entre filles, n'insiste pas.

– Rhâââ, pourquoi, à chaque fois que je propose des trucs rigolos, les filles ne sont jamais d'accord ?

Hum. As-tu envisagé que c'est parce que les « trucs rigolos » en question ne sont pas rigolos ? Hein, dis ? Et par ailleurs, en quoi est-ce « rigolo » de vouloir à tout prix taper l'incruste à une soirée de filles à laquelle on n'est pas convié ? Au mieux, c'est couillon, au pire, c'est parce qu'on a un projet coquin inavouable.

Alors que je cogitais à la manière de terminer cette conversation honorablement :

– Et sinon, comment va ta fuite ?

Un bon point pour lui, il se souvient du dégât des eaux.

– Ma fuite va bien, merci.

– Tant que c'est pas une fuite urinaire, hein...

Un voile noir descend devant mes yeux et mon pouls tombe à 42. Fugacement, je me demande où est le défibrillateur et s'il est possible que Sophie me fasse une piqûre d'atropine avant de boire un coup.

Chapitre V

Quête du Graal, J + 4 mois

Cela fait quatre mois que je suis inscrite sur deux sites de rencontres et le bilan est pas tip-top. Depuis l'Infâme, le plus près que j'aie été d'un rendez-vous, c'est la fois où le garçon a annulé la veille, avec comme prétexte : « Désolé, j'ai oublié que c'était l'anniversaire de mes jumeaux. » Sinon, j'ai discuté avec un garçon au téléphone, la conversation se passait plutôt bien, jusqu'à ce qu'il m'envoie une photo de sa bistouquette.

Ça, c'est fait.

Quand je me suis inscrite, je ne pensais pas que ça se ferait en deux coups de cuillère à pot, mais quand même, je ne croyais pas que ce serait aussi laborieux.

Allez, je garde la foi.

Le trajet pour me rendre au boulot, dans la ligne 13, est le moment de la journée où mes pensées divaguent. Ce n'est pas le meilleur moment, d'ailleurs, car divaguer dans la ligne 13 invite plus au suicide qu'aux pensées positives. Je suis encore dans un état d'esprit plutôt chonchon (la désincarcération de la rame a été laborieuse aujourd'hui) quand je me fais héler sur le chemin de la machine à café par Maléfique :

– Caroline, il faut qu'on se cale un point pour que tu me fasses la passation des dossiers pour la collection « Mes créations déco » à partir du numéro 27.

– Euh, oui, quand tu veux, mais c'est à partir du numéro 26.

– Non, c'est le 27. Je n'ai pas le temps de m'en occuper avant.

– Ah, c'est dommage, mais moi j'arrête comme convenu après le 25.

– C'est impossible.

– Ah oui ?

Nanmého, elle se prend pour qui, la Maléfique ?

– Je vais voir Sandrine.

– Je t'en prie. Mais ça ne changera rien : c'est elle qui m'a dit de m'arrêter au numéro 25, je m'arrête au numéro 25.

– Mais financièrement ça t'arrange, toi, de faire un numéro de plus. Comme moi ça m'arrange pas, c'est réglé.

– Mais non, j'ai plein d'autres choses à faire, tu sais. Rhâlàlà, Marion, c'est vraiment dommage que tu ne sois pas venue me voir plus tôt pour m'expliquer que tu avais un problème d'agenda ! On aurait pu s'arranger, mais là, c'est vraiment trop tard, j'ai déjà pris des engagements ailleurs... Aïe aïe aïe, si j'avais su...

Et le césar du meilleur rôle est attribué à... Caroline Huyghues ! Pour son interprétation exceptionnelle de « Va te faire voir Maléfique, si tu t'étais donné la peine de m'en parler plus tôt on aurait pu trouver une solution, mais là non, car je préfère encore renoncer à cinq cents balles plutôt que de te rendre service ».

Marion file chouiner dans le bureau de Sandrine, je sens qu'il va falloir que je me justifie, mais gnafout, je reste droite dans mes bottes. La matinée s'écoule dans la routine : je suis convoquée chez Sandrine où j'obtiens cette fois l'oscar de la meilleure actrice pour « Mais tu m'avais pas dit que j'arrêtais au numéro 25 ? Si ? Ouf, j'ai cru un moment que j'avais mal compris. Ah, ouiii, Marion... c'est ballot hein, ce micmac d'emploi du temps... », je vais acheter des crocodiles Haribo pour me calmer et je donne les bleus à Catherine parce que j'aime pas les bleus. Maléfique me crucifie visuellement, je vais me cacher dans les toilettes pour éviter le groupe qui part déjeuner pour pouvoir manger tranquille avec ma copine Catherine. Heureusement, l'après-midi nous révèle une commande enthousiasmante, qui mobilise soudain toute l'équipe pour faire des recherches : nous avons un fascicule spécial blagues à livrer dans quinze jours.

Ma contribution à cette grande œuvre est : « M. et Mme Ervitemonslip ont un fils, comment l'appellent-ils ? Jean-Philippe », celle de Thibault est : « Quelle est la différence entre une crotte de nez et un brocoli ? Les enfants ne mangent pas les brocolis. » Toute l'équipe se tord de rire avec : « M. et Mme Fly ont trois fils, comment les appellent-ils ? Abdel, Yves et Hakim. » Et comme c'est un fascicule pour enfants, nous convenons d'un commun accord d'écarter notre préférée : « Que se passe-t-il quand on prend trop de drogue ? Y en a plus. » Heureusement qu'il y a des jours comme ça, où on rigole bien, on teste des jeux, on fait des blagues, on prend des pauses interminables.

Quête du Graal, J + 4 mois et 5 jours

En sortant du boulot, je vais retrouver Béa pour boire un verre, ça va me changer un peu les idées. Béa, elle en a gros sur la patate. Les mecs, faut plus trop lui en parler, je sais donc que je vais pouvoir dire des horreurs sans risquer les gros yeux.

– T'as vu ton prof de maths alors ?

– Oui ! Ça a été folklo…

– Vous avez bu un verre ?

– Oui ! C'était sympa, un type intéressant, pas trop prof de maths, quoi ! Et chose assez incroyable pour un mec, il posait des questions, et devine quoi ?

– Quoi ?

– Il écoutait les réponses !

– Nooonnn ! la perle rare, quoi !

– Ouais, trop dingue ! Enfin bon, on a bien papoté, c'était sympa, je le sentais bien… Bon, le seul truc cocasse, c'est que, comme d'hab, j'avais commandé un verre de blanc. Lui avait pris un panaché. Tu me connais, le verre de blanc, j'ai essayé de le siroter, mais au bout d'un moment j'étais à sec, alors que lui, son panaché, il le buvait au compte-gouttes. Je n'ai pas voulu avoir l'air d'une pochtronne, alors je n'ai pas recommandé. Et quand on est partis du café, le gag, tu ne sais pas ce qu'il me dit ? « Ouh là là, je suis pompette, j'avais demandé un panaché bien blanc, mais il l'a chargé, je n'ai pas l'habitude de boire de l'alcool, et toi ? »

– Hein ? Il était pompette après un panaché ?

– Oui, tu le crois, ça ? J'te jure, j'étais morte de rire, je me suis dit : qu'est-ce que je dis, je fais ma sobre ou je lui balance que moi ça risque pas de m'arriver ?

– Qu'est-ce que t'as dit ?

– Que je buvais de l'alcool de temps en temps…

– QUOI ? DE TEMPS EN TEMPS ?

– Oui, bon, ça va…

– Quand je pense… pompette après un panaché… Je crois que ça m'est arrivé à quatorze ans… et plus jamais depuis que j'ai quatorze ans et demi !

– MOUHAHAHAHAHA !

– Et après, tu l'as revu ?

– Non, et j'ai l'impression que ce n'est pas gagné. Après une réponse négative à ma demande « veux-tu en rester là ? », il n'a pas répondu à mon dernier mail qui date de trois jours. Pour un prof de maths, ça manque de constance, je trouve…

– Attends, il calcule peut-être l'hyperbole de l'hypoténuse ? Ou des bits en binaire ? Ou il n'est pas très écriture : admets que pour un prof de maths, c'est assez plausible ! Il attend de te revoir en vrai dans la vraie vie et en a marre de s'enquiquiner à taper avec deux doigts pour te répondre… Et t'as d'autres dossiers en cours ?

– Non, pas vraiment, je me suis coltiné un rencard avec un faux artiste maudit au Louvre, un champion du *mansplaining*.

– Qu'est-ce qu'il t'a dit ?

– « Tu sais ce que c'est l'histoire de l'art ? Ben, c'est l'histoire… de l'art », d'un ton sentencieux. J'ai cru que j'allais l'assassiner. Et j'ai eu un rendez-vous moisi avec un prof de français qui n'avait rien d'autre à dire que des considérations sur la météo.

– Il faudrait peut-être que tu essaies un prof de gym une fois, il y aurait peut-être plus de potentiel de sexitude, hahaha !

– Mais ouiiii ! Ou un kiné ! Ah, je rêve d'un kiné pour me faire papouiller tous les soirs !

– (soupir).

– (soupir).

– Sinon y en a un qui a disparu quand je lui ai proposé un rendez-vous, un qui m'a proposé la botte direct, un qui m'a proposé d'être mon esclave pour lécher mes chaussures, un qui était en formation d'ostéo pour chevaux et qui voulait me faire des massages pour s'entraîner, entre parenthèses, c'est pas du tout vexant, un qui m'a écrit façon Scrabble, les lettres étaient en vrac… je te passe le reste.

– Mais qu'ils sont relous…

– Oui, sérieux, faut se motiver.

Quête du Graal, J + 4 mois et 12 jours

Je sens bien une petite usure : je ne me jette plus sur les messages, je vais les lire en traînant des pieds. Je n'aime pas ça, parce que ce n'est pas moi : je sens bien que je perds mon enthousiasme (voire ma joie de vivre, n'ayons pas peur des mots), et clairement, ce n'est pas le but. Bon, j'y vais quand même. Après un énième message me proposant de prendre un esclave sexuel, je tombe sur celui-ci :

« Objet : Bonsoir, pluvieux… mais heureux. Aimerais vous lire et vous découvrir… j'envoie photo par mail. Obligé d'être un peu discret *because of my job*… Beau mec de 48 ans, brun, yeux verts, etc., bref, pas trop vilain… La suite *if U want*. Cordialement. »

Aaahhh, ben voilààà… ça fait un peu j'me la pète, mais au moins des mots composent des phrases. Au royaume des aveugles, les borgnes ont toutes leurs chances. L'annonce du gars dit ça : « Je vous aime… Érudites et troublantes… Chiantes, très élégantes… Élégance de l'âme… du vague à l'âme… aussi. »

Érudite, troublante, chiante et élégante, c'est tout moi ça (enfin, pour troublante, chuis pas sûre-sûre, mais on ne va pas tatillonner à un mot près). Zou, je lui donne mon mail. Je reçois deux photos d'un homme plutôt séduisant (si on peut en juger avec des lunettes de soleil sur le nez) sur un voilier. Ça fait aventurier des mers, je visualise instantanément Fletcher Christian en train de se faire fouetter par l'infâme capitaine Bligh sur *Le Bounty* (mmm). Fletcher me propose directement un rendez-vous pour demain. Zut, je suis pas dispo avant la semaine prochaine. Là, il m'annonce : « Nous aurons donc des échanges épistolaires car je vais partir en voyage une dizaine de jours en voilier. Je vous enverrai quelques extraits de mon carnet de bord et nous nous découvrirons au fil des mots... Quelques images de vous me feraient grand plaisir aussi... À très bientôt, au plaisir de vous lire. »

Aaarrrggglll.

Et à la réception de mes photos : « Merci pour ces images qui m'accompagneront... »

Re-Aaarrrggglll.

Ce n'est pas pour dire, mais ça commence plus gracieusement que les autres. À cause des « échanges épistolaires », je lui attribue Valmont comme surnom. Mais est-ce bien raisonnable d'entamer une relation alors que je risque d'être partie deux semaines par mois à Lunel ? Bof, au point où j'en suis, je verrai bien ce que ça donne, si ça se trouve il va lui aussi disparaître dans les limbes internetteux…

Quête du Graal, J + 5 mois

Une heure avant mon rendez-vous avec Valmont, il s'annonce en retard et propose de m'inviter à dîner pour se faire pardonner… Ce que je trouve particulièrement bien joué dans le genre double effet Kiss Cool : monsieur se montre gentleman, tout en annonçant direct qu'il a l'intention de passer la soirée avec moi et pas de filer à peine le verre sifflé. Bien.

Je m'encastre à la terrasse du café et Valmont arrive assez vite. Ma foi, il a raison de se la péter pour son physique. Un look de baroudeur des mers (rrrrr) grisonnant, les yeux verts, un sourire enjoliveur, bref, très bien. Il est guilleret et souriant. Nous entamons aussitôt une conversation joyeuse et détendue comme si on se connaissait déjà. Je commence donc à pétiller de l'intérieur comme si j'avais avalé une poignée de bonbons qui pétillent de quand on était petits. J'avais déjà commandé un verre de rosé, on en boit un deuxième, puis un troisième. Il commande des tapas, on parle, on rigole… enfin tout roule, quoi.

Il lance : « Et si on allait dîner ? », ce que je trouve assez optimiste, vu qu'on s'est déjà tapé des tapas et siffloté quelques verres. Là, la soirée idyllique dérape un chouïa quand je me lève de ma chaise. Le truc couillon par excellence : je ne sais pas comment je fais, mais ma ceinture de pantalon se coince dans le dossier, ce qui fait que je me lève avec la chaise accrochée au cul. De la classe, de l'élégance, du glamour, quoi. Du coup, mon voisin de derrière manque de peu d'être empalé… Moi, je me débats avec ma ceinture et ma chaise pendant que Valmont, très galant homme, regarde l'horizon en faisant semblant qu'il n'a rien vu. J'arrive de peu à éviter de balayer toute la terrasse avec ma chaise, je me libère, je retrouve ma dignité (du moins ce qu'il en reste), et nous voilà partis pour le restau.

Valmont commande à nouveau tout de suite deux verres de rosé. J'arrête de les compter. La soirée continue, de plus en plus agréable, faite d'un charmant badinage. Malheureusement, les méfaits de l'alcool commencent à se faire sentir…

D'abord, alors que nous commençons à gentiment flirter, je prends ma pose fatale : en regardant le garçon de mes grands yeux bleus tout pleins d'attention pour les choses passionnantes qu'il me raconte, et tout en souriant de toutes mes dents magnifiquement pivotées/couronnées par mon dentiste chéri qui est parti aux Maldives durant un mois uniquement grâce à moi, je pose mon menton sur ma main (et donc le coude sur la table). Ce qui permet, en un seul geste, d'avoir l'air captivé et en plus de cacher mon double menton. *Win-win*, quoi. Sauf que, coup classique de fin de soirée (que celui à qui ça n'est jamais arrivé me jette le premier verre), mon coude rate la table. Ce qui me donne instantanément l'air encore plus bourré que je ne le suis déjà.

Ensuite, la conversation courant sur divers sujets passionnants, je parle de mon chat (ma chatte, mais je fais semblant que c'est un mâle pour lever toute équivoque dans une conversation mondaine). Et là, je me trompe et je sors : « Ma chatte est toujours au taquet pour les câlins. » Et de deux, bravo. Valmont manque d'en recracher son verre de rosé.

Enfin, je finis dans la grâce absolue, en parlant de mon immeuble, et en disant qu'il y a des rats dans la cour. Valmont me dit alors :

– T'as pas peur ?

– Oh, tu sais, moi, du moment que c'est un mammifère et qu'il est poilu, ça ne me pose pas de problème.

En effet, dans un souci de précision zoologique, je voulais ainsi indiquer que je pouvais éventuellement avoir des problèmes avec les animaux qui ne sont pas de la classe des mammifères (je citerai en premier lieu les arthropodes) ou avec les mammifères non poilus dont je ne suis pas particulièrement coutumière, du type orque ou baleine. On conviendra toutefois qu'il est assez peu probable que j'en croise un dans une cour d'immeuble du 18e arrondissement. Mais bon.

Malgré la triplette de la mort, Valmont ne part pas en courant. Et il me prend par l'épaule et il m'enlace et on s'embrasse et je lui propose de venir boire un dernier verre à la maison. Car oui, j'ai décidé de coucher le premier soir maintenant. Vu le résultat avec l'Infâme Jean-François, pas la peine de tergiverser. Et puis, si Valmont doit se volatiliser lui aussi, ben, on perd moins de temps.

Les heures qui suivent sont fort agréables, car Valmont s'avère très compétent (même chargé au rosé) en plus d'être drôle. On est dans de la galipette joyeuse, qui est suivie de la promesse de se revoir très vite : chouette. Et lui aussi ne me trouve ni trop grosse ni trop vieille pour la débauche. Re-chouette.

Finalement, si, sur le chemin de ma looongue Quête, j'ai l'occasion de faire de joyeuses galipettes, c'est plutôt pas mal. D'agréables distractions tout en restant concentrée sur l'objectif, ça ne peut pas nuire.

Je prends le TGV demain pour Montpellier, je verrai bien à mon retour si Valmont est encore dans les parages. Au moins, contrairement à l'Infâme, il répond aux textos et n'a pas disparu soudainement. Je garde espoir qu'il y ait moyen de poursuivre avec lui.

Dans le TGV, je réfléchis à la façon dont je vais continuer ma Quête à Montpellier. C'est vrai, si je dois y passer la moitié de mon temps, autant rentabiliser. Je change mes profils Meetic et POF ? Ou je tente le coup de m'inscrire sur Tinder, puisque ce truc est géolocalisé ? Bon, au moins, j'attends de descendre du train pour le faire, sinon je vais me retrouver avec des profils d'Auxerre, Mâcon, Lyon, Valence…

Après une arrivée en fanfare comme d'habitude (Gaïa m'a fendu la lèvre en me mettant un coup de boule, Pupuce a failli me griffer tellement elle est stressée, Môman s'est brûlé les doigts en vérifiant que la plaque chauffante chauffait et Papounet s'est mis en tête de donner un coup de main en cuisine en coupant les courgettes avec un vraiment très très grand couteau), je prends un peu de temps pour m'inscrire sur Tinder.

Je galère, je comprends pas tout bien comment ça marche ce truc. Je ne suis pas très à l'aise sur le téléphone, c'est tout petit, je vois pas grand-chose, les joies de la vieuseté. Tinder me propose des photos de gars qui sont dans le coin. Je fais glisser à gauche : il me plaît pas, je fais glisser à droite, c'est parti mon kiki. C'est rigolo le côté je godille à gauche, je godille à droite. Merdemerdemerde ! je me suis ratée et j'ai dégagé un gars que finalement après j'aurais bien aimé reluquer une deuxième petite fois. Revieeeeeens ! Ah ben non. Mon Dieu, je suis soudain saisie par toute la fatalité du destin qui nous gouverne. On se sent bien peu de chose.

Je mets trois plombes à comprendre comment on voit les profils : un coup je touche ce qu'il ne faut pas et je dégage le pauvre gars, un coup je tapote tout ce que je peux et je n'arrive pas à sortir d'un profil, je pars à gauche, à droite, j'essaie au-dessus, en dessous, oups, comment ça, j'ai fait un *Super like* ? La vache, c'est technique ! Je pensais qu'il n'y aurait que du petit jeunot en goguette, mais non, tous les âges sont représentés, ouf, je vais pas forcément passer pour une cougar affamée. Ça fait une heure que j'y suis et je suis toujours en train de swiper allègrement à gauche et à droite, c'est hyper addictif ce truc. J'ai rendez-vous demain matin avec mon potentiel nouveau boss, ce serait peut-être judicieux que j'arrête de reluquer les garçons…

Je passe la nuit à me retourner comme une crêpe comme chaque veille de rendez-vous important, de plus en plus réveillée au fur et à mesure que je panique parce que je n'ai plus assez d'heures à dormir. Je pars pour Lunel un peu dans le pâté, mais je parviens à trouver l'adresse. C'est un tout petit centre commercial des années 1950, tout moche. Bon. À l'étage, les bureaux de Chiens et chats en liberté sont baignés de soleil. Au moins, ça me changera de mon sous-sol de banlieue. Un grand type m'accueille : blond, joli sourire, regard bleu, petites rides autour des yeux comme j'aime, poignée de main ferme… Ouhlàlà, mais il est ultra choupinou le boss ! À ça s'ajoute un style vestimentaire façon gentleman-farmer, un peu *old school*, mais toujours efficace. Matthieu Leroy est nettement plus canon en vrai que sur son profil LinkedIn.

– Bonjour Caroline ! Vous avez fait bon voyage ? Prête à mettre la main à la pâte ? Ou plutôt à la pâtée, hahaha !

– Hahaha oui, oui… Qu'est-ce que… Comment… On fait quoi pour… Et sinon ?

Aïe, je suis pas au top côté éloquence, là.

– Suivez-moi, je vous montre votre bureau ! Voilà, vous serez installée ici quand vous viendrez dans nos murs. Mes deux chiens, Max et Léon, traînent dans les bureaux, mais ne vous inquiétez pas, ils sont adorables.

– Ah, super !

– Bon, que je vous explique ce que j'attends de vous : nous sommes un petit groupe de presse et nous éditons plusieurs magazines sur les chiens et les chats, plutôt orientés « pratique » et « activités ». On s'intéresse plutôt aux expos, aux sports canins, ces choses-là, voyez.

– Oui, mais vous savez, je n'y connais pas grand-chose…

– C'est parfait ! Vous aurez un œil neuf !

– Ah bon ? D'accord.

– C'est parti alors ? Vous venez ici deux semaines par mois pour faire le secrétariat de rédaction, en plus, je vous confierai régulièrement des reportages à faire dans des manifestations canines ou félines ou chez des éleveurs. Si vous êtes partante, j'ai justement deux interviews à vous demander. Comme ça aujourd'hui, vous prenez vos marques ici, ce week-end, vous faites les interviews et on en parle lundi ! Ça marche pour vous ?

– Euh, oui, d'accord, pas de problème.

– Super, je vous donne les éléments !

Et me voilà bombardée reporter. Je ne m'y attendais pas si tôt.

Quête du Graal, J + 5 mois et 5 jours

Une fois rentrée à la maison, je swipe allègrement sur Tinder, histoire de penser à autre chose qu'à la journée qui m'attend. Quand tout d'un coup : « *It's a Match !* » Un Hervé que j'ai validé (alors qu'il a mis une photo de Georges Marchais comme photo de profil, mais j'ai trouvé ça rigolo) m'a validée aussi. Ouhlàlà.

Bonjour Caroline

Bonjour !

Je ne suis pas fan du virtuel,
est-ce que tu serais d'accord
pour qu'on se rencontre rapidement ?

Avec plaisir !
Je chipote de moins en moins.

Je suis content de mon coup :
je vais te rencontrer sans que
tu connaisses mon visage...
Cela a-t-il un côté excitant pour toi ?

Avoir un rencard avec un mec que je n'ai pas vu, qui met la photo de Georges Marchais comme photo de profil, ne me rend pas tout à fait chaude comme une baraque à frites. Passons. Nous convenons d'un rendez-vous lundi, car monsieur n'est pas disponible avant, il part en week-end.

Ce samedi, je me jette dans le grand bain : je vais faire mon premier reportage à l'exposition canine internationale de Montpellier. C'est au parc des expositions, je suis parée : appareil photo, carnet de notes, stylo, une vraie journaliste.

La première chose qui m'accueille quand je rentre dans la grande halle, c'est l'odeur. Puis les aboiements. Trois cents chiens sont enfermés dans des cages grillagées à côté desquelles campent leurs maîtres, sur des chaises pliantes, tables de camping, pique-nique à proximité. Ce n'est pas top classe. J'avais imaginé une manifestation façon Grand Prix de Diane, ce n'est clairement pas l'esprit. Je zigzague dans les allées entre les crottes et les pipis à la recherche de la première éleveuse que je dois interviewer, une spécialiste du saint-hubert. Heureusement que j'ai un peu potassé les races de chiens avant, j'ai une vague idée de l'allure de la bête. Les chiens (et leurs maîtres) sont installés par groupes : bergers, garde, compagnie, chasse, etc. Chacun entre soi et les moutons seront bien gardés. Je passe devant une cage dans laquelle l'éleveur a enfermé son gamin, qui dort roulé en boule dans le panier du chien. Le bonhomme est parti acheter une glace au chien, ou quoi ? Un bichon maltais est en pleine séance de toilettage, en pyjama pour protéger les papillotes qui maintiennent son poil comme il faut. OK, normal. Un westie se fait allègrement talquer le popotin par son éleveur. Une toiletteuse fignole au ciseau la courbe de la cuisse d'un caniche géant. Je suis tentée de m'arrêter partout, fascinée par ce nouvel univers. Je finis par parvenir au stand de Mme Dufourc, éleveuse de saint-hubert. Mais c'est hyper grand comme chien ! En fait, on serait plus sur le veau, mais avec une tête de Droopy, la peau qui plisse tellement qu'on ne lui voit plus les yeux. Je tapote de l'index le crâne du chien, pas très sûre de sa réaction. Ça va, il relève la tête vers moi, toute sa peau part en arrière, il me regarde en tirant la langue, on dirait qu'il me sourit, ce qui lui donne l'air particulièrement couillon, ouf, premier contact avec un chien champion de beauté réussi.

– Madame Dufourc, votre élevage compte plusieurs champions internationaux, dont Fébus des Limiers de la truffe médiévale, ici présent, quelle est votre rec…

Ma première question de grand reporter du clébard est interrompue par un gigantesque mouvement de rotation de la tête de Fébus, façon essorage, qui projette des filaments de bave à deux mètres à la ronde. Mme Dufourc essuie sa joue en mode tout est normal, enfin, pour ce que je peux en juger, vu que j'ai de la salive plein les lunettes. Quelque chose me dit que ça va être gratiné cette nouvelle vie professionnelle.

Après cette première interview, Matthieu m'a demandé de faire une sorte de micro-trottoir pour recueillir les impressions des participants. J'arrête donc des propriétaires de chiens au petit bonheur pendant l'expo. Heureusement, beaucoup connaissent Chiens et chats en liberté, du coup, ils sont plutôt sympas. En revanche, j'ai des petits soucis de compréhension. Je vois un gars repartir furax du ring de présentation, où les chiens sont évalués par des juges. Je lui demande comment cela s'est passé pour lui :

– Non, mais vous vous rendez compte ? Ce juge est totalement incompétent ! Ou sénile ! Ou les deux ! Non, mais regardez Gypsy des Vallons flamboyants ! Elle a fait deuxième à Strasbourg, elle a un CAC, un CACIB, un CACT et un CQN…

– Ah oui, en effet…

– Non, mais regardez ça ! Regardez ce que le juge a osé dire de Gypsy !

Il m'agite sous le nez la feuille de compte-rendu de jugement. Il reprend :

– « La poitrine est bien descendue, mais elle manque profondeur. Le dos est trop voussé, la croupe avalée et la ligne de dessous incorrecte (manque de boyaux). » Non, mais vous vous rendez compte ?

– Ouhlààà, ouiiii, en effeeet…

Un chien peut manquer de boyaux ? C'est possible, ça ?

– Mais ça ne se passera pas comme ça, je peux vous le dire !

– Très bien, super, merci pour votre témoignage !

Je continue mon reportage en terre inconnue. J'avise une dame très chic avec un petit chien rigolo, je tente le coup :

– Bonjour madame, je vois que vous avez un chien comme celui de la reine d'Angleterre !

– Pardon ?

– Votre chien, c'est pas celui de la reine ?

– Vous voulez dire un Welsh Corgi Pembroke ?

– Euh, oui…

– Non.

– Comment ça, non ?

– Non, ce n'est pas un Welsh Corgi Pembroke.

– Ah bon, désolée, et c'est quoi alors ?

– Un Welsh Corgi Cardigan.

– Ah… Et quelle est la différence ?

– Peut-on savoir pour quel journal vous travaillez ?

– Excusez-moi, j'ai un appel sur vibreur, il faut que je réponde !

Ma première journée de Florence Aubenas du toutou pourrait être titrée *La Bave et la Bourde*. J'ai enjambé un montagne des Pyrénées, persuadée que ce gros patapouf héros de mon enfance dans *Belle et Sébastien* était une crème. J'ai failli me faire arracher le mollet. Je me suis fait crier dessus parce que j'allais caresser un lévrier afghan que j'aurais ainsi décoiffé. Je me suis pris les pieds dans un chihuahua que je n'avais pas vu et mangé mon sandwich, l'énorme tête d'un rottweiler posée sur ma cuisse, ses yeux remplis d'amour pour moi (ou mon jambon-beurre). Il a bavé tout ce qu'il a pu sur mon pantalon. Va falloir que je m'habitue.

Je rentre à la maison en titubant pour me jeter sous la douche et essayer de me débarrasser de l'odeur tenace des centaines de chiens croisés dans la journée, je vois bien que Gaïa me regarde d'un air soupçonneux. Je récupère doucement, lorsque le téléphone sonne, c'est Hervé. D'une voix de crooner à la manque, genre Jean-Pierre Marielle, il me sort :

– Alors, petite coquine, où est-ce que tu te caches ?

– … Euh… Ben… chuis pas cachée, chuis chez moi…, réponds-je, quelque peu interdite.

– Ah, tu sais que la place de la Comédie, c'est grand, je ne te vois pas, là…

– …

Un grand silence frisé s'ensuit, le temps que mes neurones connectent : cette tête de pignouf a rendez-vous avec une fille place de la Comédie et il s'est trompé de numéro. CHAMPION DU MONDE ! Du coup, je lui dis en rigolant :

– Euh, cher ami, je crains que ce ne soit pas avec moi que tu avais rendez-v…

« Bip bip biiiiiiiiip », fait le téléphone quand cette vedette me raccroche au nez.

Suivant !

Aujourd'hui, je vais interviewer une éleveuse de yorkshire-terriers chez elle. Ça devrait être plus cool qu'hier. Dans une immense propriété en bordure de Camargue, je me retrouve entourée de dizaines de petits machins pleins de poils qui m'aboient après. Pour un peu, ils me mordraient les talons. Mais ils sont super mignons, avec leurs yeux en boutons de bottine. Mme Delambre me fait rentrer chez elle, et tous les chiens nous suivent. Déjà que dehors ça faisait meute, mais à l'intérieur de la maison, on a l'impression d'un tapis de poils qui bouge.

– Madame Delambre, comment vous est venue votre passion pour le yorkshire-terrier ?

– Eh bien, c'est en 1975, quand mon mari et moi…

– Excusez-moi de vous couper, je peux m'installer à cette petite table pour prendre des notes ?

– Mais oui, bien sûr !

Je pose mon cahier au milieu de ce qui me semble être des queues de haricots verts.

– Oh, attendez ! fait Mme Delambre en ramassant les saletés. Je vais nettoyer un peu. Vous comprenez, j'ai coupé la queue des chiots de la dernière portée hier soir, je n'ai pas eu le temps de les jeter.

– La queue des chiots…

– Oui, vous savez, on leur coupe la queue aux yorkshires. Alors, bon, voilà, ça c'étaient leurs queues.

Je manque de tourner de l'œil. Tout ça c'étaient des petites queues de petits chiots trop mignons…

– Vous savez, ça ne leur fait pas mal. On met un élastique bien serré sur leur queue, ça coupe la circulation et au bout d'un moment, elle tombe pratiquement toute seule. Juste un petit coup de ciseaux et hop ! c'est fait.

– D'accord.

– Marie-Christiiineuuu ! Petit pipiii ! hurle Mme Delambre qui vient de constater qu'un de ses amours s'est oublié sur le carrelage.

Je croyais que les élevages de chiens c'était plutôt dehors, dans des box en béton. Là, il doit y avoir environ trente ou quarante yorkshires qui font n'importe quoi dans la pièce.

– Ah nooon, mé euuuh, nooon !

Un des amours vient de pisser sur mon sac à main, j'y crois pas ! Un sac Sequoia ! Mais ces sales bêtes connaissent le prix d'un sac Sequoia ?

– Ah oui, mais évidemment, si vous posez votre sac par terre, aussi...

– Non, non, pas de problème.

Je commence à douter de ma vocation animalière.

– Oh, venez avec moi, il faut absolument que je vous montre ma chambre !

– Euh, ah bon ?

– Regardez ! Qu'est-ce que vous en pensez ?

Sur les quatre murs sont accrochées des dizaines et des dizaines de photos de yorkshire-terriers. Les cadres, tous identiques, se touchent. Les photos commencent au-dessus de la plinthe pour se finir sous le plafond. On voit à peine la couleur du papier peint en dessous. C'est totalement flippant.

– Ohlàlà, madame Delambre, mais c'est… c'est… c'est très impressionnant !

– N'est-ce pas ? Alors là c'est mon Vicky des Terres Brumeuses, triple champion de France. Et là, c'est Arthur des Terres Brumeuses, qui est le papa du célèbre Brummell des Terres Brumeuses !

– Ah oui, bien sûr.

Je vais finir l'interview vite fait bien fait avant qu'elle ne me donne à bouffer à ses chiens.

Chapitre VI

Lundi matin, Matthieu m'accueille avec un grand sourire.

– Alors ? Comment ça s'est passé ce premier week-end de reporter cynophile ?

– Bien...

– Pas de problème ?

La vache, il a un regard super intense, j'ai du mal à le regarder dans les yeux.

– Non, mais j'avoue que j'ai trouvé ça un peu spécial, comme univers.

– Hahaha ! Ça ne m'étonne pas ! Ces gens sont des passionnés, et ils ne pardonnent pas grand-chose aux néophytes.

– Oui, j'ai remarqué ! Je vais continuer à étudier les races de chiens pour ma prochaine venue.

– Vous avez des animaux ?

– Oui, j'ai un chat à Paris et mes parents ont un braque de Weimar ici à Montpellier.

– Ah, mais c'est génial ! Le braque de Weimar est vraiment un chien extraordinaire !

– Celle de mes parents est assez difficile. On ne sait plus trop comment la prendre.

– Vous êtes allés en club d'éducation ?

– Oui, mais le contexte est un peu particulier. Mon père a fait un AVC, et quand il est rentré à la maison après des mois d'hôpital et de rééducation, il a voulu un chien, un braque de Weimar, et aucun autre. Je trouvais que pour sa rééducation c'était bien d'avoir un chien (nous avons eu deux chiens avant), mais pas un si grand chien. En fait, Gaïa complique plus les choses qu'elle ne les arrange.

– Ah, je suis vraiment désolé d'apprendre ça, dit-il en me pressant l'avant-bras.

– Hum, merci.

Pfiou, il fait plus chaud, d'un coup.

– Tenez-moi au courant, si je peux faire quelque chose…

– Merci, c'est gentil.

Il me fait un petit sourire en coin un peu désolé, un peu triste, plein d'empathie. Si en plus d'être si beau il est gentil, ça va être compliqué de travailler avec lui… Je vais m'installer à mon bureau en enjambant Max, son berger allemand. À cet instant, Léon, son berger de Beauce, fonce dans le bureau en me bousculant.

– Léon ! Au pied ! Caroline, je suis désolé, c'est le beauceron de ma femme, il est un peu brutasse sur les bords. Il veut toujours être le premier partout.

– Non, non, pas de problème.

Ah zut alors, il est marié. Le contraire eût été étonnant.

Ma journée s'écoule à relire et corriger des comptes-rendus de manifestations cynophiles passionnantes, dont je ne comprends pas un traître mot, ce qui est un peu embêtant quand on est correctrice. Je vais dire au revoir à Matthieu avant de partir :

– À demain !

– Oui, à demain Caroline, prenez soin de vous !

Trop chou.

La première semaine de boulot à Lunel est passée à une vitesse incroyable, c'est déjà fini. Matthieu est décidément charmant et attentionné. C'est sûr que ça me change des Trois Empuses. Un peu trop, même. Il est vraiment très gentil, et je trouve qu'il me regarde d'une façon... il ne serait pas marié, il y aurait peut-être eu moyen de moyenner, mais là...

Je profite du week-end à Montpellier sur la terrasse, en continuant ma Quête laborieuse (comme ce serait péché de penser à Matthieu...) en faisant mollement défiler des profils sur mon Nifoune. Je mets des profils en favori à tire-larigot sur POF, ça ne peut pas nuire. Effectivement, je reçois un message d'un charmant Richard :

« Je viens de découvrir votre profil qui est plaisant. J'aimerais sympathiser avec vous. Acceptez-vous de faire connaissance ? Au plaisir de vous lire. » Je réponds, il répond, et dès ce deuxième message, il sort la question qui tue : « Quel est votre péché mignon ? » qui laisse augurer du cochonou (et pas Justin Bridou) très vite. Comme, malgré son grand âge (soixante ans), il est franchement beau gosse sur ses photos et dégage un truc, je me dis bah, pourquoi pas ? Je suis en train de réfléchir à une réponse pertinente qui ne risque pas de déraper trop vite quand je vois Môman revenir du jardin avec une drôle de tête, un peu pâlotte.

– Ça va ?

– Je me sens pas très bien, je vais m'asseoir un peu.

– Installe-toi sur le canapé. Tu veux un verre d'eau, autre chose ?

– Non, ça va, je n'ai pas soif, mais j'ai vraiment très mal au ventre. J'ai un peu du mal à respirer.

– Tu veux t'allonger ?

– Non, je ne peux pas trop bouger, là. Je crois que ça ne va vraiment pas. J'ai un point au côté, une douleur horrible…

– Bon, j'appelle le Samu.

– Non, attends ! Si ça se trouve, ce n'est rien ! Je ne vais pas me coltiner trois heures d'attente pour un mal au ventre !

– À te voir comme ça, j'ai bien l'impression que ce n'est pas rien. Si ça ne s'est pas calmé dans cinq minutes, j'appelle le Samu.

– D'accord.

Comme ça ne semble pas s'arranger, j'appelle le Samu, je prépare un petit sac avec des affaires, on ne sait jamais, et je vais expliquer la situation à Papounet, qui est un peu dépassé par les événements.

– Je vais rejoindre maman aux urgences, je prends la voiture. Ne t'inquiète pas, je t'appellerai pour te tenir au courant.

– OK. Vous revenez pour le dîner ?

– Euh, je ne sais pas. Ça dépendra de ce qu'ils diront aux urgences. Mais ne t'inquiète pas, moi je reviendrai, et on verra ensuite.

– Mais elle va où ta mère ?

– Aux urgences.

– Elle a quoi ?

– Ben, on ne sait pas, justement.

– D'accord. Alors, c'est moi qui donne à manger à Gaïa ce soir ?

– Si tu veux, mais je serai peut-être rentrée. Ça va aller ?

– Évidemment que ça va aller ! Pourquoi tu me demandes ça ?

– Non, non, pour rien.

Pendant le trajet vers l'hôpital, je réfléchis aux implications de tout ça. Je ne veux même pas imaginer que ça soit grave. C'est pas grave. MAMAN NE PEUT PAS AVOIR UN TRUC GRAVE. Après Papounet, je ne le supporterais pas. Je ne peux pas m'empêcher de penser aux parents de mon pote Claude, qui sont morts tous les deux à quelques heures d'intervalle, le jour de la Saint-Valentin. C'est très romantique dans l'absolu, mais c'est vraiment horrible à vivre. Pendant que j'accompagne Môman aux urgences, Dieu seul sait ce que Papounet risque d'entreprendre comme mission périlleuse. La dernière fois qu'on l'a laissé tout seul, on l'a retrouvé en train d'essayer de démarrer la tronçonneuse pour scier des bûches. Est-ce que j'ai pensé à ranger la plaque de chocolat qui était sur la table de la cuisine ? Gaïa a déjà fini deux fois aux urgences vétérinaires (pour les chenilles processionnaires et des truffes au chocolat, je n'ai pas super envie de remettre ça). Au niveau urgences, dans la famille, on est parés, là. Et Pupuce ? Vu que Gaïa est complètement folle, j'espère que Pupuce n'aura pas l'idée saugrenue de descendre de l'étage où elle est réfugiée. Ça risque fort de se finir en tartare de chat sinon. On avait prévu quoi à manger pour ce soir ? Et les médicaments de Papounet, ils sont où ? Et l'infirmière, je dois lui signer un papier quand elle passe pour sa piqûre ? 'Tain, c'est chaud. Non, ça va aller. Ça va aller.

Maman a été emmenée je ne sais où, je suis dans la salle d'attente avec des tas d'autres gens, dans des états plus ou moins avancés de stress. Histoire de ne pas penser, j'envisage d'aller sur Tinder, mais ça me semble de mauvais goût dans le contexte. Je m'absorbe donc dans ce qui passe à la télé, à savoir un vieil épisode de *Soda* en rediffusion. Je n'avais jamais vu, ça ne me passionne pas, ce truc. Quand tout à coup soudain, Kev Adams demande à son acolyte :

– Tu sais c'est quoi la partie la plus poilue d'un chat ?

– Non, c'est quoi ?

– L'extérieur !

Le « BOUHAHAHAHA ! » qui sort de ma bouche fait sursauter les gens. Le fou rire qui s'ensuit m'attire des regards réprobateurs en pagaille. Oui, ben désolée tout le monde, ce sont les nerfs. C'est à ce moment qu'on m'annonce que je peux aller voir Môman.

– Alors, que t'a dit le docteur ?

– C'est un problème de calculs biliaires.

– Ah, c'est plutôt une bonne nouvelle, ce n'est pas trop grave, non ?

– En fait, apparemment, dans mon cas, il faut quand même opérer. Ils vont me garder.

– Ah, zut.

– Comme tu dis. Je suis désolée, il va falloir que tu t'occupes de ton père, alors que tu as du boulot.

– Le boulot, ça passe après. Ne t'inquiète pas, tu es entre de bonnes mains, tu as été vite prise en charge. Tu me donnes les consignes pour Papounet et tu vas voir, ça va aller, on va se débrouiller. Et au fait, tu sais c'est quoi la partie la plus poilue d'un chat ?

– Non…

– L'extérieur !

– Frfrfrkrkr, tu exagères, me fais pas rigoler, ça me fait trop mal !

– Désolée, je n'ai pas pu m'en empêcher.

Dimanche après-midi, après l'opération, nous avons le droit d'aller voir Mômaman. J'emmène donc Papounet à l'hôpital. Ou du moins j'essaie, puisqu'il n'y a pas une seule place libre dans ce satané parking, qu'ils ont en plus le culot de faire payer. Le parking du centre commercial du *Polygone*, au moins, il te rembourse si tu as fait des achats. Dans un hôpital, on te rembourse le parking si on est opéré ? Ou mort ? Je tourne comme une âme en peine, jusqu'à ce que j'avise une place Handicapés. Comme maintenant on a le macaron, je fonce vers la place, que je me fais piquer sous le nez.

– Eh ça va, ça vous gêne pas de piquer une place Handicapés ? Vous voyez pas que je suis avec mon père et qu'il ne peut pas se déplacer ? Non ? Vraiment ? Mais les gens. Les gens !

Je n'ai pas fini ma diatribe, prête à en attaquer le versant insultes, quand la conductrice de la voiture me regarde sans rien dire, baisse lentement sa vitre, remonte sa manche et m'agite un moignon sous le nez.

Oups.

Je me tourne vers Papounet. Il regarde la ligne bleue des Vosges, du genre je dégage toute responsabilité vis-à-vis de cette personne, je n'ai rien à voir avec la conception de ce monstre sans cœur.

La honte. À ma décharge, l'inquiétude pour Môman, un nouveau boulot, des aventures canines en veux-tu en voilà, les urgences et Papounet à gérer, il y a quand même des fois où je frôle la surchauffe. Mais ça va aller. Heureusement, Môman va bien, l'opération s'est bien passée, et elle a l'air de bien récupérer. Nous restons deux heures avec elle, et je donne le signal du départ : c'est pas le tout, mais j'ai ma deuxième semaine de boulot à Lunel qui commence demain.

J'ai commandé une pizza, Papounet regarde une émission culinaire en italien (c'est totalement improbable, mais il n'en raterait une pour rien au monde) pendant que je devise gentiment avec Richard par SMS. Enfin, gentiment, c'est une façon de parler, car je dépense beaucoup d'énergie pour ramener nos échanges dans les limites du bon goût. Il a l'air chaud bouillant, le Richard. Pour un peu, tout serait donc à peu près calme à la maison. C'est ce moment que Gaïa choisit pour se déchaîner. Cette bête, qui est restée toute seule à la maison une grande partie de l'après-midi, est survoltée. Elle court comme une dératée à travers la pièce, sautant du fauteuil au canapé et retour en piétinant Papounet au passage. Elle a les yeux qui lui sortent de la tête, la langue qui pend, elle fait des bruits de bête sauvage, bref, elle me fout carrément les jetons. Je me mets sur son chemin, et dès qu'elle passe à proximité, je la chope par le collier. Elle a tellement d'élan qu'elle part en arrière d'un coup et manque me démonter le bras. Je sens que ça craque un peu à l'intérieur. Elle râle tout ce qu'elle peut. *Oh, mon Dieu ! J'ai tué le chien ! Non, non, nooon !*

Elle est assise dans la pièce dévastée, essayant de retrouver son souffle, les meubles ont bougé de partout sous son poids. Je la calme tout en tâtant sa trachée quand Papounet s'approche :

– Ça va ? Dis donc, tu l'as bien chopée, hein !

– Oui, mais... Ah ! Mais qu'est-ce qu'il t'arrive ?

– Euh, rien, ça va...

– Mais non, ça va pas ! Regarde, tu saignes de partout sur le carrelage !

– Ah oui, ça ! Oh, t'inquiète pas, c'est la chienne qui m'a griffé en passant, c'est pas grave.

– Mais si, c'est grave !

Papounet ne coagule plus à cause de ses médicaments et sa peau est devenue toute fine. Manquait plus que ça.

Merdemerdemerde, où sont les pansements ? La gaze hémostatique ?

Pendant que je cours dans la salle de bains chercher la trousse à pharmacie, Papounet reste debout au milieu de la pièce, gouttant tout ce qu'il peut, pendant que la chienne essaie de faire fonctionner sa trachée correctement.

Je suis enfin couchée, la soirée s'est déroulée sans autre catastrophe majeure. Je n'ai même plus envie de traîner sur Tinder, de répondre au dernier message égrillard de Richard ou quoi ou qu'est-ce. Toute la tension de ces derniers jours me tombe dessus, en faisant le bilan. Pourtant, je sais qu'il ne faut jamais faire de bilan une fois couchée dans le noir après une journée pourrie. Ce n'est clairement pas dans ces moments-là qu'une issue pavée de pétales de roses risque de m'apparaître. J'ai quarante-huit ans, je suis seule, pas d'homme avec qui partager quoi que ce soit de positif ou de négatif, ma mère est à l'hôpital, mon père est tout fragile, mes parents ont besoin de moi, ils ont un chien complètement taré, je voudrais avoir du temps pour moi pour écrire, mais ce n'est clairement pas en ce moment que ça va arriver, j'écris à la commande, j'ai un premier boulot de merde, un deuxième boulot... spécial et un boss dont je serais bien capable de tomber amoureuse, mais ce crétin est marié. Le bilan n'est pas super folichon. Je sanglote dans mon lit sans faire de bruit pour ne pas réveiller Papounet. Pupuce vient quand même voir ce qu'il se passe, dans un élan de compassion fugace. Si je veux qu'elle reste pour faire un câlin, il faut que je me calme : les soubresauts l'agacent. Au moins, c'est l'avantage du chat. Ce n'est pas vraiment qu'il me console, mais si je veux qu'il reste avec moi, il faut que j'arrête de pleurer.

Allez, demain est un autre jour.

À mon arrivée, Matthieu me fait une bise un peu appuyée en me prenant le bras, j'en suis toute chose. Je crains même d'en rougir. Non, mais sérieusement, la presque quinquagénaire qui rougit parce qu'un homme lui claque la bise en lui tripotant le gras du bras ? Je croyais que j'avais touché le fond, mais le fond s'éloigne.

– Alors, Caroline, vous avez passé un bon week-end ?

– Je ne dirais pas vraiment ça... ça a été un peu compliqué. Je vous passe les détails, mais j'ai passé une partie du week-end aux urgences et l'autre partie à gérer Gaïa. Je vous en avais parlé, ça ne s'arrange vraiment pas.

– Ah oui, le braque de Weimar de vos parents ! Vous l'avez amenée chez un comportementaliste ?

– Non, mais j'avoue que je commence à y réfléchir sérieusement.

– J'en connais un très bien à Sommières, si vous voulez, je vous donne ses coordonnées.

– Volontiers. Si elle était juste difficile, ça irait. Mais là, mon père est blessé, et ce n'est pas la première fois. Elle lui saute dessus, alors qu'il n'est pas très stable sur ses jambes. Ma mère est même allée jusqu'à lui acheter des jambières parce qu'elle lui mord les chevilles.

– Ah oui, quand même ! Non, là il faut vraiment que vous preniez les choses en main. Allez-y de ma part. Sinon, pour parler boulot, je voulais vous confier un nouveau reportage. Un bar à chats s'est ouvert dans le centre de Montpellier, j'aimerais bien que vous y alliez pour une petite interview et prendre quelques photos.

– D'accord, je fais ça quand ?

– Aujourd'hui si possible, comme ça on pourra passer le papier dans le prochain numéro, on boucle cette semaine.

Me voilà donc partie pour un bar à chats. J'en ai entendu parler, mais je n'y suis jamais allée. J'ai un chat, j'aime les chats, et justement parce que je les aime, ça ne me tente pas tellement de les voir enfermés et contraints d'accepter les papouilles de dizaines d'inconnus. Mais si ça se trouve, je me trompe.

Ça commence bien : la propriétaire des lieux a une tête à claques et semble sortie d'une école de commerce plutôt que d'un refuge. Elle me parle *business plan*, approvisionnement en chats, plan de com, j'en passe et des meilleures. Le lieu est parfaitement tendance comme il faut, et les chats roupillent dans des paniers éparpillés un peu partout dans la pièce. Pour l'instant, ils n'ont pas l'air de souffrir, mais qu'est-ce que ça va donner quand il y aura des clients qui vont les tripoter ? Et tous ces chats qui ont été sortis de leurs box dans un refuge, qu'est-ce qu'ils vont devenir s'ils ne sont pas sympas avec les clients ou si le café fait faillite ? Salut, merci, c'est gentil d'être passés, mais maintenant va falloir retourner dans vos cages, les gars ? Pfff, rien que d'y penser, ça m'énerve, tiens. J'avise un superbe chat, un sacré de Birmanie, que je vais doucement caresser. Il se frotte la tête contre ma main en ronronnant comme un malade. Trop chou. Limite carrément plus chou que la Pupuce, cette bourrique sans cœur. C'est pénible de faire un reportage sur cette fausse amie des chats. Mais je n'ai pas trop le choix : Matthieu m'a dit qu'elle nous prenait une page de pub, je ne peux donc pas descendre son projet en flammes, sinon je vais avoir de sérieux problèmes. Comme quoi, les conflits d'intérêts, ça existe même dans la presse féline.

Je rentre au bureau écrire mon papier, j'essaie de faire quelque chose de sympa, mais sans grimper aux rideaux non plus. Je tends mon article à Matthieu pour relecture et nos doigts se touchent accidentellement.

Je le regarde.

Il me regarde.

Aïe, c'est encore pire que ce que je pensais. Je craque pour lui, mais apparemment, il a aussi un faible pour moi. L'homme marié, j'ai déjà donné avec Jean-René, pas question de remettre ça. Mais il est vraiment adorable et mignon et… stooop !

Houston, je crois qu'on a un problème.

Le lendemain, Matthieu me confie une nouvelle mission : assister Jean-Pierre, le photographe maison, qui doit faire un shooting pour un papier, « Les plus beaux chiens et chats de l'année ». Nous allons donc recevoir les champions de beauté des grandes expositions de cette année. Je ne sais pas pourquoi, mais je sens que ça va être gratiné.

Jean-Pierre a improvisé un studio photo dans l'entrée du bureau en tendant un grand tissu au mur pour faire le fond. Des spots éclairent une table recouverte du même tissu, sur laquelle vont monter les top models. Jean-Pierre m'explique que je serai à côté de lui, chargée d'attirer l'attention du chien ou du chat en direction de l'objectif pour qu'il ait un regard expressif. Bon, ça va, ça n'a pas l'air trop compliqué.

Le premier mannequin est un fox-terrier, que son propriétaire fait monter sur la table. Le gars place le chien debout, bien de profil, tirant bien en l'air sur la laisse pour qu'il ait la tête relevée, la main sur l'arrière de sa queue pour qu'elle soit bien droite. Le chien est raide comme un piquet, le regard droit devant lui.

– Merci monsieur Legrand, mais vous savez, ce n'est pas une photo d'exposition, il ne faut pas nécessairement que votre chien soit en position standard..., lance Jean-Pierre au propriétaire.

– Mais vous ne voulez pas qu'il soit en position standard ? Vous ne voudriez quand même pas qu'il soit assis ?

– Euh, si, pourquoi pas... je préférerais qu'il soit naturel.

– Comment ça naturel ? Mais mon bébé n'est pas naturel, il est champion de France, monsieur !

– Oui, bien sûr. On va faire plusieurs photos, on choisira ensuite, d'accord ?

Jean-Pierre me jette un regard entendu, apparemment, il a l'habitude de ce genre de numéro. Il fait quelques photos « standard », puis me tend une baballe qui fait pouêt.

– Caroline, mets-toi derrière moi, tiens la balle en l'air et appuie dessus.

– Ça marche !

Je me marre toute seule en imaginant l'assistante du photographe de *Elle* en train d'agiter une feuille de chou kale devant un top pour lui donner le regard vif et brillant.

Pouêt ! Le chien tourne et penche la tête dans ma direction, les oreilles en alerte.

Pouêt-pouêt ! Il trépigne, jappe, touille du cul.

Pouêt-pouêt-pouêt ! Il aboie comme un damné, la langue pendouillante, il a l'air au bord de l'arrêt cardiaque.

– Parfait ! me lance Jean-Pierre, c'est dans la boîte ! Je pense qu'on a bien l'essence du fox, là.

– Super !

Je trouve que l'essence du fox frise la folie furieuse, mais bon, je n'y connais rien en fox. Le candidat suivant est un énorme saint-bernard, que Jean-Pierre et son propriétaire parviennent à grand-peine à faire monter sur la table à coups de croquettes disposées sur un marchepied. Le chien s'assied, avec l'allure de celui qui a tout vu, qui a tout fait, et qui n'a pas vraiment envie de faire un effort.

Pouêt ! Le chien ne me calcule même pas.

Pouêt-pouêt ! Il tourne la tête de l'autre côté.

Pouêt-pouêt-pouêt ! Je siffle en même temps. Je crois qu'il s'est endormi, je ne vois même plus ses yeux.

Pouêt-pouêt-pouêt-pouêt ! Je fais des bonds tout en appuyant sur la baballe et en miaulant. Je crois qu'il a levé une paupière.

– Je pense qu'on n'aura pas mieux, me dit Jean-Pierre.

Okééé, je dois reprendre mon souffle, de toute façon.

Après quelques autres représentants de la gent canine plus ou moins enclins à collaborer, on passe aux chats. La propriétaire des premiers top models va les poser sur la table, mais dès qu'ils sont en approche, les matous, deux siamois tout maigrichons, écartent les pattes, sortent les griffes, et pédalent dans le vide, en mode *Abort the mission, I repeat, abort the mission !*.

– Merde ! On a oublié de changer le tissu, ça sent le chien !

Un des deux chats a grimpé sur la tête de son maître pendant que l'autre fait des sauts de cabri au bout de sa laisse. Je me précipite pour l'attraper avant qu'il ne parvienne à se dégager et je le chope. Je le tiens à bout de bras pour éviter ses griffounes en mode déchiqueteuse.

– Excusez-moi, mais comment ça se fait qu'ils soient aussi maigres vos chats ?

– Pardon ?

– Euh, oui, ils ne sont pas épais, non ?

– Iris et Isis sont parfaitement dans le standard.

– Ah, d'accord, mais mon oncle avait un siamois, et il n'était pas comme ça.

– Évidemment. C'était un siamois des années 1960, c'est pour ça.

Hého, ça va hein !

– Mais les siamois ont changé alors ?

– Le standard a évolué. Maintenant, si vous voulez un gros chat (*regard appuyé*), il faut prendre un thaï.

– Un quoi ?

– Un thaï, c'est la race qui recrée le type de l'ancien siamois.

– Mais pourquoi recréer le type, puisqu'il était très bien avant ?

– Parce que le standard a évolué, je vous ai dit.

– Bien, si on revenait aux photos ?

Jean-Pierre semble craindre que je ne m'enfonce dans une conversation très très très oiseuse sur les chats de race…

Les deux chats, une fois posés sur la table, sont complètement stressés, au ras du sol, les yeux exorbités, les oreilles à l'horizontale. On ne va rien en tirer pour l'instant : Jean-Pierre décide, après quinze minutes de « pouêt-pouêt », de les laisser se reposer et de passer à un autre candidat en attendant. Je commence à découvrir que ce boulot n'est pas si cool que ça… Et peut se révéler surprenant, quand le propriétaire du chat suivant me colle son chat nu dans les bras pour aller ranger sa caisse de transport. Ça fait tout bizarre, un chat sans poil. Et c'est moche, mais d'une force ! On dirait Yoda. Avec lui, pas besoin de faire « pouêt-pouêt » : il s'assied et regarde droit devant lui, comme un prince égyptien. C'est un peu la classe, quand même.

À la pause, Matthieu nous rend visite avec du café et des petits gâteaux. Il me tend une tasse. Quand je la prends, il en profite pour me toucher le bout des doigts. Je suis sûre qu'il l'a fait exprès. Enfin, presque sûre. J'ai l'impression d'avoir le bout des doigts tout chaud.

– Caroline, vous avez contacté le Dr Beaugrand pour Gaïa ?

– Oui, j'ai rendez-vous dans quinze jours, lors de mon prochain séjour ici.

– Vous prévoyez donc de revenir, on dirait !

– Ah, euh, oui, c'est vrai que je ne vous l'ai pas dit officiellement, mais si vous êtes partant pour continuer, moi aussi. Enfin, si ça vous va, quoi.

Non, mais la fille qui se prend les pieds dans le tapis...

– Je suis partant aussi, alors !

– Super !

Je suis dans le TGV. Mon Nifoune est posé sur la tablette devant moi, je suis tranquillement en train de fantasmer sur Matthieu quand « Ting ! », fait l'annonce d'un nouveau SMS.

Qui s'avère être un MMS du sexe de Richard.

Aperçu bien capté par mon voisin de droite qui me jette un regard on ne peut plus égrillard. Je passe tout le reste du trajet à me faire un torticolis à regarder le paysage très très intéressant qui défile à gauche (et à chercher comment désactiver l'aperçu des MMS sur mon Nifoune). Pfiouuu, en ce moment, c'est le *roller coaster* de l'amour. Ces deux semaines à Lunel ont été riches en émotions professionnelles et sentimentales. Ça a été quelque chose. Mais est-ce que je pourrai continuer à travailler comme ça avec Matthieu sans me ridiculiser ? Pas facile. Je me connais : quand je commence à fantasmer sur un homme, je perds mes moyens, je deviens toute rouge à chaque fois qu'il me parle. On dirait une collégienne. Sauf qu'à mon âge, on aurait plutôt tendance à penser que ce sont des bouffées de chaleur.

Chapitre VII

Quête du Graal, J + 5 mois et 20 jours

Un petit coucou ma Véro du TGV,
séjour sympa, les parents vont bien,
Pupuce a une nouvelle boîte de transport...
Valmont sur les starting-blocks me propose
de venir me chercher à la gare !!! Et toi ça va ?

J'espère que tu as dit oui au Sieur Valmont !
Amuse-toi bien !
Contente de savoir que tes parents vont bien.
Des bises !

Nan à la descente du train
je me sens schmurf et bleurp et verdâtre...
En plus il me propose des huîtres.
AH LE CON ; -) !!!

Morte de rire !
Alors t'as dit non à tout ?

Oui !!! Tu le crois ça ???
Chuis trop bête des fois...
Il me proposait de porter la valise
et de dîner en face de la gare
et je lui ai répondu :
« J'ai ma chatte avec moi (mouhahahaha),
je dois donc rentrer direct.
Ta proposition est des plus tentante,
mais je préfère un autre soir où je serai plus libre
de mes mouvements (Mouarf). »

C'est vrai que c'est mieux
de ne pas te balader avec une chatte à l'étroit

Tout juste ; -) !!!
Elle est complètement esquichée dans sa nouvelle boîte,
elle a les poils qui sortent par les trous
Quand je pense que ça fait des siècles
que je rêve qu'un garçon vienne me chercher à la gare...

Rhôôô rappelle-le et dis oui !

Me sens moche et crapouette,
j'ai le cheveu gras,
chuis pas maquillée,
c'est au-dessus de mes forces

Ok je comprends…
Mais fais chauffer Valmont et réalise ton rêve !

Va falloir bien le réchauffer
après mon sms tout pourri ; -) !!!

Dis-lui que tu as le cheveu plat…

Ahahahah !!! Yapuka !!!

Sus ! Sus !

;-)

Il annonce sa présence dans mon quartier
jusqu'à minuit et me demande
de lui faire signe pour lui offrir une tisane !!!
C'est le coup de grâce…
Et je devrais avoir le temps de me pomponner…

Oui, tu as largement le temps de te pomponner…
Fonce, amuse-toi, cours vole !

Valmont arrive à la maison, mais apparemment, il a dû écluser quelques verres avant d'arriver chez moi. Les rendez-vous de fin de soirée, c'est pas forcément la meilleure idée. Il titube jusqu'au fauteuil tout en me réclamant à boire. Je sens que ça ne va pas être très sexy après tout, vu l'état dans lequel il est. J'essaie de limiter les dégâts en raccourcissant le digestif, mais une fois dans le feu de l'action, ce n'est pas terrible.

– Mais… tu n'enlèves pas tes bottes ?

– Nan, chuis un vrai cow-boy, moi, madame.

– Euh, écoute, là, on va peut-être reporter, non ?

– T'inquiète, je mets juste le bout !

– Euh, le bout de quoi ? de tes bottes ?

– Mais naaan ! Le bouuut ! Mpfragledeu.

Dans son état, je me demande bien comment il va faire pour mettre un préservatif, et puis non, finalement, pas la peine. Il lutte pour garder les yeux ouverts, alors garder autre chose suffisamment ferme pour enfiler une capote me semble une cause perdue d'avance.

Ça ne me semble pas un projet qui a de grandes chances de réussir, tout ça. Je ne dois pas penser à Matthieu (pas bien, pas toucher), Richard s'est désintégré en vol en m'envoyant une photo non sollicitée de son appareil génital, Hervé a disparu après sa boulette téléphonique, j'ai dégagé David après l'histoire de la fuite, je ne compte plus les messages ineptes, les conversations graveleuses et les disparitions soudaines… tout cela n'est pas très enthousiasmant. Je suis très peu emballée à l'idée de retourner à la pêche sur Meetic, POF ou Tinder. En attendant de voir si Valmont est récupérable, qu'est-ce que je pourrais bien entreprendre pour faire avancer ma grande Quête ? Je traîne quand même sur Meetic, où je découvre qu'ils organisent des soirées pour célibataires. Ah voilà une idée qu'elle est bonne : rencontrer les hommes en vrai. Potentiellement des gars motivés, et qui ne pourront décemment pas m'aborder d'un « slt » ou d'un « cc ». Il y a deux types de soirées : Afterwork et Atelier cuisine. Cool ! La cuisine, ça peut être vachement sensuel, se faire culbuter dans la farine, tout ça… (bon, pas tout de suite pendant l'atelier, mais un gars qui malaxe de la pâte à pain, moi ça me fait toujours de l'effet…). En plus, je vais enfin pouvoir prouver de visu que je suis bonne à marier, au regard de mes compétences culinaires. Trop efficace, comme plan.

Je réserve, mais je ne paie pas tout de suite, m'accordant tout de même vingt-quatre heures de réflexion. Bon, je ne réfléchis pas vite, comme d'habitude, et je reçois un mail de rappel de Meetic, m'enjoignant à payer. Je m'exécute (bien bonne, encore), et, au moment fatidique, CLAC ! le site m'annonce que c'est complet. Ah non, ça ne se peut pas, puisque j'ai réservé. Je réessaie, pareil. Je me dis, allez, soyons fous, c'est ma première surprise-partie, je téléphone au service client pour solutionner ce problème de la plus haute importance. Allez, hop ! on se motive.

Une créature que je ne qualifierai pas de charmante me répond en me demandant ce qu'elle peut faire pour moi. Je lui expose le problème :

« Voilà, je vous appelle parce quc j'ai réservé pour la prochaine soirée Meetic, mais quand je veux payer on me dit que c'est complet.

– Vous voulez payer pour une soirée ? Attendez, je regarde. Oui, effectivement, vous ne pouvez pas, car la soirée est complète.

– Oui, je sais, c'est bien là le problème.

– Quel est le problème ?

– Qu'on me dise que c'est complet, puisque j'ai réservé.

– Effectivement, c'est complet, je vous le confirme. Que puis-je faire pour vous ?

– Je sais que c'est complet, c'est pour cela que je vous appelle.

– Oui, madame, que puis-je faire pour vous ?

– Débloquer la situation, puisque j'ai réservé et que je veux payer.

– Ah, oui, je comprends, attendez, je regarde. Ah, je suis désolée, madame, c'est impossible, puisque c'est complet.

– MAIS JE SAIS QUE C'EST COMPLET !!!

– Je ne comprends pas votre question.

– Ce n'est pas une question, c'est une demande : DÉBLOQUEZ LE TRUC POUR QUE JE PUISSE PAYER !!!

– Ah, oui, je comprends, madame, attendez, je regarde. Ah non, c'est impossible, je vois que la soirée est complète.

Oh. My. God.

– Bon, écoutez, on ne s'en sort pas, prenez mon paiement pour la soirée suivante.

– Très bien madame. Vous avez réservé ?

Je vous laisse, je vais me pendre et je reviens.

– Nooon, jeee n'aiii paaas réservééé, jeee veuuux payeeer pouuur laaa prochaiiine soirééée.

– Ah, d'accord, très bien, je prends votre numéro de carte.

Je suis au bord de la surchauffe, mais c'est bon, c'est booké, payé et tout et tout pour dans dix jours.

Quête du Graal, J + 5 mois et 22 jours

Et je fais bien, vu les échanges avec Valmont.

Ça te dirait de boire un verre mercredi soir ?
Bises !
Caro

Hello chère Caro, je fais mon max
car je dois aller chercher mes parents à l'aéroport.
Je te dis. Sinon, déj demain
ou dans la semaine :-)
Bizous

Ça marche, tu me diras ! Bizes

Hello, finalement, la semaine
prochaine sera plus calme, je t'appelle...
Bises

D'ac !

On n'est donc toujours pas sur de l'enthousiasme flagrant...

Quête du Graal, J + 5 mois et 28 jours

Ça tient toujours pour cette semaine ?
Bises

Aie, je pensais...
mais j'ai un rv de boulot...
te raconterai...
je préférerais tranquillou à ton retour...
Bizous

OK.
Je mets un point pour bien montrer que ça commence sérieusement à m'énerver, cette histoire.

Je sens que Valmont est en processus d'autodestruction...

Pendant ce temps, comme dit Ribéry, la routourne continue à tourner… J'épluche les annonces de boulot dans l'édition en slalomant au milieu des plans moisis : j'ai un peu de mal avec l'idée d'écrire un guide touristique sans sortir de chez moi, cent euros les trois cents questions pour un quiz, ça va pas être possible, et alleeez, les stages… Ah ? Un boulot d'éditrice à plein temps ? Ben voyons, mille cinq cents euros brut… Au milieu de tous ces contenus désespérants, une annonce m'attire l'œil : « Éditeur spécialisé dans la Romance New Adult recherche auteurs. » Mais c'est-y quoi donc la Romance New Adult ? Un petit tour sur Internet, et je découvre des dizaines de titres, avec, bien sûr, en haut de la pile, *Cinquante Nuances de Grey*. C'est donc ça la Romance New Adult ! C'est le Harlequin d'aujourd'hui, avec du cul en plus. Ah, mais ce serait super rigolo à faire, ça ! Être payée à écrire un livre olé olé, mais j'adore l'idée ! Allez, j'envoie ma candidature.

Je suis déjà en train de m'imaginer en Barbara Cartland du *caliente*, quand le Nifoune sonne : c'est Matthieu.

– Bonjour Caroline, vous allez bien ?

– Oui, merci, et vous ?

– Bien, bien. Je vous appelle pour deux choses. D'une part, je voudrais vous demander de faire un reportage avec Jean-Pierre sur les chiens de la RATP. Ça vous dit ?

– Oui, d'accord.

– Très bien. Voyez avec lui pour l'organisation. Par ailleurs, je dois venir à Paris ce week-end pour l'exposition canine internationale du Bourget. J'ai une interview assez importante à faire, des gens à voir, mais je me disais qu'on pourrait en profiter pour faire un petit point sur les projets à venir ?

– Euh oui, oui, bien sûr.

– Voici ce que je vous propose : vous venez me retrouver au Bourget, comme ça vous aussi vous pourrez faire un tour sur les stands, regarder un peu les accessoires pour nos pages de shopping, et ensuite, après l'interview qui ne devrait pas durer bien longtemps, je vous invite au restau et on discute devant un bon petit plat, ça vous dit ?

– Oui oui.

Jevaisaurestoavecmatthieuohmygod.

– Très bien, à samedi alors !

– À samedi.

Le samedi, j'arrive au Salon du Bourget pour trouver Matthieu en grande conversation avec deux armoires à glace munies de deux molosses qui attendent patiemment sur leur cul de chien qu'il se passe quelque chose (j'imagine qu'ils fantasment sur un chaton égaré). Je suis accueillie par une bise bien claquée de Matthieu (il travaille, on ne va pas trop en demander) et deux regards approbateurs des armoires qui reluquent mon décolleté le sourire goguenard. En princes de la galanterie, ils se précipitent pour m'offrir à boire : l'un d'eux décapsule une bière avec les dents et me la tend. Je refuse poliment, je ne bois pas de bière. Et encore moins une bouteille dont le goulot est passé entre des chicots inconnus.

Pendant que Matthieu papote, un petit bonhomme tout moisi vient se joindre à nous. C'est le monsieur que Matthieu doit interviewer, un éleveur de rottweilers. Un homme à se nourrir de bébés écureuils au petit déjeuner. Chouette, je sens que ça va être sympa. J'attends patiemment que le temps passe pendant que les bières et le whisky coulent à flots, quand la vedette du jour dit à Matthieu : « On ne va pas faire l'interview là, ce n'est pas pratique, je connais un petit bar sympa à côté, on n'a qu'à y aller. » La notion de petit bar sympa au Bourget m'échappe un peu, mais Matthieu doit faire son boulot, je dois attendre Matthieu. Donc va pour l'estaminet.

Alors que je croyais que nous serions trois (Matthieu, Le Moisi et moi) et que nous pourrions expédier cette histoire d'interview vite fait, v'là-t-y pas que les deux armoires se joignent à nous, accompagnées de leurs rottweilers, Gunther et Adolf. Et puis aussi un charmant couple de quinquagénaires propriétaires de deux dogues argentins, des veaux sur pattes, Augusto et Francisco. Ah, et puis aussi tiens une charmante créature, d'une élégance rare, toute de paillettes et de panthère vêtue, elle aussi escortée par son veau, Fidel. Nous voici donc constituant une charmante petite troupe de huit personnes et cinq chiens pesant dans les 50 kg chacun, ce qui nous fait quand même du 250 kg de clébard au bout des laisses se dirigeant vers « le petit troquet sympa ». Qui se révèle bien sûr un bouge qui n'a pas connu la patte d'un décorateur depuis Pompidou. Bouge dans lequel Le Moisi pénètre en hélant le barman d'un « Holà, tavernier, à boire !!! » du plus bel effet. La Nadine de Rothschild qui sommeille en moi en hoquette de surprise.

Nous nous installons et heureusement que je n'ai pas peur des chiens car la gueule baveuse et pleine de dents d'un des veaux est posée sur ma cuisse. Il me regarde d'un air éperdu d'amour. Je crois maintenant qu'il est acquis que je fais toujours cet effet-là aux chiens, ça tombe relativement bien. Je grattouille donc machinalement le crâne de Gunther tandis qu'il bave sur mon jean. Normal. Seul petit souci : la fine équipe commence à être relativement éméchée, ça s'échauffe un peu et que je ne vois pas d'avancée majeure sur le front de l'interview. Matthieu me jette régulièrement des regards mi-consternés mi-inquiets. Je lui souris vaillamment, lui faisant comprendre que je saisis l'importance de l'entrevue pour son boulot et que je tiens le coup. Mon Dieu, je suis une sainte.

Ma vaillance en prend toutefois un gros coup sur la cafetière : alors que les blagues salaces pleuvent, j'en profite pour m'esquiver pour aller aux toilettes (au moins je vais avoir les oreilles au sec cinq minutes). Et là, c'est le drame. Je me lève. Entre deux blagues au-delà du graveleux, Le Moisi passe sa main lentement sur mon siège et la porte à ses narines, la humant avec perversité. Hannibal Lecter, le retour.

Je deviens livide et je titube hagarde jusqu'aux toilettes (ma Nadine de Rothschild intérieure vient de faire un coma), espérant que les choses s'arrangeront miraculeusement quand je reviendrai. Je reviens. Incroyable, mais vrai : il n'en est rien.

Je me rassieds, en état de sidération. Matthieu n'ose même plus me regarder.

Le Moisi propose alors de prolonger la soirée dans une pizzeria. Je lui jette le regard du renardeau acculé par les fox-terriers, quêtant une once d'humanité dans l'œil de celui qui pourrait le libérer. Ou abréger ses souffrances. Matthieu me prend à part :

– Écoutez, Caroline, je suis vraiment désolé pour tout ça, mais je suis vraiment obligé de rester. Je dois absolument faire cette interview.

– Oui oui, je comprends, aucun problème.

– Mais si vous voulez, vous pouvez y aller…

– Non non, pas de souci, je vous attends…

Tu m'étonnes, je n'allais pas rater la perspective d'une soirée en tête à tête avec Matthieu pour deux-trois psychopathes en goguette.

Notre petite troupe se met en route pour un nouvel établissement enchanteur : *La Fiesta*, karaoké/pizzeria du Bourget (en bord de Nationale 2, super sympa comme quartier). C'est la première fois de ma vie que je me rends dans une pizzeria gardée par un vigile. Qui fronce bien sûr les sourcils en nous voyant débarquer. Il nous installe à l'étage, nous voilà donc assis, tous les huit humains et les cinq chiens à une grande table. Évidemment, je récolte Le Moisi comme voisin de gauche. Tout ce petit monde décide de prendre l'apéro avant de commander (c'est vrai qu'à vingt-trois heures trente, après tout ce qu'ils ont déjà ingurgité, un petit verre de plus s'impose).

Là, ça commence à dégénérer. Car, en plus du whisky qui coule à flots, cette bande de gros malins n'a rien trouvé de mieux que de se coller des poppers dans les trous de nez (et peut-être aussi des substances encore plus illicites, je n'ai pas vérifié). Le Moisi se met à crier à qui veut l'entendre : « J'ai un flingue dans mon sac à dos, hein, c'est vrai, j'ai un flingue, alors, hein, bon. » Le Moisi entreprend diverses rodomontades pour me prouver qu'il est grand, qu'il est fort, qu'il est un homme. La plus subtile et intelligente étant de prendre mon couteau pour faire le coup je-mets-ma-main-à-plat-sur-la-table-et-je-plante-le-couteau-très-très-vite-entre-mes-doigts… Jusqu'à ce que, fort étonnamment au regard de son taux d'alcoolémie, il se rate. Ça alors.

Je ne lutte plus. J'ai réussi à m'asseoir à côté de Matthieu dans un sursaut sécuritaire. Je vois bien qu'il me jette des regards inquiets. Je dois être toute pâlotte. J'attends mon sacrifice avec résignation.

Je vois bien qu'il n'y aura plus d'interview maintenant, vu l'état du gars. Qui m'a rendu mon couteau ensanglanté et s'est enroulé ma serviette de table autour de la main (qui, heureusement, tient encore au bout de son bras). Pour supporter mon sacrifice, je descends moi aussi quelques godets.

Mon calvaire touche à sa fin. Le signal de départ est enfin donné, et je n'attends plus qu'une chose : me retrouver sous ma couette. Seule. Car autant dire que toutes les idées plus ou moins coquines qui avaient pu me traverser l'esprit concernant Matthieu sont définitivement jetées aux orties avec le bébé et l'eau du bain. Plus envie de rien. Et le charme de ce garçon s'est très légèrement étiolé de ne pas m'avoir emportée sur son fier destrier, loin de cette horde de soudards pervers et de leurs molosses sanguinaires (toutefois, reconnaissons que les chiens sont ceux qui ont posé le moins de problèmes pendant la soirée). Flanqués du Moisi et d'une des deux armoires, nous nous dirigeons vers les voitures. Nous sommes garés à côté, youpi.

Et là, Le Moisi nous lance :

– Hé, ça vous dirait de faire un tour dans un club échangiste ? J'ai de la coke !

Doux Jésus.

Quête du Graal, J + 6 mois et 3 jours

Ce soir, c'est mon Atelier cuisine Meetic : je ne veux pas fonder trop d'espoirs dans cette soirée, mais j'avoue que je ne suis pas mécontente de rencontrer des messieurs en vrai… et de me changer les idées après ma soirée décevante avec Matthieu. J'ai beau savoir qu'il est marié, je ne maîtrise pas les élans de mon cœur. Et mes fantasmes à son égard deviennent un peu trop prenants. Je me propulse jusqu'au lieu de rendez-vous, où on apprend à cuisiner (ou à se perfectionner) avec un chef. Je jette un coup d'œil aux participants. Il y a un agglomérat de nanas en train de papoter, glousser et virevolter dans tous les sens avec leur verre à la main, pendant que les mecs sont en mode direction l'abattoir. Les garçons, cachez votre joie, n'est-ce pas ? Pfff. À croire qu'on leur a mis un pistolet sur la tempe. Je repère une fille qui a l'air sympa, je vais papoter un peu avec elle.

– Ça fait longtemps que tu es inscrite, toi ?

– Un mois, et toi ?

– Six mois.

– Ah oui, quand même ! Et tu n'as pas fait de rencontres intéressantes ?

– Si, mais ça n'a pas vraiment tenu sur la durée.

– Pas de vraies histoires alors ?

– Si si, mais qui ont tourné court…

Je ne vais pas dire que mon record est d'avoir couché le premier ou le deuxième soir avec deux mecs que je n'ai pour l'instant pas eu l'occasion de revoir après.

– Et toi ?

– J'ai eu deux beaux rendez-vous, mais l'un, très amoureux, me proposait de nous installer ensemble, et j'ai trouvé ça trop rapide, et l'autre n'était pas prêt à partager le quotidien d'une mère de deux ados.

Oui, c'est ça... elle ment presque aussi bien que moi.

– Ce n'est pas facile, hein...

– Ça... et puis les messages sur le site, c'est compliqué aussi.

– Rhôlàlà, ne m'en parle pas ! Et tous ces types qui t'écrivent des cochoncetés ou qui te proposent de devenir ton esclave !

– Quoi ?

– Ben oui, toi aussi tu en as, j'imagine...

– Des quoi ?

– Des types qui veulent être dominés.

– Ben non.

– Ah.

Donc, elle n'est JAMAIS tombée sur un seul type lui offrant ses services d'esclave. Pas un. Rien de jamais de nulle part. Je croyais que toutes les filles en avaient.

– Si tu en as beaucoup, ce sont forcément tes photos qui induisent ça. Tu as l'air dominante dessus ?

Non, mais ça va, oui ? Mais va te faire épiler à l'acide.

– Euh, non, pas vraiment. Ou alors c'est le côté blonde à forte poitrine ? Genre Gretchen ? Non, je ne sais pas.

À ce moment, le chef (charmant au demeurant) nous indique qu'il faut se placer en deux groupes, autour de chacun des deux plans de travail. Bon. Après que tout le monde a bougé son petit corps et s'est installé, il réalise qu'il est en quelque sorte investi d'une mission cupidonnesque et nous demande de changer pour nous placer un garçon/une fille en alternance. Re-Bon. Tout le monde rebouge. Même si je ne suis pas super à l'aise, je suis souriante, mais tout le monde – surtout les garçons – fait une tête d'enterrement, comme si nous allions préparer notre Dernier Dîner. Le chef nous annonce le programme et nous dit que nous allons cuisiner par groupes de deux. Donc en couple, en somme. Chacun se tourne vers sa chacune et je me tourne vers mon voisin, un garçon qui fait une tête de phase terminale qui vient d'apprendre que son chien est mort, afin de préparer notre petit frichti dans la joie et la bonne humeur. Donc, je reprends la recette (des aiguillettes de poulet panées dans des tacos émiettés, assez bizarre comme idée) et après, des « makis carnivores ».

Je m'exécute, avec l'autre grand dadais à côté qui ne décroche pas un mot et me regarde avec des yeux de merlan frit dès que je lui demande de me passer le sel. Le seul point positif de cette étape, c'est que j'ai roulé mes petits makis de mes blanches mains, je les ai tout bien découpés et j'ai tout terminé la première, ce qui m'a valu du CupiChef : « Mais vous avez fini en premier et, en plus, vos makis sont parfaits ! Mettez-les sur la même assiette que les miens, ils ne dépareront pas à côté. » *Huhuhu.* On termine de préparer notre petit apéro dînatoire, on range et on nettoie, et le CupiChef nous annonce que nous allons pouvoir déguster nos préparations, accompagnées de vin à volonté. Bon, l'alcool ne coule pas à flots, mais un petit verre ce n'est quand même pas plus mal pour détendre un peu l'atmosphère.

Je retrouve la fille du début de la soirée en grande conversation avec trois mecs, du coup, je tape l'incruste dans la conversation. Un des garçons dit :

– Vous savez que depuis la sortie de *Cinquante Nuances de Grey*, il paraît que les filles reçoivent plein de demandes de mecs qui cherchent des soumises ?

– Ah oui ? Ça alors ! fais-je l'air dégagée et bien nourrie.

– Ah c'est marrant, toi c'est le contraire ! lance ma nouvelle « copine ».

GROUMPF. Les trois garçons se tournent vers moi avec un sourcil relevé, et moi de bafouiller :

– Ah ben oui, mais bon, euh, en fait oui, c'est cela même, mais donc, enfin sinon, bon, quoi.

Je suis sûre qu'ils sont en train de me visualiser avec un fouet à la main, c'est malin. Je tente donc de faire sortir cette vision de leur esprit en posant la question :

– Et sinon, vous avez déjà fait d'autres soirées Meetic ?

– Ah oui, moi j'en ai fait une la semaine dernière. À chaque participant était attribué le nom d'un membre d'un couple mythique : Marlène Dietrich/Jean Gabin, Lauren Bacall/Humphrey Bogart, Victoria/David

Beckham, vous voyez le genre… et il fallait, pour se faire servir un verre au bar, que chacun retrouve sa chacune, raconte un garçon tout choupinou avec une dégaine de gros nounours.

Et il ajoute :

– Moi, j'étais David Beckham, mais je n'ai jamais trouvé ma Victoria.

J'ai eu envie de le prendre dans mes bras pour lui faire un câlin. Mais je n'ai pas pu car c'est à ce moment-là que le CupiChef nous annonce : « Bon, c'est bien tout ça, mais là, c'est la fin de la soirée. » Ça devait faire à peine une demi-heure que tout le monde discutait, on commençait à se détendre, je me disais qu'on allait peut-être arriver à quelque chose de cohérent, et paf ! On a pris nos affaires et chacun est reparti chez soi, comme ça. Pas le temps d'arriver en beauté à l'étape où on demande un 06 à peu près subtilement. Franchement ? Nan, mais franchement ? C'est qui ces gens qui organisent les soirées Meetic ? Moi, je dis ce sont des enfants sauvages, des gens qu'ont pas de parents, qui ont été élevés par des loups dans la forêt et qui faisaient des bowlings avec des hérissons morts quand les gens de Meetic les ont repérés et leur ont proposé de devenir organisateurs de soirées.

Je ne vois pas d'autre explication plausible. Est-ce qu'ils sont conscients de l'effort incroyable que ça représente de se pointer à une soirée pareille ? De se retrouver dans la même pièce avec tous ces gens dont on sait qu'ils sont aussi à la ramasse que vous ? Qu'on essaie de reconnaître les garçons qu'on voit passer en photo à longueur de semaine ? Que des coups comme ceux des couples mythiques et de l'apéritif interruptus, c'est un piétinement en règle de ce qui nous reste comme estime de nous ? Ils sont conscients de ça ??? Têtes de gnouf, tiens !

Je rentre à la maison bien chonchon : apparemment, la soirée dans la vraie vie, ce n'est pas gagné non plus. Heureusement, en arrivant chez moi, je vois que Sophie est à la terrasse du bar en bas de l'immeuble avec nos amis Dom, Michel et Aline. Je m'arrête donc pour taper l'incruste (décidément, c'est la soirée) et boire quelques verres en tentant d'oublier que la vie est une chienne.

– HEYYY Carooo !

– Heyyy ! Salut les jeunes ! Ça va ?

– Oh, nous impec, la binouze chasse le blues !

– Un chardonnay pour moi, s'il vous plaît !

– Chardonnayyy ! crient-ils tous en même temps : c'est notre *private joke* depuis la mémorable soirée d'anniversaire de Sophie pendant laquelle Dom m'a immortalisée en vidéo lançant ce cri de ralliement très élégant.

– Alors ? Ça va, toi ? Ta Quête, ça avance ? me demande Michel.

– Pfff, ne m'en parle pas, c'est la misère. Je reviens d'un atelier Meetic, la *lose* totale.

– T'as pas pécho ? demande Sophie.

– Rien, que dalle. Les garçons tirent tous une tête de six pieds de long…

– Les pauvres lapins, tu te rends compte de l'effort qu'ils ont fait pour sortir de chez eux ? Les hétéros, tu sais ma chérie, c'est plan-plan, dit Michel.

– Je sais mon chou. Mais j'imagine qu'ils doivent quand même bien se rendre compte que s'ils veulent pécho, il faut se vendre un peu mieux que ça ?

– Moi, je crois qu'ils ont tout donné pour arriver jusque-là, ils sont vidés de leur substance, hypothèse Michel.

– Comme ils réfléchissent avec leur truc, ils ne peuvent pas sourire en même temps, avance Aline.

– Rhôôô, vous êtes vaches ! lance Sophie. Moi, je pense plutôt que c'est l'angoisse mélangée à la tristesse d'être tout seul au milieu de tous ces gens. Ils n'ont pas vraiment de raison de rigoler…

– Pour moi, ils attendent que les autres viennent à eux car ils sont trop timides ou ils se la pètent trop pour s'abaisser à aller parler à une femme. Et ils sont déçus parce qu'aucune ne vient les voir, et du coup ils font la gueule. Ha, on n'est pas sortis du sable, souffle Dom.

– Vos arguments se tiennent tous, mais dans ce cas, si c'est si pénible, pourquoi viennent-ils ?

– MAIS PARCE QU'ILS VEULENT NIQUER ! crient-ils à l'unisson.

– C'est malin.

Chapitre VIII

C'est la veille de mon retour à Lunel et c'est ce soir que nous faisons notre reportage sur les chiens de la RATP avec Jean-Pierre. Rendez-vous au PC sécurité de la station Charles-de-Gaulle-Étoile, chouette, je sens que ça va être rigolo. Pendant que Jean-Pierre discute avec Bernard, le responsable, pour les autorisations de photographier, j'attends dans la salle de repos des agents. Je suis toute seule debout au milieu et huit armoires à glace me regardent. Cool.

Nous voilà partis avec l'équipe et Enzo, un malinois qui n'a pas l'air commode-commode. Bon, reconnaissons-le, c'est son boulot. Le maître-chien m'explique que, durant leur formation, les chiens sont dressés à attaquer les humains en civil, comme d'autres chiens pourraient être dressés à chasser les lapins. Enzo ne bouge donc pas un cil en rencontrant un autre chien (ou un lapin), mais gare au civil qui s'approche ! OK-OK... Le malinois me fixe avec une intensité qui me dresse les poils des bras... Bien évidemment, Enzo ne bouge pas tant que son maître ne lui en a pas donné l'ordre, mais on sent bien qu'il est au taquet. Je demande à Bernard comment ils font pour lui retirer rapidement la muselière si besoin est. Et là, Bernard m'explique que les chiens sont équipés d'une « muselière de frappe » qu'il n'est pas prévu de retirer : le chien est dressé non pas à mordre, mais à donner un coup de tête « à la hanche, au plexus ou au visage ». *(À la hanche tu parles...)* La muselière est renforcée, et une frappe avec un chien lancé à toute blinde a de fortes chances de mettre un mec sur le carreau pour quelques minutes. Sympa.

Nous déambulons dans les couloirs du RER, et c'est rien de se dire que c'est glauque. Quand je pense que je me voyais en Mademoiselle Agnès du toutou, interviewant des stars sur leur petit compagnon à quatre pattes entre deux courses sur l'hippodrome de Longchamp... Jusque-là je me suis fait baver dessus, pisser dessus, j'ai failli me faire dévorer, j'ai passé la soirée la plus horrible de ma vie au Bourget, et là je me retrouve à suivre des types patibulaires et leur chien psychopathe qui donne des coups de museau dans les bijoux de famille des malotrus dans les couloirs du RER. Qu'est-ce qu'il s'est passé ? Quand est-ce que c'est parti en vrille ? Je m'interroge sur mon avenir professionnel pendant qu'Enzo me fixe en grognant tout ce qu'il peut dans sa muselière.

Je rentre à la maison. Moi qui ai toujours autant aimé les chiens que les chats, en ce moment, je suis un peu saturée des toutous. Je retrouve avec encore plus de plaisir ma Pupuce, qui me renifle suspicieusement, mais apparemment ne me tient pas trop rigueur de ces odeurs canines.

J'enchaîne sur une journée de rêve au boulot pendant laquelle la boss ne me laisse pas trop le choix : je dois remplacer Cruella pendant ses vacances. Sandrine ne veut pas recruter pour l'occasion, et elle a l'air de penser que je vais faire le boulot de l'autre créature des enfers en plus du mien, sans me donner plus de jours. Après une âpre négociation, je parviens à obtenir deux jours pour le boulot que l'autre fait en cinq. Tout cela commence sérieusement à me courir sur le haricot. Je sais bien que les free-lances sont au bout de la chaîne alimentaire, mais il y a quand même des limites à mettre aux bornes. Sandrine sait très bien que je n'ai pas les moyens de refuser. Les nanas qui ont un mec, en plus d'avoir un mec, ont un peu plus de marge de négo sur les boulots pourris, vu que le garçon, même si ce n'est pas Xavier Niel, a quand même un peu de sous de son côté sur lequel elle peut éventuellement compter. Moi, que dalle.

Une fois sortie du boulot, j'envoie un SMS à Corinne, pour lui proposer un petit japonais, histoire de se changer les idées.

– Tu sais quoi ? J'ai rêvé de Matthieu cette nuit.

– Ah ouais ? Un truc torride j'espère ?

– Non, même pas. J'ai rêvé que j'étais au boulot, et on me proposait d'aller dans une nouvelle salle de détente, remplie de chatons. Alors, pour profiter au maximum des chatons, je décidais de me mettre à poil et de me coucher avec eux sous une couverture toute pouilleuse, pleine de poils de chat. J'avais des chatons trop mignons qui me tenaient chaud de tout partout. Et là, Matthieu entrait dans la pièce, alors je bondissais sur mes pieds, avec la couverture pour cacher ma nudité, mais la couverture était évidemment trop petite pour cacher tout ce qu'il y avait à cacher, alors je la mettais sur le devant, puis j'essayais de la mettre à cheval sur les seins et les fesses, mais du coup je dévoilais le bas. Tout ça en rasant les murs pour sortir de la pièce et aller chercher mes fringues qui étaient restées dans mon bureau. Voilà.

– Dis donc, t'es bien accro, toi !

– Meuh nan, pas tant que ça !

– Ah oui, tu trouves ? Rêver que tu es nue devant Matthieu, tu ne vois pas le rapport ?

– Oui, bon, ça va, hein. Et toi, tu en es où avec Pierre ?

– Pfff.

– À ce point-là ?

– Oui, je n'en peux plus. Il est sympa, galant, attentionné, engagé, tout ça, il a des sous, un bon boulot, mais qu'est-ce qu'il est nul au lit !

– Ah, zut ! Ça ne s'est pas arrangé de ce côté-là ?

– Non. Je croyais que j'arriverais à lui apprendre les bonnes manières, mais il est nul, il est nul, que veux-tu, je crois que c'est une cause perdue.

– Mais quel est le problème ?

– Le problème c'est qu'il n'a pas l'air d'avoir bien compris ce qu'il fallait faire pour que MOI, je prenne mon pied. À savoir, ne pas se précipiter sur moi sans prendre un peu son temps, si tu vois ce que je veux dire... Ce qui fait que je n'y suis pas, j'ai juste envie de finir mon chapitre là où j'ai laissé mon marque-page.

– Tu penses à ton marque-page en pleine action ? Sérieux ?

– Oui, je n'en peux plus. Je croyais que, vu ses autres qualités, je pourrais passer outre son incompétence, mais je crois que non en fait. Je vais le quitter.

– Vu les circonstances, tu as ma bénédiction, ma poulette.

Finalement, avoir un mec sous la main n'est pas du tout une garantie d'épanouissement. C'est ballot, tout ça pour ça.

Cette fois, je ne réfléchis pas à mon avenir glorieux, ni à mes futurs amants dans le TGV. Je fantasme bien un petit peu sur Matthieu, mais pas plus que ça, le cœur n'y est pas.

– Alors Caroline, ça s'est bien passé ce reportage avec la RATP ? me demande Matthieu dès que j'arrive au bureau.

Ne pas penser au rêve.

– Oui, mais dites donc, c'est *space* quand même, hein !

– Quoi ?

– Ces chiens qui sont dressés à donner des coups de tête dans les… enfin vous voyez.

– Oui, heureusement qu'ils sont là pour mater les bandes du 9.3 !

– Euh…

– Sans eux, ce serait vraiment compliqué la sécurité dans le métro !

Matthieu serait-il finalement un connard ? J'avoue que le doute m'assaille.

Je passe la journée à relire des articles intéressants sur les chiens d'assistance. C'est dingue, ce qu'ils sont capables de faire quand même, quand ils ne vous bavent pas dessus ou n'essaient pas de vous arracher un bras. Je découvre les chiens de recherche de personnes disparues, les chiens d'assistance d'épileptiques, les chiens de détection de cancer, les chiens de drogue, d'explosifs, il y a même des chiens de recherche de bouffe. Quand je pense à tous les affreux qui sont capables de torturer leur chien tandis que celui-ci continue de les regarder avec un amour inconditionnel, et à tous les chiens qui sont prêts à donner leur vie pour nous, ça me donne envie de pleurer, tiens.

Je sors du bureau à la nuit, je suis complètement rincée par cette journée. J'ouvre la voiture, je pose mon sac à main et l'ordi sur le siège passager, et alors que je vais verrouiller les portes, la portière arrière s'ouvre. Je vois un homme se pencher sur la banquette à la recherche de quelque chose. J'ai à peine le temps d'agripper mon sac et la sacoche de mon ordi qu'il ouvre la porte côté passager et les attrape lui aussi. Mais nooon ! Je me cramponne comme une furie à mes affaires et on tire chacun de notre côté, c'est ridicule. Je trouve le moyen, pendant que je me fais carjacker, de penser qu'on a l'air stupides le voleur et moi. Je me rends compte qu'il va falloir que je lâche un truc : l'ordi ou le sac à main ? Ma conscience professionnelle n'a pas de limite, puisque je garde l'ordi et dis adieu à mon sac à main, mon bel agenda, mon Nifoune, mes papiers, la montre que je devais déposer pour changer la pile depuis trois semaines… Mais non ! Pas question de me laisser faire ! Je jaillis hors de la voiture pour voir mon voleur monter côté passager dans une bagnole garée derrière la mienne. Je me jette sur la poignée et j'essaie d'ouvrir la porte : « Mais sors de là si t'es un homme ! Non mais tête de con, tu vas sortir, ouiiiiii ? » Je hurle en tirant sur la poignée, pendant que je vois le mec cramponné à la poignée intérieure. Le conducteur démarre en trombe, je me jette en arrière pour ne pas me faire rouler sur les pieds.

La Super Jaimie qui sommeille en moi pique alors un sprint pour les rattraper (contre toute crédibilité). Je suis animée d'une fureur rare, je continue à les traiter de tous les noms en hurlant qu'ils z'y viennent si ce sont des hommes.

La voiture est hors de vue, je suis tremblante sur le parking. Il faut que je me ressaisisse et que je fasse opposition sur la carte bleue et le téléphone. Je déboule dans le bureau (je dois avoir l'air d'une folle, je suis hors d'haleine) en criant à Matthieu :

– Je me suis fait attaquer sur le parking ! Il faut appeler SFR et la Caisse d'épargne, viiite !

Matthieu se précipite vers moi et me prend le bras. J'ai envie de me jeter dans ses bras et de pleurer dans son cou. Mais non.

– Quoi ? Mais ça va Caroline ? Vous n'avez rien ?

– Non, non, ça va, mais donnez-moi les numéros que j'appelle !

– Attendez, asseyez-vous, calmez-vous, on va s'en occuper.

– Viiite, ils vont me vider mon compte !

– Calmez-vous, ils n'ont pas votre code, tout va bien. Je vais d'abord appeler la gendarmerie, des fois qu'ils les trouvent tout de suite, et puis on va s'occuper de votre carte bleue et de votre téléphone. Vous êtes sûre que ça va ?

– Hein ? Quoi ? Oui ! Mais non ! Si, si.

– Attendez, je vais vous chercher un verre d'eau. Ils étaient comment ?

– Difficile à dire, de nuit, j'ai pas bien vu. Celui qui m'a pris mon sac était plutôt beau gosse.

– Quoi ? Comment ça « beau gosse » ?

– Oui, il était plutôt mignon, brun, grand...

– Non, mais franchement, Caroline, vous vous faites attaquer sur le parking et vous trouvez le moyen de dire que le voleur était beau ?

– Ben oui, vous me demandez comment il était, je vous dis comment il était ! Je ne vais pas vous dire qu'il était moche pour vous faire plaisir !

– Je ne comprendrai jamais les femmes...

– QUOI ? Mais je ne vois pas le rapport ? M'enfin bon sang, vous me demandez une description, je vous la donne !

– Oui, oui, c'est ça. On va appeler la gendarmerie, on va bien voir ce qu'ils vont en dire de votre description...

– Non, mais dites donc ! Ils ont bien intérêt à la noter, ma description, et à ne pas m'en faire un flan comme vous !

– Nom : Huyghues. Prénom : Caroline. Vous venez déclarer un vol avec violence, c'est ça ?

– Euh, non, pas de violence, ils ne m'ont pas tapée. Un type a pris mon sac sur le siège passager, il est monté dans une voiture garée derrière moi et ils ont démarré.

– Qu'avez-vous fait, vous ?

– J'ai essayé de récupérer mon sac, en ouvrant la porte du passager, mais le type y était cramponné, je n'ai pas pu l'ouvrir. Et ils ont démarré.

– Et quand ils ont démarré, vous avez fait quoi ?

– J'ai reculé pour pas me faire rouler dessus.

– Ah, donc, si vous n'aviez pas reculé, ils vous auraient roulé dessus, c'est donc bien un vol avec violence.

– Euh…

– Décrivez les deux individus.

– Je n'ai pas du tout vu le conducteur, mais le type qui m'a pris mon sac, il était grand, brun, le teint mat, plutôt beau gosse…

– Pardon ?

– Oui, je disais, il était grand, brun, mat, il avait les traits fins, il était plutôt mignon, quoi.

– Mais pourquoi vous dites qu'il était mignon ?

– Ben, parce que c'était le cas.

– Je ne vois pas le rapport.

– Ben si, vous me demandez une description, alors je vous le dis, il était grand, brun, mat, il avait les traits fins.

– Ah, d'accord, je mets donc « de type maghrébin ».

– Mais j'ai pas dit ça !

– Si, vous avez dit qu'il était brun mat.

– Mais on est à Lunel ! Ça correspond à 90 % de la population masculine !

– Très bien, vous déclarez donc « de type maghrébin ».

– Non.

– Quoi, non ?

– Je refuse que vous écriviez « de type maghrébin ».

– Et pourquoi ?
– Parce que je n'ai jamais dit ça.
– Vous voulez peut-être qu'on écrive « beau gosse » ?
– Non, mais pas « de type maghrébin ».
– Je mets quoi alors ?
– Brun, mat, grand.
– Eh bé avec ça, on n'est pas avancés.

J'arrive tant bien que mal à conduire jusqu'à la maison et je me jette dans les bras de mes parents en sanglotant comme une gamine. Ça fait beaucoup, mais alors beaucoup beaucoup trop d'émotions tout ça. Je fais des cauchemars horribles en rêvant de mes agresseurs dans la lumière orangée des réverbères, en mode psychopathe. Je me retourne comme une crêpe en pensant à tout ce que je vais devoir faire : déclarer le vol des papiers, contacter l'assurance, la banque, changer les serrures…

Matthieu m'a donné la journée pour que je reprenne mes esprits. Je suis en pleine introspection devant mon bol de thé. C'est quoi ma vie, là ? Elle ne serait pas un petit peu pourrie ? Qu'est-ce que je pourrais entreprendre pour essayer d'améliorer les choses ? Bon, pas le temps de réfléchir plus longtemps : ça tombe bien que je sois à la maison, ça va me permettre d'accompagner mes parents chez le comportementaliste pour Gaïa.

– Très bien, au vu des premiers examens, il m'apparaît évident que Gaïa est achèssacha.

– Quoi ? Elle assèche les chats ? je demande, tout en me disant que c'est peu probable que ce soit la réponse.

– Non, elle a un syndrome HS-HA. Hypersensibilité-hyperactivité.

Nous échangeons un regard tous les trois.

– Mais c'est grave ? demande Môman.

– C'est assez sérieux, mais il y a des traitements. Je suis très réservé sur le pronostic, mais on peut espérer qu'elle devienne vivable.

– Quoi ? Seulement vivable ? Elle ne sera jamais normale ?

– Malheureusement, non. Le syndrome HS-HA est encore mal connu. Il y a un facteur environnemental : par exemple, les chiens qui sont complètement privés de contacts, élevés dans une cave, développent souvent cette pathologie comportementale.

– Mais nous avons acheté Gaïa à des particuliers, sa mère était chez eux, elle a été élevée à la maison…

– Oui, il y a des exceptions… mais connaissez-vous le père ?

– Non, ils nous ont dit qu'il venait d'une animalerie.

– Dans ce cas, le syndrome pourrait venir de là… Comment est-elle au quotidien ?

On parle tous les trois en même temps. Elle m'a mangé mes lunettes. Moi elle me griffe en me sautant dessus. Elle dévore tout ce qu'il lui tombe sous la dent. Elle se réveille à quatre heures du matin et aboie jusqu'à ce qu'on vienne lui ouvrir et faire un câlin avec elle. Elle vole sur la table. Elle se vautre sur le canapé. Mais elle est hyperaffectueuse, très câline, et troooop mignonne.

– Un chien HS-HA ne se contrôle pas : c'est un animal qui engloutit sa nourriture, vole, tourne après sa queue, est malpropre, dort très peu, mordille, saute sur tout le monde, détruit tout, peut être agressif, joue des heures sans s'arrêter, n'a peur de rien… C'est un chien épuisant, qui n'apprend rien et ne se fatigue jamais !

– Ah oui, ça correspond bien. Mais pourtant, on a fait des séances de dressage…

– Vous avez réussi à obtenir quelques résultats ?

– Oh oui ! Elle marche au pied, elle revient tout de suite quand on l'appelle. Elle est très obéissante en dehors des problèmes, lui répond Môman, qui n'en revenait pas d'avoir enfin un chien obéissant en promenade ; raté.

– Il y a d'autres animaux à la maison ?

– Oui, je viens régulièrement avec mon chat.

– Et comment ça se passe ?

– Pas bien. Malgré le dressage, je n'ai pas réussi à obtenir que Gaïa ne se jette pas dessus dès qu'elle la voit. La chatte est hyper stressée, du coup, on doit faire des sas dans la maison, c'est un peu contraignant…

– Je vois. Écoutez, je pense qu'il vaut mieux que vous arrêtiez de venir avec votre chatte, c'est trop de stress pour elle, et c'est trop dangereux. Comme je vous le disais, Gaïa ne se contrôle pas, donc un accident pourrait se produire un jour.

– Ah.

– Si on met en place un protocole médicamenteux et de rééducation comportementale, on peut espérer quelques résultats, mais il faut rester très prudent.

– Ça peut s'aggraver ?

– Oui. Je vais vous faire une ordonnance d'anxiolytiques et d'antidépresseurs. Je vous préviens, le budget médicament est assez important, quarante euros par mois.

– Ah, quand même.

– Oui, et il faudra essayer de la calmer quand elle s'excite trop. Il faut lui tourner le dos et ne pas bouger, les bras croisés, en regardant en l'air.

– Hé bé, on va avoir l'air bien malin, grommelle Papounet.

– Il faut vous préparer à des moments difficiles, prévient le Dr Beaugrand.

– J'ai déjà été trois fois aux urgences vétérinaires : elle a volé des truffes au chocolat, elle a mâchouillé une branche pleine de chenilles processionnaires, elle a vidé un placard et mangé le chocolat (et un paquet entier de Maïzena), et une fois je me suis mis la main jusqu'au poignet dans sa gueule pour récupérer un cachet de paracétamol qu'elle avait gobé.

– Ça ne m'étonne pas. Vous devez savoir que les chiens HS-HA ont une espérance de vie moindre que les autres. Leur absence de contrôle les met régulièrement en danger.

Nous ressortons sonnés de la consultation. Môman pleure, du coup je pleure aussi, et c'est encore pire quand Papounet tapote doucement la tête de Gaïa en lui disant « bon chien » et qu'elle le regarde avec ses grands yeux de chien couillon et sa langue qui pend sur le côté. Franchement, on n'avait vraiment pas besoin de ça pour nous casser le moral. Le seul truc qui me rassure, c'est que son comportement ne provient pas d'erreurs de dressage. Mais comment va-t-on faire si elle continue à agresser Papounet ? Ce n'est pas parce qu'elle est adorable par moments et qu'elle fait des câlins à n'en plus finir avec lui sur le canapé qu'il faut se voiler la face.

Notre réaction unanime est qu'il faut prendre un apéro pour nous remonter le moral. Certes, l'alcool n'a jamais résolu aucun problème. Mais le Perrier citron non plus, que je sache. Papounet s'assied sur le canapé, Gaïa monte bien sûr le rejoindre et pose sa tête sur sa cuisse. On se regarde tous les trois, je sens qu'on est repartis pour du pleurage, mais Môman est la reine de la diversion.

– J'espère que ta mésaventure d'hier ne va pas te dégoûter de retourner au boulot à Lunel ?

– Oh, j'avoue que ça m'a un peu pété le groove, quand même.

– Pourtant, de ce que tu en dis, il a l'air sympa, ton boss ?

– Moui, mais bon, ce n'est pas tout rose, non plus.

– Quel boulot est tout rose de nos jours ?

– Tu as raison. Mais là, j'avoue que, autant j'aime les chiens et les chats, autant le milieu des compétitions, les gens à fond, tout ça, ce n'est pas vraiment ma tasse de thé.

– Mais quelle est l'alternative ? Ton boulot à temps partiel chez le packageur et les articles que tu écris pour Internet, financièrement, ça ne suffit pas.

– Je sais bien. Mais tant pis. On verra bien, je me débrouillerai en attendant de trouver autre chose. J'ai envoyé une candidature à un éditeur qui recherche des auteurs pour écrire des romans olé olé, j'attends la réponse.

– Des quoi ?

– Euh, des romans olé olé.

– Genre Harlequin ?

– Mais avec du cul.

– Ah, ça peut être marrant à écrire ! Mais bon, vois comment c'est payé. Et puis ce n'est pas vraiment une solution à terme. On en a déjà parlé, il faudrait vraiment que tu te mettes à écrire sérieusement, c'est dommage, tu as du talent, mais tu le gâches avec de l'alimentaire…

– Bé vi, j'essaierais bien d'arrêter de manger, mais je crains que ça ne nuise à ma productivité.

– Ah, c'est malin ! Chéri, dis-lui, toi !

– Hein ? Quoi ? Oui, oui.

– Écoute, j'en ai parlé avec ton père, et voilà ce qu'on s'est dit : il nous reste un peu de sous sur l'assurance-vie, et on pourrait te le prêter pour que tu te mettes à écrire sérieusement, que tu ne fasses que ça, et que tu arrêtes de prendre des boulots nuls sous prétexte que tu dois payer tes factures.

– Écoutez, c'est super gentil, mais je peux pas accepter !

– Si, si, tu peux. N'est-ce pas chéri ?

– Hein ? Quoi ? Oui, oui.

– Oui, mais comment je ferai pour vous rembourser ?

– Tu nous rembourseras avec tes droits d'auteur, quand tu auras écrit un best-seller !

– Euh, vous êtes au courant que l'auteur est au bout de la chaîne alimentaire du livre ? Il faudrait vraiment que j'en vende beaucoup pour arriver à vous rembourser !

– Si ces crétins d'auteurs à la mode y arrivent, y a pas de raison que tu n'y arrives pas, grommelle Papounet.

– Franchement, je ne sais pas quoi dire... Il faut que j'y réfléchisse, et vous aussi.

Je ne veux pas en avoir l'air, mais je suis très émue par leur proposition. Ils ne m'ont pas lâchée pendant toute ma scolarité, me menaçant du pire si je ne rentrais pas avec des bonnes notes, mais dès qu'il s'est agi de faire des choix, ils m'ont toujours soutenue, sans aucune réserve, et ce, quelles que soient les voies plus ou moins zigzagantes que je choisissais. J'ai beau être bientôt quinquagénaire, je n'en suis pas moins fière d'eux, de leur ouverture d'esprit et de leur soutien inconditionnel.

Ce matin, je retourne à Lunel pour dire à Matthieu que je démissionne. Je fais le bilan dans la voiture : entre les queues de yorkshire, les psychopathes, les touchages de doigts qui ne mènent à rien et le braquage, je crois que j'ai ma dose. Je suis au bout du rouleau, j'ai attaqué le carton.

– Matthieu, je suis venue vous dire que je m'en vais.

– Et mes larmes n'y pourront rien changer…

Hein ?

– Ah oui, euh, enfin, bon, avec ce qu'il s'est passé, je suis désolée, mais je ne vais pas pouvoir continuer.

– Rhôôô, ne me dites pas que ces deux petites frappes vous ont fait peur ! Si vous avez peur des Arabes, à Lunel, vous n'avez pas fini, hein, hahaha !

C'est confirmé, il est con, en fait.

– Non, ce n'est pas ça… Enfin, écoutez, je…

– Bon, voilà ce que je vous propose : vous rentrez chez vous, je me débrouillerai tout seul cette fois. Réfléchissez tranquillement à Paris, et on fait le point la prochaine fois.

– Bon, d'accord.

C'est tout réfléchi. Je n'ai pas du tout envie de discuter pied à pied avec lui. Il est trop séduisant, je serais bien capable de me faire avoir par son regard de cocker mouillé et d'oublier que c'est un raciste, saupoudré de facho, avec une jolie pointe de macho pleutre, qui donne un petit croquant à tout ça.

De retour à Paris, je tente une opération de la dernière chance avec Valmont. Si cette fois, il ne se décide pas à me voir, je jette l'éponge.

Quête du Graal, J + 6 mois et 29 jours

> Coucou, me voilà de retour…
> Tu en es où de ton côté ?
> Bises

> Bonjour !
> Libre à déj demain dans ton quartier ?
> Bises

> Oui, avec plaisir !
> Bises !
> *Je suis même prête à accepter que ce soit un midi, bien que je le soupçonne d'avoir des intentions inavouables pour l'après-midi…*

Quête du Graal, J + 6 mois et 30 jours

> Hello, en déplacement impromptu
> en Normandie… te rapp'
> Bizous

Le manque d'élan de Valmont me refroidit, surtout qu'il était censé être libre, disponible et prêt à envisager quelque chose. Sa proposition de nous voir le midi me met sur la piste du mec marié. Comment je suis en pétard ! Parce que j'avais quand même bien commencé à en pincer pour Valmont, trouvant toujours une excuse à ses désistements et espérant finir par voir régulièrement ce gars drôle, intelligent, assez canon, porté sur le rosé et particulièrement compétent sous la couette.

Du coup, je me fends d'une missive bien sentie, il faut bien le dire.

« J'ai passé une excellente soirée avec toi. Notre séance de galipettes a été très agréable. Tu es sympa et tu as le sens de l'humour. Voilà pour les points positifs. Pour le négatif : on ne peut pas dire que tu fasses preuve d'une assiduité fulgurante. Je te soupçonne fortement d'être marié. Je ne cherche ni prince charmant ni mariage. J'ai juste envie de passer quelques bons moments avec un garçon pas complètement bourrin. Je n'ai pourtant pas l'impression de demander la lune. Tu viens donc de mettre fin à un plan Q régulier pas compliqué, c'est ballot. »

On est bien d'accord que ce n'est pas du tout comme ça que je voyais les choses, mais je n'allais pas avouer qu'il m'avait brisé les ventricules, faut pas exagérer. J'avais juste envie qu'il s'en veuille à mort à l'idée de ce qu'il venait de rater.

À minuit, Valmont me téléphone :

– Naaan, mais attends, qu'est-ce que c'est que ce mail que tu m'as envoyé ??? T'es marié, t'es marié, t'es marié… nan, mais c'est n'importe quoi !!! T'es marié, t'es marié, t'es marié… D'accord, chuis marié, mais bon. Chuis séparé, tu comprends ? On est séparés. D'accord, on vit toujours ensemble, mais on est séparés, ça n'a rien à voir !

Audiblement, il est complètement bourré.

– …

– Mééé tu sais, j't'adoooore !!! *(Tu m'étonnes qu'il m'adore, un dimanche soir, complètement bourré…)* C'est vrai, quoi, t'es 'achement rigolote comme fille *(j'eusse préféré qu'il évoquât mon charme incandescent ou ma sensualité torride…)*. On s'est bien marrés, non ? *(Si, si.)* Alors, moi c'que j'te propose, c'est qu'on se revoie, on parle de tout ça, on met les choses à plat et on se fait un programme pour la soirée :

1 : On mange.

2 : On rigole.

3 : On baiseeeuuuuu.

Je le visualise bien en train de compter péniblement sur ses doigts.

Bon, adieu Valmont, c'était sympa, mais après un conciliabule avec moi-même, je préfère en rester là : pour un *sex friend*, ça aurait été bien, mais je ne veux pas consacrer du temps de galipettes à un plan Q marié, alcoolique et pas très disponible alors que ma Grande Quête est toujours en cours.

Chapitre IX

Quête du Graal, J + 7 mois

J'ouvre l'appli pour découvrir ce message : « Il devient chaque jour plus évident que je suis scotché sur votre profil... Cela peut paraître basique comme préambule, mais le bleu de vos yeux me renvoie aux abysses océanes où l'azur et le turquoise se mêlent. » Ça fait peut-être un peu alambiqué, mais ça change des « salu sa va ». Je ne vais pas bouder mon plaisir quand j'ai un compliment. Je vais voir la photo de Kamel : c'est une bombe. C'est impossible, on me fait une blague. Ou c'est une arnaque. En attendant un hypothétique développement ultérieur qui me permettrait de trancher, le beau Kamel est pardonné pour sa licence poétique. Je lui réponds qu'il n'est pas mal non plus (doux euphémisme !) et s'ensuit une petite conversation sur la messagerie assez sympa. Mais ça coinçouille un peu. Je ne sais pas pourquoi, mais ça devient poussif. Du coup, je n'enchaîne pas, il n'enchaîne pas. Ça devient ennuyeux. Je vais lui dire poliment au revoir. Mais « pouf » fait-il en s'évaporant dans les limbes internetteux avant que j'aie eu le temps de dire « bye ».

Bon, allez, je ne me laisse pas abattre. Valmont était une planche pourrie, Kamel a disparu, c'est à ajouter à la pile des précédents ratages. J'ai autre chose à faire que de ronchonner : comme tous les soirs à cette heure-ci, Pupuce attend son câlin. Elle est marrante cette bête : alors qu'elle peut vous cracher à la figure pour un oui, pour un non et qu'elle a la griffe légère avec les invités (même les copines de longue date), avec moi, elle est super mignonne. Deux fois par jour, elle réclame son câlin : le matin après mon petit déj' et le soir sur le coup des dix-huit heures. Elle se plante à côté de moi, miaule et me donne des petits coups de patte sur la main pour que je la caresse. Comme une mémé à chat que je suis, je laisse tout en plan pour m'exécuter. Mais c'est tellement bon. Elle s'assied et me regarde en clignant doucement des yeux, oscillant doucement au gré de son ronronnement. Je la regarde et on se parle : quand je lui souris, que je cligne des yeux ou que je lui parle, elle me répond en clignant des yeux elle aussi ou en faisant des petits miaulis. Je la caresse doucement sur le côté des babines, puis elle se love entre mes bras en ronronnant et pose sa tête sur moi. Je regarde ses moustaches, ses babines : comme les humains, elle a des expressions selon son humeur. Je suis prête à jurer que parfois elle pince les lèvres quand sa litière est sale ou qu'elle sourit quand elle a eu du poulet. Elle a quinze ans la Pupuce, et cette confiance et cette relation unique que nous avons développées toutes les deux me font fondre deux fois par jour. Parfois, je me demande comment font les gens qui ont des ennuis et pas de chat. Un autre humain à qui les raconter, ce n'est pas pareil. Un chat vous offre un amour inconditionnel, mais jamais acquis. Si je ne grattouille pas au bon endroit ou au bon moment, elle s'en va, un point c'est tout. C'est frustrant, mais en même temps, ça oblige à être concentré. Contrairement au chien qu'on peut grattouiller distraitement, le chat nécessite une concentration hors pair pour le caresser. Du coup, ça m'oblige à me calmer, à ne penser qu'à ça, et rapidement le reste passe au second plan. Tu m'étonnes que les célibataires ont un chat : c'est le meilleur antidote contre les baltringues.

Je travaille à la maison aujourd'hui et je découvre, en allumant l'ordi, une réponse des Éditions Sulfureuses. Mon profil les intéresse et ils me proposent de faire un essai pour écrire un livre olé olé ! L'éditrice, Manon, m'envoie un exemple de ce qu'ils recherchent comme style… voyons voir ça…

« Il m'observe me mouvoir devant lui comme s'il voulait me déguster lentement. J'observe calmement le décor qui nous entoure. Richesse et bon goût, mais cela ne m'étonne ni ne m'impressionne pas. Cela n'a plus d'importance. »

MOUHAHAHAHA !

Mais nooon !

Je ne sais pas si je vais pouvoir mener ce genre de boulot avec le corps que mon mauvais esprit habite, krkrkrkr.

Bon, voyons la scène érotique : « Un grognement de satisfaction lui échappe quand il perçoit les frissons provoqués par son contact. J'ai un incontrôlable mouvement de tout mon corps vers lui. Il se colle contre moi. D'une poigne puissante, il prend mon menton et écrase ses lèvres sur les miennes. Sa langue force l'entrée de ma bouche et m'envahit. »

Okéokéoké.

Bon, ben y a plus qu'à. Quand j'avais lu *Cinquante Nuances de Grey*, j'avais trouvé que c'était survendu. On nous avait annoncé avec le plus grand sérieux que c'était le livre le plus chaud bouillant de l'année alors qu'il faut attendre la page 152 pour qu'ils fassent des cochonneries. Une scène « torride » fait dire à l'héroïne : « Ma déesse intérieure rugit de plaisir. » *Sérieux ?* L'apothéose SM est une fessée. *Ouhlàlà.* Mais vu le nombre d'exemplaires vendus et le succès actuel de ce type de littérature, je suis prête à vendre mon âme à qui la veut.

Quête du Graal, J + 7 mois et 10 jours

Ce soir, j'ai décidé de retenter ma chance lors d'une soirée « IRL » de Meetic, si jamais c'était plus concluant que la dernière expérience. Le rendez-vous est donné pour un afterwork dans un grand bar du 9e arrondissement.

À l'entrée, une créature me tend une carte rose, ainsi qu'à mes petites camarades, en nous disant :

– Le jeu, c'est que sur chaque carte rose, il y a un début de phrase. Sur les cartes noires des messieurs, il y a un dessin qui complète cette phrase. Pour avoir droit à votre consommation, vous devez trouver un monsieur qui complète votre carte.

D'accord.

Je sens arriver une bonne dose de n'importe quoi.

J'hérite de la phrase « Avoir la tête dans les… ».

– Et ça correspond à ? me demande la créature de l'entrée.

– Étoiles, je lui réponds.

– Mééé naaan, NUAGES ! (sous-entendu, sotte que tu es).

– Ah non, je ne suis pas d'accord. On dit « Être dans les nuages » OU « Avoir la tête dans les étoiles ». Mais pas « Avoir la tête dans les nuages ».

C'est juste un tout petit peu mon boulot.

– Si-si, vous vous trompez, c'est bien « Avoir la tête dans les nuages ».

Bref. Je ne vais pas me prendre la tête avec cette gourde, je laisse tomber.

Je suis donc censée me mettre en quête d'un garçon avec des nuages dessinés sur une carte, mais je cherche un mec ayant une carte avec des étoiles, puisque je réfute catégoriquement la thèse des nuages. Je sais, chuis pénible, mais bon, après avoir abandonné toute dignité sur divers sujets, je me raccroche à mon domaine. Après un ou deux essais infructueux, j'en trouve un et nous nous dirigeons vers le bar.

Une fois au bar, je vous le donne en mille : le serveur m'annonce « Ah non, avec votre carte, ce sont des nuages qu'il faut. »

Je pense très fort : *ESPÈCE DE TÊTE DE CON, J'AI DÉJÀ FAIT L'EFFORT DE VENIR JUSQU'ICI, DE NE PAS ZIGOUILLER LA GOURDE À L'ENTRÉE ET DE ME TROUVER UN GARÇON QUI VEUT BIEN BOIRE UN COUP AVEC MOI ALORS ME GONFLE PAS AVEC TES FICHUS NUAGES ET FAIS PÉTER LE PUNCH.*

Mais je lui fais mon plus grand sourire et lui dis « Mais est-ce que j'ai une tête à l'avoir dans les nuages ? Nan nan nan, cher monsieur, ma tête à moi, elle évolue gracieusement au niveau de la voûte étoilée, un point c'est tout » qui fait son petit effet et me v'là donc avec un grand verre en carton à moitié rempli d'une salade de fruits flottant mollement dans un liquide orangé, à peine dilué par une goutte de rhum. J'évalue qu'il aurait sans doute fallu empoigner le bol de ponche et le siffler tout entier pour espérer atteindre un niveau d'alcoolémie entraînant une baisse des inhibitions permettant éventuellement de se montrer plus détendue, sans toutefois danser toute nue sur les tables. Ponche chèrement payé, mais bon, je m'accroche à des objectifs accessibles.

Je repars cette fois encore toute seule de cette soirée Meetic, en pestant contre ces gens qui organisent des événements sans avoir la moindre idée de ce qu'il faut faire pour lier les gens entre eux. J'imagine les enfants loups au boulot :

– En ce moment, c'est tendax max sur les afterworks. Alors avant de faire une nouvelle propal, on pourrait se faire un petit brainsto ASAP ?

– En *one-to-one* ?

– Yep, histoire de checker ensemble qu'on est bien dans le même feeling. Ça serait bien d'y aller *step by step*, sans être trop *pushy*, tu vois ?

– *I see.*

Et ces créatures sans humanité (mais par ailleurs en couple) décideraient que c'est pertinent de mettre des célibataires au bout du rouleau dans ce type de situation. Et en plus y savent même pas qu'on a la tête dans les étoiles. Qu'ils aillent se faire raser leur barbe de hipster au cutter.

Quête du Graal, J + 8 mois et 28 jours

Malgré la flamboyante réussite de ma Quête, je ne me démotive pas, et je retourne au charbon… Pour une fois, c'est moi qui contacte ce monsieur la première. Il n'a presque rien mis sur sa fiche, mais quelque chose dans sa photo me plaît (il est couché dans l'herbe avec un chouette sourire). Je lui envoie un message graaacieux : « Dans votre profil, tout ce que je retiens, c'est que vous aimez le farniente et les bonbons acidulés. Des détails, me direz-vous, mais l'essentiel est parfois dans les détails… » La technique paie, puisque monsieur me répond, et me propose de converser sur le mail.

On s'écrit, mais c'est TRÈS mollasson. Poli, galant, machin tout ça, mais plus, ce serait trop. Du « Merci pour votre aimable message » à « À votre disposition pour définir notre rdv » en passant par du « Bien cordialement », ça n'engage pas à l'exaltation torride. Je sais que je suis difficile : quand quelqu'un m'écrit « Donne ton adresse » ou « Tentée ? », je râle comme un pou. Là, j'en ai un poli qui fait des phrases et je trouve ça ennuyeux. Mais un peu d'élan ne nuirait pas au projet. Bon, si ça se trouve, le garçon n'est pas doué avec le virtuel/rédactionnel, il se révélera peut-être dans la vraie vie. Donc je lui propose un rendez-vous. Qu'il accepte. Sans me proposer la botte direct. Bon signe.

Jean-Michel arrive dans le café : il est grand, beau, hyper stylé, avec des yeux bleus maaagnifiques. Encore mieux que sur sa photo, qui était déjà plus que pas mal. Vu la manière dont les choses avaient commencé, j'étais moyennement motivée, légèrement vautrée sur ma table de bistrot. Du coup, je me redresse, je bombe machinalement la poitrine (réflexe idiot, car vu le volume de ladite, je manque de renverser la moitié de la table au passage, j'arrive à éviter la catastrophe, ouf), je bouge un peu les cheveux et j'affiche mon plus beau sourire.

S'ensuit un papotage de deux heures et demie. Monsieur est enchanté de notre rencontre, me le dit en des termes très élégants et me propose de nous revoir très vite. Je repars donc toute guillerette de ce premier rendez-vous.

Malheureusement, les mails atteignent à nouveau des sommets de poussivité encore inconnus. À tel point que j'en conclus que je dois proposer vite un second rendez-vous.

Quête du Graal, J + 9 mois et 3 jours

Aujourd'hui, je retrouve Jean-Michel pour déjeuner. Il fait preuve d'une galanterie exquise, assortie d'attention, de gentillesse, d'intérêt pour ma petite personne. Je suis donc assez enthousiaste, bien que je reste sur ma faim côté rapprochement stratégique : à peine un petit effleurage de doigts de rien du tout, mais pourquoi pas, s'il préfère…

Bien que Jean-Michel se montre très enthousiaste pendant les rencards, entre les deux, reconversations mollassonnes, re-SMS qui ne disent rien, je suis re-*pushy* pour un nouveau rendez-vous et blablabla et blablabla. Je propose donc un rendez-vous en soirée, visualisant déjà le petit restau romantique où je vais pouvoir mettre mon plan machiavélique à exécution, à savoir, en gros, provoquer un baiser, et s'il n'y a pas, lui sauter dessus, tout simplement, car il me plaît quand même beaucoup, le monsieur. Et que cela semble réciproque (même s'il ne le montre pas dans les faits). J'ai par conséquent bien envie de passer à l'étape suivante. Je fais le tour de ce que je connais pour choisir un petit restau assez intime, pas trop éclairé, ni bruyant, délicieux, mais pas trop cher non plus, qui veut dire : je suis une fille raisonnable, qui aime les bonnes choses, mais qui ne cherche pas forcément à se faire inviter dans des lieux indécemment luxueux aux frais de la princesse.

Et là… c'est poussif, voire barbant. Jean-Michel a une très forte tendance à ne parler que par proverbes et expressions toutes faites, genre « Neige en novembre, Noël en décembre » et autres histoires de tisons et de balcons. Je tente quelques petites blagounettes subtiles, de l'anecdote fine, cocaaasse, sans succès. Apparemment côté sens de l'humour, ce n'est pas terrible (jusque-là, j'avais attribué ça à la gêne des premiers rencards…). Me voilà bien avec ce garçon tout beau, tout plein de qualités de tout partout, à qui je plais visiblement, mais qui semble quelque peu coincé, pas drôle et pas franchement rock'n roll. Du coup, je fonde tous mes espoirs dans le contact, car un baiser d'anthologie (ou cauchemardesque) peut clairement faire pencher la balance…

D'autant que je me suis mise à sérieusement fantasmer sur Jean-Michel depuis que j'ai découvert que c'est un homme à moignons. Il lui manquait plusieurs phalanges. C'est atroce, j'ai honte, mais ça me fait de l'effet. On est au restaurant et je regarde ses mains en me demandant… Je peux pas m'empêcher de penser à ce que ça ferait… Quand même, parfois, je me trouve pas normale de penser à des trucs comme ça en mangeant un hachis parmentier.

Jean-Michel, en galant homme qu'il est, propose de me raccompagner à pied chez moi. Nous devisons sur le trajet et, arrivés devant ma porte, comme disait ma grand-mère, c'est là que les Athéniens s'atteignirent. Sauf qu'ils atteignirent que dalle. Pas de contact, pas de baiser, rien, nada, macache, niet, oualou. Y me claque la bise et me dit qu'il a passé une très bonne soirée et espère me revoir bientôt. Moui… pas gagné-gagné non plus, mon gars, si ça continue comme ça.

Je me démotive donc sur Jean-Michel. J'en ai marre de faire tout le boulot et que ça n'avance pas. Et puis on n'a plus l'âge de se toucher le bout des doigts et d'attendre des mois de voir ce qu'il se passe. Mais visiblement, lui, ne lâche pas l'affaire. Il montre une motivation insoupçonnée, tout en ne proposant rien ni ne faisant avancer le débat de façon tangible. Les échanges de SMS sont toujours aussi passionnants, et atteignent des sommets rares :

« Je suis allé chez le dentiste, l'anesthésie était trop forte. »

« J'ai attrapé une petite crève, je vais essayer de me reposer un peu. »

« J'ai dévalisé le pharmacien. »

« Je traîne toujours une petite crève. »

Je sais que les garçons sont des dégonflés dès qu'il s'agit de santé, mais quand même. Quand même. Moi qui suis une bonne nature, plutôt enjouée, je commence à frôler la neurasthénie. Chaque échange me met dans un état de torpeur mêlée d'ivresse des profondeurs. Il faut réagir. J'écris donc à Jean-Michel.

Je préfère qu'on arrête là, c'est mieux.
Je te souhaite une très belle rencontre !
Bonne continuation.
Caro

Prends soin de toi Caro, bisou.
JM

On ne peut pas dire qu'il fasse des pieds et des mains pour me retenir, c'en serait presque vexant. Même si je ne peux plus le supporter, j'aurais quand même bien apprécié qu'il se torde de douleur et rampe un petit peu à mes pieds, si ce n'était pas trop demander.

Comme tous les ans, la fin de l'année s'annonce gratinée. Je suis submergée de boulot. Comme tous les ans, tout le monde veut boucler la préparation des livres de l'été avant Noël. J'ai mes bouquins à terminer, je vais avoir en plus ceux de Cruella à suivre puisque je la remplace, mon synopsis à écrire pour les Éditions Sulfureuses, les parents viennent à Paris pour Noël (et c'est un peu chaud à gérer), et je dois aller dîner chez Tonton Pétard (mon oncle, qui, à près de soixante-dix balais, est toujours porté sur les cigarettes qui font rire) et sa femme Florence (que je ne peux décemment pas appeler Tata, vu qu'on a presque le même âge), pour nous mettre d'accord sur les menus de Noël.

Je vais y arriver.

J'arrive au boulot pour m'installer dans le bureau de Cruella, comme elle l'avait exigé.

– Tu travailleras où quand tu me remplaceras ?

– Dans mon bureau, pourquoi ?

– Je ne pense pas que ce soit un très bon message à envoyer à tes équipes…

Qué « mes équipes » ? Je ne suis pas propriétaire d'une équipe, moi. Je travaille avec des gens.

– Ah bon ?

– Oui, je pense que ce serait mieux que tu t'installes à mon bureau.

– Mais j'ai toutes mes affaires dans mon bureau… et puis, ça ne te dérange pas que je m'installe dans ton bureau, avec tes affaires ?

– Non, pourquoi ? Je pense que c'est un message fort à envoyer.

Personnellement, j'ai bien une idée de message fort à envoyer, mais on ne doit pas penser au même...

Je m'installe donc à la place de Cruella, où je découvre ses petites affaires dans son tiroir, ses mails perso, bref, tout son petit bordel. J'aurais tué pour que personne ne mette le nez dans mes affaires, mais elle, ça ne la gêne pas, pour des raisons qui m'échappent complètement. Cruella s'est fait une spécialité des livres pour enfants, ce qui me hérisse un peu les poils des bras quand j'y pense. Je récupère donc la gestion de trois livres à boucler en deux jours. *Fingers in ze nose*. Le capharnaüm qui règne sur le bureau de Cruella m'impressionne, et il faut le faire, quand on pense à mon sens de l'ordre. Mais j'ai la faiblesse de penser que mon capharnaüm est organisé.

Le point positif de la journée, c'est que je reçois un mail de ma copine Domi. Facebook des fois, ça a des avantages trop chouettes. Ça m'a permis d'être retrouvée par Domi il y a quelques mois. On s'était perdues de vue quand elle s'était séparée de mon amie d'enfance Marie. C'est ballot d'ailleurs car je ne vois plus Marie. Je pensais que Domi ne voulait plus me voir parce qu'elle n'était amie avec moi qu'à cause de Marie. Et elle pensait que je ne voulais plus la voir parce que, Marie étant mon amie d'enfance, j'avais pris son parti lors de la séparation. C'est très très con. Ce qui fait que j'étais drôlement contente qu'elle me retrouve. On papote au téléphone, et elle m'apprend que maintenant elle vit à Marrakech avec sa compagne ! Un truc de dingue. On s'écrit régulièrement, et là qu'est-ce que je ne vois pas dans les mails ? « Je voulais t'inviter fin mars et, pour être sûre de te voir, t'envoyer un billet. Ça te dit ? » Pas qu'un peu que ça me dit ! Mais elle est trop choupette ma coupine ! J'étais allée à Agadir il y a quelques années, je ne connais pas Marrakech, trop bien !

Je passe la moitié de la journée à faire de la spéléo chez Cruella. Ses consignes sont incomplètes, ses dossiers ne sont pas rangés, les éléments pour les bouquins se baladent dans tous les sens, c'est l'enfer de l'édition. Je ne peux commencer à relire le premier bouquin qu'à dix-sept heures, super. Cruella a passé commande à un auteur d'une sombre histoire d'animaux qui partent pour une grande course au trésor. Ces charmantes petites bestioles arrivent à la cabane du Père Castor, près d'un fleuve infranchissable. Ni une ni deux, ils décident de la détruire pour récupérer les planches et construire un pont. *Euh...* Et comme le Père Castor n'est pas tout à fait d'accord avec le projet de destruction, ils le balancent à la flotte. *Re-euh...* Bravo le message pour les gamins. Prends ce qui ne t'appartient pas quand tu en as besoin, et si le propriétaire proteste, tue-le. Cruella va créer une génération de petits Pablo Escobar. Mais qui est cette femme ? Comment Cruella, dénuée de toute empathie et semble-t-il également de toutes compétences professionnelles, peut-elle continuer à sévir dans l'édition ? Mais j'y réfléchirai plus tard, je dois filer chez Tonton Pétard pour le dîner de préparation de Noël.

En fait, je ne sais pas trop pourquoi on fait un dîner de préparation de Noël, puisque Tonton Pétard étant l'homme le plus routinier que je connaisse, on mange tous les ans la même chose. On se réunit chez eux, les parents, les parents de Florence, mon cousin Victor et moi. Chacun prépare sa spécialité, c'est sympa, mais j'aimerais bien varier un peu parfois. J'aime mon Tonton Pétard d'un amour inconditionnel, alors je ne dis rien, on fera comme les autres années. Et je me consume en attendant qu'il se décide à aller faire cuire les patates pour le dîner de ce soir. Je lance un diplomatique :

– Tu as prévu quoi pour ce soir ?

– Ah, *fuck*, déjà dix heures ! Il faudrait peut-être que je pense à préparer le dîner…

On se regarde avec Florence.

– Comment ça, que tu « commences » ?

– Ben oui, j'ai prévu un confit, mais je n'ai pas encore mis les patates à cuire, je trouvais ça prématuré.

– Prématuré par rapport à ?

– L'apéro, tout ça…

– Oui, mais bon, là ça fait deux heures qu'on y est, à l'apéro, il faudrait peut-être t'y mettre ?

– Ouais ouais, vous avez raison. Allez, une dernière taffe et j'y vais.

Oh, pétard, on n'est pas rendus. C'est le cas de le dire. Je n'ai pas besoin de faire partie d'une équipe de chercheurs à Harvard pour confirmer que la consommation de cannabis entraîne un déficit dans la prise de décision et la planification. Mais j'adore ces dîners. On parle de tout et de rien, surtout de musique et de séries, on s'échange des titres de trucs qu'on a aimés. Victor fait une apparition entre deux parties de *League of Legends* ou Dieu seul sait quel jeu vidéo, Florence, la conscience politique de la famille, se lance dans une grande tirade contre Macron puis s'endort sur le canapé. Pour une fois, je ne repars pas en titubant à trois heures du matin, puisque je repars avec la voiture de Tonton Pétard pour accueillir les parents.

Ma deuxième journée à relire les livres de Cruella est enfin terminée, je file en voiture à la gare de Lyon récupérer les parents. Je stresse à mort pendant la traversée de Paris : Papounet ne peut porter aucun bagage, Môman ne peut pas soulever grand-chose à cause de problèmes d'épaule, il faut que j'arrive à temps pour les prendre en charge sur le quai, comme convenu. J'arrive hors d'haleine sur le quai du TGV, mais ils ne sont pas là. Ça alors. Pourquoi ça ne m'étonne même pas ? J'appelle Môman sur son portable, elle ne répond évidemment pas. Je ne sais pas pourquoi je m'échine à l'appeler, vu que les trois quarts du temps, soit elle a oublié de prendre son téléphone, soit elle n'a plus de batterie, soit elle ne l'entend pas. Je parcours la gare de Lyon à toute blinde à leur recherche, tout en continuant à appeler non-stop. Je laisse des messages de plus en plus stressés, j'entends bien que ma voix part dans les aigus. Je vais même jusqu'à tenter le portable de Papounet, sur lequel j'ai encore moins de chance d'obtenir une réponse. Soudain, les voilà : ils sont sur le parvis.

– Mais bon sang, qu'est-ce que vous faites là ? On avait dit qu'on s'attendait sur le quai !

– Bonjour quand même !

– Oui, c'est ça, bonjour.

Ça commence bien si je suis désagréable à peine descendus du train. L'esprit de Noël, machin tout ça.

– Non, on avait dit devant la gare.

– Mais n… Pas grave. Vous avez fait bon voyage ?

On papote en voiture, et BIM ! je rate l'embranchement pour le périf à la porte d'Orléans. Bon, pas grave, je sors à la première sortie. Mais non-non-nooon… y a pas de sortie ! Putaiiin !

– Ne t'inquiète pas, ma chérie, tu sors, tu fais demi-tour, et c'est bon ! me rassure Môman.

– Mais que je suis con, c'est pas possible !

– Non, non, ne t'inquiète pas. Ne te stresse pas. Tout va bien.

– Mais nooon, ça va pas !

– Dès que tu arrives à la sortie « Disneyland », tu prends la deuxième à gauche et c'est bon, on est arrivés, me suggère Papounet, un peu à l'ouest.

– Oui, oui, bien sûr.

La première sortie c'est Rungis, je la prends en me disant qu'il suffit que je fasse le tour de l'échangeur, mais il n'y a pas d'échangeur. Et voilà. On est le 22 décembre, il fait nuit, je suis au volant de la voiture de Tonton Pétard, avec mes parents, et on erre comme des âmes en peine dans un Rungis déserté à cette heure. Pas un pékin à la ronde à qui demander notre chemin. Je me déteste tellement en ce moment que je pourrais me faire des scarifications avec les essuie-glaces. Je roule pendant une demi-heure avant de trouver enfin un panneau indiquant L'Haÿ-les-Roses, banlieue que je ne visualisais pas du tout dans ce coin.

J'ai déposé les parents à leur hôtel, j'ai réussi à trouver une place dans le quartier après avoir tourné pendant seulement une demi-heure, je suis sur mon canapé avec Pupuce qui ronronne, la truffe appuyée contre mon nez, tout va bien, je peux redescendre du lustre où je suis restée accrochée toute la journée. Au moins, l'avantage, c'est que ma Quête me semble extrêmement secondaire d'un seul coup.

Nous avons géré de main de maître le dernier rush de Noël. Dernières courses pour le repas, derniers petits cadeaux, la voiture remplie, nous sommes partis chez Tonton Pétard. La soirée du réveillon s'est super bien passée. Comme tous les ans, on a dit : « Rhôlàlà, c'est indécent tous ces cadeaux au pied du sapin ! » « Mais nooon, t'aurais pas dûûû ! » « Il est vraiment délicieux ton foie gras, Marie-Jo ! Tu as mis quoi comme épices dedans ? »

J'ai été presque raisonnable, puisque je conduis. Nous voilà donc repartis, le 25 décembre, à deux heures du matin. Et soudain… « keuf-keuf-keuf », fait la voiture avant de s'arrêter sur le périphérique, entre la porte d'Aubervilliers et la porte de La Chapelle. Non. Mais nooon ! Mon cœur s'est arrêté, c'est ça ? Hein ? Ça va repartir ? On se regarde avec Môman, dans une espèce de conscience aiguë de l'horreur de la situation.

– Ma chérie, appelle la police, on attend qu'ils arrivent, on ne sort pas de la voiture.

– Mais maman, regarde, les voitures nous rasent à chaque passage, t'imagines à cette heure-ci le nombre de mecs bourrés au volant qui ne maîtrisent pas leur véhicule ? Non, je crois qu'il faut sortir.

– De toute façon, faut mettre le triangle, dit Papounet.

Nous voilà à ouvrir précautionneusement les portes, quand une voiture se gare derrière nous. Un grand Black en sort.

– Ça va ? Vous avez besoin d'un coup de main ?

– Ah, c'est super gentil ! Je ne sais pas ce qu'il s'est passé, la voiture s'est arrêtée d'un coup.

– Attendez, je vais regarder ça. Il fait tourner la clé dans le contact. À mon avis, vous êtes en panne d'essence.

– Non, c'est pas possible, la jauge est au max !

– Hum.

Pendant qu'il continue à trifouiller dans la voiture, je jette un coup d'œil à l'extérieur, pour voir où en sont les parents. J'ai un hoquet. Dans mon champ de vision, j'observe en même temps Papounet à califourchon sur le parapet en béton essayant très laborieusement de faire passer sa deuxième jambe du bon côté, pendant que Môman avance sur la chaussée en agitant son foulard Hermès pour faire signe aux voitures de ralentir. Unbeliveubole.

Heureusement, les flics arrivent assez vite et sécurisent la voiture en attendant la dépanneuse. Et heureusement, ils ne me font pas souffler dans le ballon, parce que même raisonnable, je suis clairement au-dessus de la limite. Nous montons tous les trois dans la dépanneuse.

– On va commencer par s'arrêter à la station de la porte de La Chapelle, nous lance le dépanneur.

– Mais vous croyez que c'est l'essence ? La jauge est à fond.

– Oui, mais on va quand même vérifier, au bruit, je dirais que c'est l'essence. Qu'est-ce que vous avez comme assurance ?

– Ce n'est pas ma voiture, attendez, je téléphone à mon oncle. Alain ? C'est moi. On est tombés en panne sur le périf.

– Quoi ? *Fuuuck !*

– Oui, tu l'as dit. Le dépanneur, il demande c'est quoi ton assurance.

– Ah, et pendant que vous y êtes, demandez-lui quand est-ce qu'il a fait le plein la dernière fois.

– T'as entendu ?

– Oui. Euh… En fait, euh… comment dire…

– Quoi ?

– Eh bien, je me demande si je n'aurais pas oublié de te dire que la jauge est bloquée.

– QUOI ?

– Désolé, avec Noël, tout ça, je ne m'en suis pas occupé.

Je.Vais.Le.Tuer.

Le dépanneur nous emmène faire le plein à la station-service et déclare un « faux contact » pour qu'on soit quand même remboursés par l'assurance, du coup je lui dis qu'il est notre miracle de Noël et on rentre à quatre heures du mat' nous remettre de nos émotions avant d'enchaîner sur le déjeuner de Noël.

Youpi.

Chapitre X

Après toutes ces émotions, retourner au boulot, finalement, c'est pas si pire. Sauf que je dois me coltiner « un petit point » avec Cruella pour débriefer son remplacement. C'est vraiment la reine de l'efficacité : j'ai eu droit à un briefing pour m'expliquer mon boulot, puis j'ai paumé des plombes à m'y retrouver et, enfin, on doit débriefer pendant une heure le travail de deux jours.

– Alors Caroline, ça s'est bien passé pour toi ce remplacement ?

– Oui, oui. En même temps, tu sais, ce n'était que deux jours, tu sais.

Et bim !

– Ce n'est pas ce qui est important. J'ai vu que tu n'avais pas terminé les tâches que je t'avais confiées.

– Oui, mais en deux j…

– Ahlàlà, c'est embêtant ça. Tu as un problème avec ça ? Tenir les délais ? Tu sais, tu peux m'en parler.

QUOI ? Non, mais je rêve.

– Non, non, pas de problème, mais c'était vraiment très court pour…

– Je comprends. Ce n'est pas grave. Il faudra juste que tu essaies de t'organiser mieux pour la prochaine fois. Tu y réfléchiras, hein ?

C'est tout réfléchi. Il n'y aura pas de prochaine fois. J'espère juste que mon bouquin va marcher, vu que les Empuses sont en train de suffisamment me gonfler pour que je préfère encore refuser du boulot plutôt que de gagner des sous.

Quête du Graal, J + 10 mois et 13 jours

Une nouvelle année commence… Je n'ai pas rencontré le Graal le soir du réveillon. C'est dingue, chaque année, j'ai une espèce de petit pincement : « Et si ??? » J't'en ficherais, tiens, du « Et si ??? »… « Et si ??? », que dalle. J'ai passé le réveillon chez des amis de Corinne, où le ratio moi/mecs célibataires hétérosexuels envisageables était proche du néant. J'étais entourée de journalistes de Radio France, d'avocats et d'architectes. À qui je me suis retrouvée à dire que je suis ex-journaliste en chiens et chats sur le point d'écrire un livre olé olé, on est à un bon niveau de reine de la *lose*. Je suis rentrée toute seule à quatre heures du mat' en métro en essayant de marcher par terre en évitant les flaques de vomi. En plus, comme une idiote, j'avais regardé *Love Actually* avant les fêtes, que pour un peu y arriveraient à te convaincre que des Graal, on en trouve sous les sabots d'un cheval. Peut-être à Londres, mais pas à Paris. Je suis dég.

À la faveur des vœux, Kamel reprend contact. Hahaha, trop efficace pour pécho de faire style tiens je te souhaite la bonne année et sinon on n'irait pas boire un verre ? Je me le remets en mémoire. Ah oui, il était vraiment canon, la vaaache ! Donc, aussi sec, je lui réponds. On échange quelques mails anodins et il me propose une rencontre. Pourquoi pas : Kamel est beau, il est ténébreux, il a un regard incandescent, de longs cheveux noirs qui lui tombent sur les épaules… Bref, hyper sexy, hyper stylé, et hyper le genre qui me fait craquer direct, et avec lequel je me retrouve avec deux neurones.

Je lui fixe donc rendez-vous au *Café des éditeurs* à Saint-Germain-des-Prés, ça fait fille qui réfléchit. J'ai besoin d'avoir l'air d'une fille qui réfléchit parce que je le trouve superbe et mes kilos et mon âge et tout ça, ça m'inquiète. Autant la jouer intello, ça me sauvera peut-être. Stratégie ridicule, s'il en est. On est en plein hiver, il fait -12 000 °C, donc je passe trois plombes à me demander comment je vais faire pour m'habiller. Vu que le Kamel, il est beau comme un dieu grec, qu'il a un regard qui t'enflamme, qu'il dégage une sensualité torride et que je n'ai pas fait de folies de mon corps depuis un bout de temps, il pourrait être judicieux de « faire connaissance » avant de passer à autre chose. Pour une fois. Mais comme en même temps je me connais, je décide de donner un petit coup de pouce au destin. Donc, pour éviter toute velléité de craquage, pas de décolleté affriolant, pas de dessous sexy, pas de maquillage qui te fait des yeux de biche, rien, nada, oualou, macache. Je ne vais donc pas passer des heures dans la salle de bains à me préparer pour obtenir une peau dépourvue de tout poilounet mal venu, je ne mets pas de crème qui fait le corps doux et embaumant. Je garde ma culotte à l'élastique en bataille toute grise de nombreuses machines ratées et le soutif de mémé acheté à *La Redoute*. Je reste habillée comme je suis (pull, pantalon en velours côtelé, chaussettes en laine et grosses godasses). Bref, on croirait Josiane Balasko dans *Les bronzés font du ski*, mais en blonde. Et je me rends à mon rendez-vous, armée d'une lecture intelligente, bien décidée à dégager l'image Je-ne-suis-pas-une-fille-facile-moi-Môssieu.

J'arrive à l'heure au rendez-vous. Au bout de dix minutes, je reçois le texto : « Je pars de Nation, désolé pour mon retard éventuel. » J'adore. Tu parles d'une éventualité.

Je me surpasse dans une réponse d'anthologie : « Pas de problème, je suis assise au chaud – *ça fait carrément mémé* – devant un verre de blanc – *alcoolique* – et de la lecture – *chuis intello et je le fais savoir* –, y a pire – *mais je parle comme un charretier.* » Manquerait plus que je dise que je suis en train de me taper un petit coup de sauciflard pour dégager la sensualité du résultat du croisement improbable entre Maïté et Marguerite Duras.

Une heure et demie et deux verres de blanc plus tard, v'là-t-y pas que j'ai Kamel debout devant moi. Il est grand, tout de noir vêtu, avec un air sombre et intense... RRRRR !!! Malgré tout, dans un sursaut, j'essaie de dissimuler mes godillots sous ma chaise et je tente de prendre une pose avantageuse. Comme quoi, le naturel, il revient toujours au triple galop. Nous buvons un verre, et il propose de dîner sur place. Le dîner se passe excellemment bien : Kamel, en plus d'être une bombe atomique, fait montre d'esprit et de courtoisie. Je commence à me dire que j'aurais peut-être quand même dû m'épiler. Et puis non, enfin, quoi. Et puis si.

On sort du restaurant. Et il me prend la main. Et là, je me dis oups. Et il me propose de me raccompagner chez moi en voiture. Et là, je me dis aïe. Et dans la voiture, il me roule le patin du siècle. Et là, je me dis merde-merde-merde. Pendant tout le trajet, j'échafaude des plans improbables qui me permettraient, en environ dix secondes, de prendre une douche, de me raser tous les poils, de changer de dessous et de fringues. Ne trouvant pas de solution cohérente qui n'implique ni fission de l'atome, ni utilisation de chloroforme, ni portail dimensionnel, je décide de rester droite dans mes godillots et de tenir bon, quoi qu'il arrive. Non, monsieur ne montera pas chez moi, et puis quoi encore, non mais alors.

Kamel assis sur mon canapé, mon cerveau est toujours en surchauffe à tenter de trouver une solution, et je dois avoir le regard d'une bête traquée (ce qui aggrave les choses). Je décrète pas question d'aller plus loin, j'ai quand même mon quant-à-moi bordel de merde. Kamel ayant baladé ses mains de ténébreux dieu grec stylé sur tout mon petit corps dodu, je commence à sérieusement reconsidérer la question. En même temps, je suis capable de rester digne quoi qu'il arrive. J'ai bien craqué un pantalon aux fesses en pleine galerie marchande, je me suis bien étouffée au restaurant avec de la mousse au chocolat, et dans une soirée, j'ai bien tendu mes lèvres vers un garçon qui se penchait vers moi alors qu'il voulait juste attraper une tranche de saucisson sur le buffet derrière. Ma fille, si tu as survécu à tout ça, vas-y, tu n'es plus à quelques poils près. Ce n'est quand même pas tous les quatre matins que tu as un Apollon sur ton canapé qui brûle de te culbuter…

Me voici donc en pleine lumière (tant qu'à faire de se taper la honte, autant y aller carrément), devant Kamel avec mes vieux dessous et tous mes poils.

Je souris vaillamment, genre même pas mal, circulez, y a rien à voir. Quand Kamel s'exclame : « mais, t'es pas épilée ! », mon sourire se fendille un peu, mais je continue à faire bonne figure. Il ajoute : « J'adooore !!! » Comme quoi, c'est vraiment ballot de se mettre la rate au court-bouillon pour rien.

C'est le petit matin, Kamel repart vers ses occupations de bogosse. J'envisage très sérieusement de me recoucher pour me remettre de mes émotions, mais il m'appelle pour me dire que, ayant oublié sa beuh à la maison (personne n'est parfait), il repasse la récupérer. Ajoutant qu'il en profitera pour refaire des galipettes. Encore ? Ne peux-je m'empêcher de m'exclamer, quelque peu inquiète pour l'intégrité de mon petit intérieur. Mé voui, il est comme ça, Kamel. Finalement, free-lance, ça a vraiment du bon.

Kamel reparti, je me dis c'est pas possible, c'est trop beau, on me fait une blague. Il va s'évaporer dans la nature.

L'année dernière, le 14 février, le seul SMS que j'avais reçu c'est celui de la banque pour une alerte de dépassement de découvert autorisé. Cette année, je n'attends pas grand-chose, avec le succès de ma Quête. Mais « ding ! » fait mon Nifoune quand Kamel me souhaite la Saint-Valentin et me propose de nous revoir demain. J'en reste comme deux ronds de flan. Alors, Yann Moix, elles sont invisibles, les femmes de cinquante ans ? Hum ? « Le corps d'une femme de cinquante ans n'est pas extraordinaire du tout. » ? Hum ? Eh bien, dans ta face, Yann Moix : mon corps est assez extraordinaire pour que Kamel ait envie d'y revenir. *Fifty is the new fourty*. Et en plus, Yann Moix, je te ferais dire que les femmes de cinquante ans, elles sont vachement meilleures au pieu que les petites jeunettes. Et toc.

Quand j'ouvre à Kamel, il arrondit les yeux de surprise.

– Attends, ne bouge pas ma chérie, reste comme ça que je te regarde, tu es tellement belle !

– Huhuhu.

– J'adore tes seins. Et ton corps. Et tes fesses. Aaah, et tes yeux bleus ! Ce regard ! Tu peux détacher tes cheveux ? Ça te va tellement bien tes cheveux blonds détachés, tu resplendis !

– Méééheuuu.

Si j'avais une déesse intérieure comme l'autre gourde d'Anastasia Steele, elle se tortillerait de plaisir. Là, j'ai encore du mal à savourer, c'est un peu trop frais. C'est marrant, j'ai une estime de moi blindée sur certains sujets : les rejets sur les sites de rencontres glissent sur moi comme une goutte d'eau sur la poitrine de Virginie Efira, je ne me remets pas en question à chaque fois qu'il me tombe une tuile, mais j'ai un mal fou à accepter un compliment. Surtout venant d'un aussi beau mec que Kamel.

Celui-ci, toujours aussi incandescent, passe à la vitesse supérieure : il me dit « je t'aime bébé », mais je vois bien qu'il dirait « passe-moi le sel » de la même manière. C'est un séducteur, il séduit, normal. Je lui réponds « Moi aussi » sur le même ton. On fait semblant d'y croire tous les deux, mais ce n'est pas grave, parce que c'est bien agréable tout ça. Toutefois, il y a tout de même un petit écueil à notre idylle. Kamel est allergique à ma chatte (enfin, mon chat). Hahaha. Quelle incroyable ironie du sort. Et en plus, il n'a pas trop la manière avec elle.

Il marche par terre chez moi nu comme un ver, et décide de s'accroupir pour tapoter le dessus du crâne de Pupuce (ce qui ne me semble pas très judicieux). Il m'est donc donné d'admirer le spectacle de toute beauté de ses attributs pendouillant devant la truffe de Pupuce. Spectacle qui entraîne un blocage cérébral. Bien qu'il soit dans le plus simple appareil, Kamel continue de tapoter Pupuce, qui donne pourtant des signes indiscutables d'agacement (oreilles à l'horizontale, pupilles dilatées, elle se passe un coussinet griffu sur la gorge en articulant clairement : « Toi, tu vas mourirer. ») Conséquence, la bête réagit de la manière la plus gracieuse, la plus subtile, la plus appropriée qui soit, et lui colle une mandale. Même moi, je fais la grimace. Et je me dis ouhlàlà pas bon-pas bon. Vu que Kamel est quelque peu… exposé, on va dire, mû par un réflexe naturel, il fait un bond en arrière de toute beauté pour protéger ses bijoux de famille. Réflexe totalement hors de proportions car, même si ma chatte a le bras long, ce n'est quand même pas une panthère.

Quand Kamel arrive à la maison, tout va bien. Puis au fil de la soirée, ça dégénère : il se met à se moucher, à pleurer, à éternuer… Le problème prend toute son ampleur au cours de la nuit. Ça se finit en sauts de cabri dans son sommeil parce que ça le gratte, il a le pif tout rouge, les yeux injectés de sang et il barle un beu gomme za. Et comme Kamel est un mâle dans toute sa splendeur, quand je lui susurre, avec toute la délicatesse dont je peux faire preuve, que prendre un antihistaminique me semblerait une bonne idée, il me répond en haussant les épaules : « Je bois braiment bas bourquoi. Dout bas drès bien. » Et il grommelle. Genre chuis un vrai bonhomme moi je ne prends pas de médicaments. Certes. Mais du coup, je peux dire bye-bye à mon sommeil de bébé panda. Comme par ailleurs, selon certaines sources très bien informées, il se pourrait que je ronfle un tout petit peu, je ne peux pas trop la ramener sur le concept tu m'empêches de dormir. D'ailleurs, selon certains indices, il se pourrait bien qu'il me donne un petit coup de coude de temps en temps lors de ronflements un peu trop prononcés. Malgré ces petits inconvénients, je profite du bon temps en attendant de voir ce que Kamel-bogosse va donner dans les jours à venir : plan Q régulier, disparition, relation cohérente, voire même Graal… tout semble possible.

Je réfléchirai à tout ça la semaine prochaine, parce qu'en attendant, j'ai une valise à préparer, je pars demain pour Marrakech ! Je passe chez le traiteur pour apporter à ma copine quelques charcutailles (Karadoc a raison : le gras, c'est la vie). Ne me reste plus qu'à convaincre une voisine de venir donner à manger à

Pupuce. Je n'ai pas de chance : Sophie et Irène, les deux plus proches, ont peur des chats, et considèrent Pupuce comme Le Chat de l'Enfer. Franchement, même si elle leur a craché à la figure deux-trois fois, elle ne va pas leur sauter à la gorge… Mais ça ne se discute pas. Heureusement, Agnès, qui n'habite pourtant pas dans l'immeuble, accepte de venir tous les jours. Elle a pas peur, elle. Elle est même contente de voir Pupuce, elle. Et elle ne lui en veut pas si elle est chonchon, elle. Une vraie amie des chats.

Je suis dans la queue du contrôle de la police, tout va bien. Le vol est hyper rapide, me voilà dans la file des passeports à Marrakech. Quelque chose me chiffonne, j'ai du mal à identifier quoi… Ah si ! Tout le monde a un passeport à la main, et moi j'ai ma carte d'identité. Et c'était pareil à Orly. Mais bon, ça ne doit pas être un prob…

– Suivant !

– Bonjour !

– Passeport, s'il vous plaît.

– Voilà ma carte d'id…

– Non, j'ai dit passeport, s'il vous plaît.

– Je n'ai pas de passeport, je n'ai que ma carte d'id…

– Mettez-vous sur le côté.

– Mais…

– Sans passeport, vous ne rentrez pas sur le territoire. S'il vous plaît ! Venez chercher madame.

– Mais nooon ! La dernière fois que je suis venue, la carte d'identité suffisait.

– Ça a changé. Vous n'avez pas vérifié ?

– Ben...

Un grand type vient me chercher.

– Suivez-moi.

– Écoutez, ce n'est pas possible, je dois me rendre chez une amie, j'ai son adresse, je peux l'appeler, elle se portera garante...

– Asseyez-vous là.

Je m'assieds sur un siège en plastique un peu à l'écart, dans la salle des arrivées.

– Vous restez là, vous ne bougez pas. Donnez-moi vos papiers.

– D'accord, mais qu'est-ce qu'il va se passer ?

– Vous repartez par le prochain avion. Demain.

– QUOI ? Mais nooon ! Où je vais dormir ?

– Ici. Vous ne pouvez pas pénétrer sur le territoire marocain, donc vous restez à l'aéroport.

– Attendez, attendez, on va bien trouver une solution, je vais appeler mon amie.

– Si vous voulez, mais ça ne changera rien.

– Domiiiiiii ! Tu ne vas pas le croire : je suis coincée à la police, je n'ai pas pris mon passeport, je n'ai que ma carte d'identité. Ils veulent me réexpédier à Paris par le prochain avion demain.

– Quoi ? Attends, j'appelle Anne, elle connaît quelqu'un qui connaît quelqu'un au gouvernement.

– Bon, moi j'appelle ma copine-voisine Irène qui travaille au ministère de l'Intérieur, on sait jamais. Irène, je suis dans la cacate, je suis coincée à la police à l'aéroport de Marrakech, je n'ai pas pris mon passeport, je n'ai que ma carte d'identité. Ils veulent me réexpédier à Paris par le prochain avion demain. Tu crois que tu peux faire quelque chose ?

– Ne t'inquiète pas, Caro. Je m'en occupe et je te tiens au courant.

J'attends que les filles me rappellent en réfléchissant à une issue possible. Et si je leur propose de me faire envoyer par mail la photo de mon passeport ? Je pourrais demander à Sophie de passer à l'appart. Ou je me le fais carrément envoyer en Chronopost ? Ou… « BLAM ! » Un policier vient de me jeter à la figure un sac plastique contenant un sandwich infâme et une bouteille d'eau. Pas bon signe, ça. Bon, les filles vont trouver une solution, c'est sûr.

– Ma bichette, je suis désolée, Anne a fait tout ce qu'elle a pu, mais en ce moment, les relations entre la France et le Maroc sont tendues, le gars qu'elle connaît ne peut rien faire…

– OK. C'est gentil. J'attends le coup de fil d'Irène, je suis sûre qu'elle va trouver une solution.

Il ne me reste plus que cet espoir, je trouve que ça commence un tout petit peu à craindre du boudin.

– Caro ? C'est Irène. Bon, écoute, j'ai tiré toutes les ficelles que j'ai pu, j'ai même dérangé le consul, mais il ne peut rien faire. Tu sais, il y a cette histoire de journaliste et du coup, entre le Maroc et la France, en ce moment, c'est pas top-top. Tu ne leur as pas dit que tu étais journaliste au moins ?

– Journaliste en chiens, je ne pense pas que ça craigne grand-chose, en même temps.

– Non-non-non ! Surtout tu ne dis rien ! Tu dis que tu es éditrice, point barre ! Bon courage, tiens-moi au courant.

Je raccroche. J'appelle Domi :

– Domi, je suis vraiment confuse, c'est l'horreur, je ne vais pas pouvoir sor-sortir, alors que-que tu m'as a-acheté-é lé-é-é billet-et-ets.

Je pleure tout ce que je peux, Domi pleure aussi, rien que de savoir qu'elle est à quelques mètres de moi, c'est encore pire. Quand je raccroche, je réalise que je suis VRAIMENT dans la merde, là. La salle s'est vidée, il ne reste plus que deux-trois pékins. J'ai les larmes qui me montent à nouveau aux yeux. Elles coulent sans bruit. Je n'ose même pas renifler. Je suis dé-goû-tée. Quand je pense que j'ai regardé mon passeport à la maison et que je me suis dit : *Mais non, pas besoin de le prendre !* Mais quelle CONNE ! Je me faisais une fête de voir Domi, c'est fichu, en plus la hooonte, elle a payé les billets… Bon, ne pas se laisser abattre. Je cogite à plein tube sur une solution potable. J'observe les allées et venues des policiers. Apparemment, je suis assise sur une chaise d'aéroport toute pourrite à côté du poste de police. Bon. Je repère celui qui a l'air d'être le chef. Il ressemble au général Tapioca dans *Tintin et les Picaros*. C'est bon signe ou pas bon signe, ça ? Grosse moustache, l'air pas aimable, et des pampilles dorées plein les épaulettes. Allez, j'y vais.

– Excusez-moi…

– …

Il daigne à peine me jeter un œil.

– Voilà, c'est idiot, je ne sais pas si vous êtes au courant, mais j'ai oublié mon passeport, je n'ai que ma carte d'identité…

– …

Je crois qu'il a soulevé un sourcil.

– Je me disais qu'il devait forcément y avoir une solution…

Allez, je fais ma tête de chaton en battant des cils. Un gros chaton de quarante-huit balais, mais qui ne tente rien…

– …

– On pourrait pas trouver un… hum… terrain d'entente ?

Il soulève un sourcil.

– Vous pensez à quelque chose en particulier ?

– Non, oui, non, enfin, non-non…

Oh, mon Dieu. Je suis tombée sur un incorruptible. Ah merde ! Il ne préférerait pas être corrompu autrement, j'espère ?

– Bien. Assis. Ne bougez pas. Quelqu'un viendra vous voir pour les papiers.

Hé ho, il me prend pour un chien, cette tête de con de Tapioca ?

Je me rassieds sur mon siège. L'aéroport est complètement vide maintenant. Je suis toute seule-toute seule dans l'aéroport de Marrakech, dans lequel je vais passer la nuit en attendant le prochain vol pour Paris demain matin, avec pour seule compagnie la bande de patibulaires de l'incorruptible général Tapioca qui m'a pris mes papiers d'identité et je n'ai presque plus de batterie. Bienbienbien. On ne panique pas. Ça va aller. Ce genre de mésaventure couperait l'appétit à d'autres que moi, mais là en fait, j'ai faim. Toutes ces émotions m'ont creusée. Je reluque à l'intérieur du sandwich du policier : une feuille de salade toute molle et un bout de truc beige qui doit être du poulet et qui sent le chimique. Mais bon sang, mais c'est bien sûr ! J'ai de la charcut' plein la valise ! Mais est-ce bien raisonnable de sortir du cochon dans la situation dans laquelle je me trouve ? On va la jouer discrète. Je jette le contenu dégueu du sandwich et, dans la valise entrouverte, à tâtons, je tartine avec mon doigt des rillettes de porc à la place. C'est quand même plus discret que de mordre directement dans le saucisson. Et toc, je ne me laisse pas abattre, non, mais.

Je suis assise sur le chemin entre le poste de police et la sortie : je vois donc toute la nuit défiler les policiers, qui ne me jettent pas un regard, je ne sais pas si c'est mieux ou si c'est pire. Avec les heures qui passent, je me vois finir dans les geôles marocaines, façon *Midnight Express*, à cause de ma charcuterie. À l'aube, une charmante jeune femme vient m'apporter un café et un croissant.

– Merci, c'est gentil.

Ça y est, je développe déjà un syndrome de Stockholm.

– De rien. Je vais voir, mais ce n'est pas sûr du tout que vous puissiez repartir aujourd'hui. Les deux vols sont complets.

– QUOI ? Non-non-non-non. Pas question. Je ne reste pas plus longtemps assise sur cette chaise.

– Je sais, je suis désolée. On fait au mieux.

Une heure plus tard, elle revient m'annoncer que je vais pouvoir monter dans le vol de neuf heures trente-cinq, il y a eu un désistement. OUF. Mais bon, j'y croirai quand je serai dans l'avion.

À neuf heures, un flic vient enfin me chercher.

– Venez avec moi. Restez là. Ne bougez pas.

Okéokéoké, t'inquiète mon petit père, je n'ai pas l'intention de piquer un sprint pour entrer de force au Maroc. Il m'amène à un autre flic, un peu plus loin dans l'aéroport.

– Venez avec moi. Restez là. Ne bougez pas.

Pfff. Tiens, la zone des boutiques. Un troisième et un quatrième flic :

– Venez. Restez là. Ne bougez pas. Assis.

Cette fois, je touche au but : je suis arrivée, encadrée par deux flics, à la zone d'embarquement. Tout le monde me regarde. Je crois bien que c'est la première fois que des gens ont l'occasion de se demander ce que j'ai bien pu faire d'illégal. D'habitude, c'est vexant, je suis obligée de supplier les contrôleurs de me contrôler, tellement j'ai l'air honnête. J'ai jamais été arrêtée par la police et quand je suis revenue d'Amsterdam, alors que peut-être j'aurais pu envisager de ramener de la beuh, un policier m'a désignée au maître-chien d'un air interrogatif et l'autre a haussé les yeux au ciel, genre n'importe quoi, d'où elle fait un truc illégal celle-là. Je traverse le tarmac encadrée par Dupont et Dupond, qui m'amènent jusqu'à l'intérieur de l'avion et remettent mes papiers d'identité à la chef de cabine. Ils me montrent la dernière place libre :

– Assis.

Bon, ça va, on a compris. Je passe tout le vol ou presque à pleurer, de rage, de soulagement, de colère, d'impuissance, de fatigue, de tout, merde, fait chier, l'univers est contre moi. À l'atterrissage, je vais voir la chef de cabine.

– Excusez-moi, est-ce que je pourrais récupérer mes papiers ?

– Comment ça ?

– Ma carte d'identité et un autre papier, que le policier qui m'a escortée vous a remis.

– QUOI ? C'est vous l'expulsée du territoire ?

– Euh oui…

– Ah, mais, c'est dingue ça ! J'aurais jamais deviné ! Vous savez, vous n'avez pas du tout une tête d'expulsée… D'habitude, les expulsés, ils sont plus… enfin moins…

– Oui, je me doute.

Je récupère ma carte d'identité et un magnifique avis d'expulsion du territoire du royaume du Maroc. Je ne demande pas mon reste, je saute dans un Uber et je file droit vers Pupuce et mon canapé. J'appelle Agnès pour la prévenir que ce n'est plus la peine de venir nourrir le fauve. Comme je suis à la tête d'une sacrée quantité de charcuterie, elle débarque avec une bonne bouteille à la maison et on se console assez rapidement de la dureté de la vie. Il n'y a décidément rien qu'une bouteille de côtes-du-rhône et quelques tranches de saucisson ne peuvent guérir.

Quête du Graal, J + 1 an, 1 mois et 5 jours

Je suis avec Corinne et Béa dans notre QG en train de siroter quelque breuvage euphorisant afin de débriefer et ragnasser encore un petit coup sur mes mésaventures marocaines. Béa me lance :

– Tiens, c'est bizarre, y a un mec sur le trottoir, il a l'air de vouloir te parler.

Je me retourne en pensant que ça doit forcément être une erreur, les beaux gars qui tapent au carreau de manière impromptue ne font malheureusement pas partie de mon quotidien. Qui je vois planté là sur mon trottoir, avec un sourire jusqu'aux oreilles ? Jean-Michel. Comme je suis une fille polie, je sors lui dire bonjour, et là, je suis sciée : il irradie littéralement de bonheur, il est tout souriant, il a les yeux qui pétillent, et il semble tellement content de me voir… que ça me fait kék chose. Et le garçon me dit qu'il passe là toutes les semaines et regarde si je ne suis pas dans les parages. Ça pourrait faire assez psychopathe, mais là, ça fait son petit effet, il faut bien le dire, dans le style que les filles aiment bien : le garçon qui fait preuve de ténacité, qui prétend passer par là alors qu'il fait le pied de grue par -12 000 °C tous les vendredis depuis trois mois dans l'espoir fou d'apercevoir le bout de tes cheveux, tout ça tout ça. Pour un peu on se croirait dans *Retour à Cold Mountain*. Ou dans *Orgueil et Préjugés*. Carrément.

Après l'épisode Marrakech, j'ai bien besoin d'un peu d'élan, de quelque chose de joyeux et de porteur. Et Jean-Michel est là, avec la tête d'un labrador à qui on vient de lancer la plus magnifique baballe de tous les temps. Moi, je dois avoir celle du chat qui a malencontreusement laissé s'échapper la souris sous le frigidaire, et qui la voit soudain ressortir de sous la machine à laver. On est donc magnifiquement en phase, je dirais. On s'échange des banalités, on ne change pas une équipe qui gagne, mais on se serait cru à Tchernobyl : ça irradie de partout et les compteurs Geiger doivent exploser les records tant il y a de la radioactivité dans l'air. On est tous les deux plantés comme des neuneus sous la flotte avec un sourire idiot à se parler, tellement qu'on se serait cru dans *Quatre mariages et un enterrement*.

Je ne sais pas ce que je lui trouve soudain de plus qu'il n'avait pas avant. La probabilité qu'il ait arrêté d'être ennuyeux me paraît extrêmement faible... ou alors sinon (hypothèse plus plausible), je ressens une grosse bouffée positive au niveau du vécu de mon ego, délicieusement caressé dans le sens du poil de voir que ce garçon développe finalement une certaine énergie pour me revoir. J'ai oublié les SMS mollassons, les soirées où il se passe rien et les claquages de bises. Je ne me rappelle que de ce qui m'arrange.

Je décide d'en avoir définitivement le cœur net pour voir si Jean-Michel est capable de franchir l'étape claquage de bises. Et si, une fois cette étape franchie, la suivante sera intéressante. Si passée l'étape « intéressante », il deviendra subitement hilarant comme par magie. Si ce n'était pas le cas, est-ce que j'arriverais à m'en accommoder ? Énorme remise en question de ma part : Est-ce qu'un gars muni de certaines qualités indiscutables, mais démuni d'autres précédemment jugées essentielles peut quand même faire l'affaire ?

Et, plutôt que de rêvasser comme une gourde au coup de foudre, à l'alchimie et à toutes ces sortes de choses qui ont autant de probabilités de survenir que de trouver un plombier dispo quand on en a besoin, est-ce qu'un chouchounet à moitié parfait peut entraîner de ma part un glissement progressif vers quelque chose, qui, selon les bonnes conditions de température et de pression, pourrait s'apparenter à… rhââââ, oui, j'ose prononcer le mot… un sentiment ???? Je fais un véritable chemin de Compostelle intérieur.

Mais en même temps, que faire de Kamel ? Nous nous sommes gentiment installés dans un registre plan Q chaud bouillant, qui a certes ses avantages, mais également ses inconvénients : on se voit chez moi, je ne vais pas chez lui et en gros, on sort jamais. On ne se voit que pour forniquer. On parle aussi, et de choses très intéressantes et cultivées, mais bon. J'ai un peu la faiblesse de penser qu'un des intérêts d'avoir un homme sous la main, c'est de partager des trucs ensemble. Autres que des fluides, des pétards et des bouteilles de vin, s'entend. Les soirées avec ce charmant garçon sont plaisantes, mais Kamel est-il capable de dépasser le stade plan Q ? Même s'il reste systématiquement dormir à la maison, il ne me semble pas tout à fait apte à beaucoup plus. Je ne veux pas forcément beaucoup plus, d'ailleurs. J'ai passé l'âge de me reproduire, j'ai un beau petit appartement qui me convient très bien et que je n'ai pas forcément envie de partager avec quelqu'un, mes soirées avec les copines m'occupent pas mal, je suis une femme autonome et indépendante… Mais j'aimerais une relation dans laquelle, même si on reste chacun chez soi, on se voit régulièrement, et on fait des trucs sympas, on va au ciné, chez des amis, on se fait des petits restaus, des petites terrasses, on part en week-end ou en voyage ensemble… Et je n'ai pas l'impression que Kamel soit prêt à ça. Dans mon infinie sagesse, je décide donc de rompre, me disant que cette relation incroyablement torride ne mène à rien. Je décrète donc, dans un moment d'aberration mentale, qu'il vaut mieux que je me consacre à Jean-Michel.

Je propose donc à Jean-Michel d'aller « boire un verre » avec la ferme intention de ne pas limiter la soirée à la dégustation feutrée d'un petit Martini, mais de jouer les prolongations et de laisser mon sens de l'humour et mon mauvais esprit au placard. Genre, je fais ma fille tout bien comme il faut et on voit ce qui se passe, je dois en avoir le cœur net. Après avoir disputé une épreuve pénible, l'étape « intéressante » ne se révèle pas, mais alors, pas du tout, « intéressante ». La probabilité que Jean-Michel devienne soudainement hilarant et rock'n roll étant très faible, je ne suis pas dans la panade, tiens. J'avais fantasmé sur ses mains et résultat, il est laborieux et déceptif. Jean-Michel n'utilise rien avec pertinence, ni ses mains ni le reste.

Bonjour Caro, tu vas bien ?

Bien, et toi ? Je sors de réunion.
Ce matin, je me suis honteusement rendormie,
résultat : à la bourre, pas eu le temps de déjeuner…

Mais j'ai traversé tout ça le sourire aux lèvres grâce à toi...
Bises
Mais quelle hypocrite.

:-))) oui ç'a été un peu fou
et tu m'as surpris par ta générosité !
Bisou @+
WTF ? Ma générosité ? Pourquoi ?
Pour une malheureuse petite turlute des familles ?

:-))) aussi !
Mais quelle hypocrite.

J'ai adoré ton engagement,
je te pensais moins audacieuse :-))))
Mais il sort avec des planches
à repasser d'habitude ?

Ah ah ah, j'ai réussi à te surprendre ;-) tant mieux !
Tu m'étonnes, John.

Oui et tu m'as fatigué au sens positif du terme,
j'ai envie de dormir (ça ne m'arrive jamais !),
oui tu as été géniale !
OMG. Tout ce foin pour une pipe et un missionnaire.

Mais je vous retourne le compliment, très cher !!!
Mais quelle hypocrite bis.

Je persévère pourtant. D'aucuns diraient que je m'entête, voire que je m'embarque dans une entreprise qui s'apparente à un massage cardiaque sur un corps embaumé, mais bon... Coups de fil et SMS réguliers mollassons s'échangent donc toujours, j'en peux plus. Alors que j'attends de le revoir pour mettre les pieds dans le plat et débrancher le respirateur artificiel, il m'envoie le SMS : « Je ne suis pas très assidu auprès de toi en ce moment, je suis désolé, tu n'y es pour rien. Je ne me sens pas bien à l'approche de la cinquantaine, j'ai pas trop le moral, je ne sais pas ce qui m'arrive. » Mais va ramasser des coquillages à Fukushima !

En considérant toute l'énergie que j'ai déployée, je suis super énervée. Je ne réponds pas. Ça me paraît plus prudent, faute d'écrire quelque chose de vraiment pas gentil. Évidemment, Jean-Michel revient à la charge, *MAIS ENFIN BON SANG POURQUOI ?*, en s'étonnant de mon silence (sans déconner...). Comme je suis trop gentille comme fille, j'écris : « Je vois pas quoi te répondre. » Ben oui, qu'est-ce que je suis censée répondre à « j'ai pas envie de te voir pasque j'ai pas le moral » ?

Car, soit :

– il ne sait pas ce qu'il veut (et c'est pénible) ;

– il est dépressif (et c'est pas rigolo) ;

– il est bipolaire (et ça craint carrément) ;

– il trouve que finalement je ne l'intéresse pas (et c'est son droit) ;

– il a été enlevé par les extraterrestres à vingt ans et ils viennent seulement de le relâcher après lui avoir fait un lavage de cerveau, et il vient de se rendre compte à presque cinquante ans que ces trente dernières années lui ont échappé et ça lui colle un gros coup de mou. Ce qui serait légitime, mais peu plausible.

Me voici donc à nouveau disponible, et ma première pensée va vers Kamel. Mais je me dis non, c'est mal, on peut pas jouer comme ça avec les gens : je l'ai envoyé sur les bégonias, je me suis plantée, bon ben tant pis, faut assumer. Quand je pense que je l'ai largué pour ça.

La cruche.

Non, pire, la débile.

Parfois, tout de même, je force mon propre respect.

Bon, je n'ai plus qu'à m'absorber dans le travail pour penser à autre chose qu'à ces fiascos à répétition. Écrire un roman d'amour n'est pas tout à fait ce qui me serait venu à l'esprit en premier, mais je n'ai pas le choix. Il faut que je m'y attelle, je suis déjà en retard. J'ai du mal à m'y mettre, ne sachant pas par quel bout prendre le truc. Je vais à la *Librairie de Paris* pour voir un peu l'existant, ça me donnera peut-être l'inspiration.

– Bonjour, je cherche un roman, écrit à la première personne, plutôt rigolo et un peu olé olé.

– Qu'est-ce que vous entendez par olé olé ? Vous cherchez un bouquin de cul ?

– Oui, mais du cul pas trop cul, quoi.

– Mais du cul rigolo ? Là, je ne vois pas... J'ai bien les éditions de La Musardine, mais c'est du cul-cul.

– Attendez, La Musardine, c'est pas cucul !

– Mais vous cherchez un livre de cul pas trop cul ou un livre cucul ? Parce que si c'est cucul, c'est plus facile à trouver, on en a des tonnes.

– Non, non, je veux du cul pas trop cul, pas cucul et rigolo aussi si c'était possible.

– Ah. Tenez, j'ai ça ! C'est du cul un peu comme les téléfilms de M6 à vingt-trois heures quarante-cinq, voyez.

Sans jeter un œil vers nous, une dame d'un âge certain qui passe par là nous lance : « Vingt-trois heures cinquante ».

Bienbienbien.

– Ça, c'est pas mal, reprend le libraire, je dirais que c'est plutôt ce que vous cherchez. Mais je vous préviens, ce n'est pas Proust, hein.

– Ah non, ça ne va pas alors, je cherche quelque chose de relativement bien écrit.

– Mais je ne comprends pas votre demande, vous cherchez ce genre de bouquin pour quoi en fait ?

– Parce que je dois en écrire un et je veux voir l'existant !

– Vous devez écrire un bouquin de cul ?

– Mais noooon ! Un bouquin olé olé, mais rigolo. Et bien écrit, dans la mesure de mes possibilités.

– Mais c'est quoi votre style ? Pour que je me fasse une idée ?

– Mon style, ce serait plutôt de mettre « spurciloque » et « photo de bite » dans la même phrase, voyez.

J'ai dû dire ça un peu trop fort dans la *Librairie de Paris*, où on entendrait une mouche se gratter le nez, car dix personnes se tournent vers moi, un sourcil levé. Oups. En même temps, je suis trop contente d'avoir réussi à caser « spurciloque[1] » que j'attends de pouvoir placer dans une conversation depuis des années. Je repars avec un bouquin sous le bras, y vont voir c'qu'y vont voir.

1. Ordurier, homme qui tient des discours indécents.

Chapitre XI

C'est quand même le comble de me retrouver à écrire un roman d'amouuur alors que je suis la reine de la *lose* dans le domaine. Et si jamais il fait un carton ? Et que je suis interviewée et qu'on me demande où j'ai été chercher tout ça, hein ? Quelle est ma légitimité dans le domaine ? Pfff. Mais pourquoi j'ai démissionné ? Au moins en chiens et chats, j'ai une vague légitimité. L'avantage, c'est que je suis tellement en manque que je ne devrais pas avoir de mal à imaginer des scènes de sexe torrides. Je ne pense qu'à mon synopsis : en faisant la vaisselle, en prenant ma douche, en regardant la télé, je suis complètement obsédée. J'avais donné le plan Éditions Sulfureuses à mon pote Dom, qui écrit lui aussi. Comme il a également été retenu, on s'organise une petite aprèm de brainstorming. Ça sera nettement plus sympa de bosser à deux.

– Bon. Il faut une intrigue, deux personnages principaux qui s'aiment, qui ne s'aiment plus, et qui se re-aiment à la fin.

– Ça doit se passer aux States, et ils sont forcément jeunes et beaux. 'Tain, ça va être chaud, souffle Dom.

– Krkrk, c'est le but ! Tu as lu les exemples qu'ils ont envoyés ?

– Oui. « Comment peut-il être aussi coincé, chuchoté-je en direction de Cynthia... Ce n'est pas son visage qui t'intéresse le plus, me lance-t-elle. Tu as raison, son corps me suffira, ricané-je tout bas. Mais il me semble bien raide dans son costard..., ronchonné-je encore. » Tu crois qu'on doit faire pareil ?

– Oui, mais je pense que je vais avoir du mal avec les incises.

– Quel dommage ! me dis-je, personne ne te comprend-je commence Dom.

J'enchaîne avec un « Toutafé, râlé-je ! ».

– Tu mérites mieux, pensé-je !

– Merci beaucoup, répondé-je !

– Où la mets-je ? lui susurré-je.

– Le sucé-je, m'interrogé-je ?

– BOUHAHAHA ! Arrêêête, j'en peux plus !

On rigole comme des bossus avec ces conneries, mais on n'avance pas des masses. Dom remet un peu d'ordre dans tout ça.

– Allez, tu as pensé à quoi pour tes personnages, toi ?

– Euh, une fille qui est vétérinaire...

– Hahaha, tu vas pouvoir recycler tes histoires de clébards !

– Mais ouiiii ! Et ça se passe à Miami, j'y suis allée en 2002, ça me donne des bases.

– Moi je situe l'action à New York. Dans le milieu de l'art, comme ça je pourrai placer mes connaissances en art contemporain.

– Cool ! Et on dirait que mon héroïne, Charlotte, elle rencontrerait un beau mec…

– … qui a un chien…

– Ouiiiii ! Et ils commenceraient par se disputer comme dans les films de Frank Capra…

– Ouais ! Et la mienne elle aurait une galerie…

– Claaasse ! Et elle serait orpheline !

À la fin de la journée, j'ai un bon pitch de départ : « Charlotte craque pour Austin, un chef d'entreprise flamboyant. Mais elle découvre qu'il veut construire un hôtel sur les lieux de son enfance. Il veut mener ce projet à bien à cause de son mentor, l'homme qui lui a légué sa fortune et l'a lancé dans les affaires. Charlotte découvre que celui-ci, Douglas Parker, n'est autre que son propre père, Alberto Giannini, qui avait disparu en les abandonnant, elle et sa mère, les laissant sans le sou. Austin ignore tout de cela, Douglas Parker ayant bénéficié du programme de protection des témoins et ayant refait sa vie. Charlotte est tiraillée entre son amour pour Austin et ses doutes : peut-elle lui faire confiance alors qu'il a été si proche de son mafieux et malhonnête de père ? Est-il lui aussi membre de la mafia ? Que cache son projet d'hôtel ? » Je me donne du mal pour les préliminaires : « Le bout de nos doigts se touche. Il maintient une seconde de trop le contact pour qu'il soit fortuit. La pulpe de son index caresse brièvement le côté de mes doigts. Ce contact m'électrise. Je le regarde, surprise par cette sensation que je ne pensais plus éprouver. Il s'ébroue en se raclant la gorge, visiblement aussi troublé que moi par cet échange à haute tension. » J'envoie le synopsis, le découpage et la présentation des personnages. Hop, ça, c'est fait.

Quête du Graal, J + 1 an et 4 mois

Matteo me contacte en me faisant un compliment sur mes yeux (c'est bête, hein, ça marche toujours les grands classiques). Je lui retourne le compliment, même si sa photo montre un beau gosse en super gros plan, difficile de se rendre compte : elle est cadrée tellement serrée qu'il aurait pu avoir les oreilles de Dumbo et un cou rafistolé façon Frankenstein, je n'aurais pas vu. En plus, elle semble dater du temps jadis, en noir et blanc, genre il avait trente ans en 1912. Je regarde sa fiche, qui dit qu'il est célibataire, qu'il vit en Italie, et que, entre autres, dans un j'aime/j'aime pas, il « aime les femmes qui sont sensuelles sans être nécessairement des top models ». Comme qui dirait, ça tombe bien.

Vous habitez où en Italie ?

J'habite a Milan,
vous etes jamais etè ?
J'ai vu que vous ete journaliste.
Dans quelle domaine ?

Ah non, je ne connais pas Milan…
Je travaille dans l'édition.
C'est assez sympa, car c'est très varié comme boulot !
Et vous, vous travaillez dans quel domaine ?
Vous venez souvent en France ?
Ça doit être sympa de travailler comme ça, à cheval sur deux pays !

Votre boulot doit etre tres sympa.
Moi je suis export manager dans le domaine de la mode.
Je serai a Paris la prochaine semaine pour la fashion week.
Si vous avez envie nous pouvons se rencontrer pour un cafè

Ah oui, très volontiers…

Quand je pense que j'ai envoyé sur les roses un type qui habitait Rennes et un autre Troyes sous prétexte que c'était trop loin, là, bizarrement, Milan, pas de problème. On se demande pourquoi.

Je m'installe dans la brasserie, et au bout de cinq minutes, Matteo arrive. Je beugue. J'ai une impression bizarre, le sentiment que mon cerveau a été cryogénisé. Erreur système, il faut tout rebooter, j'ai les touches qui s'enfoncent plus.

Matteo est encore plus beau en vrai que sur sa photo. Parce qu'il n'a plus trente ans, il a la cinquantaine, du charme à ne plus savoir qu'en faire, de belles rides, des petites pattes poivre et sel trop stylées et des fringues je-sais-bien-me-saper-sans-en-faire-des-tonnes et il déboule avec un sourire jusqu'aux oreilles. Là, je me dis, ce n'est pas possible, il est trop parfait, on me fait une blague. Mais non. Il s'assied effectivement en face de moi et il me parle. Enfin, je vois qu'il me parle, puisque ses lèvres superbement ourlées et charnues bougent, mais comme j'ai beugué, je pige que couic à ce qu'il me dit.

Je finis par récupérer mon cerveau et on parle, de choses et d'autres. Je suis une caricature ambulante de séduction :

– Je souris comme une tarée.

– Je fais virevolter mes mains aux ongles superbement manucurés (vernis Long Lasting de Hema réf. 860).

– Je raconte des choses passionnantes (forcément).

– Je ris d'un rire de gorge en mettant ma main sur mon décolleté dès qu'il dit un truc.

– Je l'écoute l'air captivé, le menton posé sur ma main pour cacher mon double menton.

– Je caresse mon cou d'un air pensif et sensuel.

– Je bouge mes cheveux.

Bon, pas tout ensemble, sinon j'aurais l'air d'une folle furieuse, mais la totale.

Je suis tellement sous le charme que, quand il commande un déca, je fais pareil. Je crois bien que c'est la première fois de ma vie que je vais à un rendez-vous à l'heure de l'apéro et que je ne bois pas un petit verre de blanc. Un truc de dingue. On papote pendant une heure, puis il me dit qu'il a un dîner professionnel, mais qu'il aimerait bien qu'on marche un peu avant de se quitter. *Ma certo Matteo*, je peux te suivre au bout du monde. Du coup, comme son rendez-vous est à l'Étoile, je lui propose de partir dans cette direction, histoire qu'il reprenne le métro sur la bonne ligne.

Nous voilà donc partis à marcher sous la pluie, de nuit. Et comme une idiote j'ai mis mes chaussures de rencard qui me font mal aux pieds.

On discute encore de choses et d'autres, je lui parle de mes talents de cuisinière (on ne sait jamais, ça ne peut pas nuire au projet de livrer cette info). Il me répond avec son charmant petit accent italien :

– Ah, mé si vous couisinez si bien, il faudra qué vous mé fassiez goûter votre cuisine la prochéné fois qué jé viendrai à Pariggi. É jé pourrai vous méttré oune notté, comme dans *MasterChef*.

Ma, certo. Viens goûter à ma cuisine, cher Matteo, et mets-moi ta petite note, je t'en prie... fais donc.

– Ah oui, pourquoi pas, avec plaisir...

Ce choupinou me regarde avec ses grands yeux en me demandant :

– Ah ? Ma parcé qué vous avez envie dé mé révoirrr ?

Avec la délicatesse, la subtilité et l'élégance qui me caractérisent, je lui réponds :

– Écoutez, ça fait une heure qu'on marche sous la pluie, si je n'avais pas eu envie de vous revoir, je ne serais plus là depuis un bout de temps.

À force de déambuler comme ça, nous voilà arrivés à Étoile. Là, devant l'Arc de triomphe illuminé, Matteo me prend la main, me regarde dans le blanc des yeux et me dit : Ma, et si j'arrivé à mé libérrré démain, est-ce qué vous m'inviterrriez à goûter votre couisine ?

Je ne dis pas non.

Et là, CRAC, il m'embrasse.

Chouette. Comme qui dirait il y a du projet dans l'air.

Ce matin, je suis un petit peu redescendue d'un cran (voire de deux ou trois). Mon esprit critique mouline à fond, et je passe la journée à courir dans tous les sens comme une canette décérébrée pour ranger, faire le ménage, faire les courses et préparer la bouffe, tout en me disant t'es trop con, t'aurais dû refuser et proposer un restau, moins connoté… Et si ça se trouve c'est un psychopathe, il va venir chez toi alors que tu ne connais pas son nom, tu ne sais rien de lui, sauf qu'il vient d'Italie, s'il te trucide sauvagement, qu'il te dévore le cœur et met tes restes dans des sacs poubelles éparpillés dans une décharge, personne ne le saura, tes parents désespérés dépenseront tout leur argent pour payer les services d'un détective privé qui le retrouvera grâce à un geek qui ressortira son adresse IP, mais il finira empalé dans un terrain vague milanais et ils (mes parents) n'auront plus de sous pour aller en maison de retraite et ils mourront pauvres et anéantis de chagrin, dans un hospice... Euh, bref.

Ça s'arrange un peu quand je reçois ce message : « Je te confirme que ce soir je suis libre, je serai tout pour toi si tu me veux toujours. » *Môôô trop choupinou.*

Mais je repars quand même un petit coup : c'est un mythomane, il raconte des carabistouilles pour parvenir à ses fins, il va me ligoter et me dévaliser et partir avec tout ce que j'ai de précieux.

Ou alors c'est un pervers qui va en profiter pour me faire subir les pires zoutrages avec des ustensiles de cuisine. En fait, toute cette histoire culinaire, c'était pour tâter le terrain, et comme ça il est sûr que j'ai un batteur à œufs, un rouleau à pâtisserie, une mandoline et même un économe, brrrrrr.

Ou alors c'est juste un baltringue de plus qui veut tirer un petit coup vite fait bien fait pendant qu'il est à Paris pour le boulot et qui va se comporter comme un gougnafier. Autant dire que quand il arrive, je ne suis plus vraiment chaude bouillante.

Cette première nuit avec Matteo est un des plus beaux moments d'humanité que j'aie jamais vécu. Je ressens une intensité du moment présent, une sensation d'être dans une bulle. Car nous parlons de nous, et nous avons un échange grave, intense, chargé d'émotion. Il me demande si j'ai un tatouage. Je lui réponds en souriant :

– Je pense que si j'en avais un, tu l'aurais vu depuis le temps que je suis nue devant toi. Mais je vois que toi, tu en as un ?

Je lui touche l'intérieur du poignet, où il y a écrit « Milo ».

– Oui, c'est le nom de mon fils. Il est mort.

– Je...

– Il est mort il y a quatre ans, mais c'est toujours, toujours dans ma tête.

– Je suis tellement désolée...

– Ç'a été un cauchemar pendant des mois, des années. Je suis resté chez mes parents. J'ai beaucoup bu. C'est pour ça que je ne bois plus maintenant.

– ...

– Pendant l'amour, c'est le seul moment où je n'y pense pas.

– D'accord.

– Je sais que je ne devrais pas te le dire, mais c'est la vérité.

– Ce n'est pas grave, Matteo.

Je lui réponds en lui caressant doucement les cheveux. Mon cœur se fendille en tout petits morceaux et je me dis que cet homme mérite de se reposer un peu.

Quand il part, Matteo promet qu'on se reverra vite, dès qu'il revient à Paris. Je ne suis pas née de la dernière averse : ce genre de promesse, bah je sais la valeur qu'elle peut avoir, surtout quand on habite à des centaines de kilomètres l'un de l'autre et que, selon toute vraisemblance, un des deux membres impliqués dans l'histoire est marié… Quand je lui dis qu'il me manque, il m'écrit : « Pour nous, le temps passe très vite, ne t'inquiète pas et l'attente peut être intéressante. Cette semaine je suis à Istanbul. Ce soir, la lune est pleine sur la mer de Marmara. » Je l'imagine sur un balcon de pierre, accoudé à la balustrade, regardant la lune se lever sur la mer, en pensant à moi… Aaahhh…

Quête du Graal, J + 1 an, 6 mois et 10 jours

Même si j'ai eu un coup de cœur pour Matteo, on n'est pas de bois… Je continue donc à grenouiller sur les sites. Par un beau jour d'août, je reçois ce message : « Bonsoir, j'ai aimé votre profil, vos mots simples, limpides, votre humour aussi. Je vous trouve très séduisante. J'aurais plaisir à échanger avec vous et mieux vous connaître. À bientôt j'espère… »

On est d'accord que le message est plutôt chic. Mon ego frétille d'aise et le fantôme de maître Capello peut arborer un sourire béat, pour une fois. Je me précipite donc sur la fiche de monsieur, qui se déclare séparé, avec une annonce un peu « J'me la pète », mais cohérente, bien que sans photo. S'ensuit un échange de mails délicats, qui amène une proposition de rencontre ce soir. Je n'ai toujours pas vu la bobine de monsieur, ça fera la surprise. Il propose de nous rencontrer dans son quartier : je trouve ça un peu moyen de me faire traverser tout Paris, mais si on commençait à se formaliser sur ce genre de détail, les rendez-vous seraient rares… Je me dis, allez, j'y vais, pô grâv, on verra bien. Il me propose un café à deux pas du Champ-de-Mars et de l'École Militaire, autant dire dans le gratin du haut du panier du beau quartier où tu t'essuies les pieds pour ne pas tacher quand tu descends de ton bus qui arrive de chez les pauvres.

Je me pointe à la terrasse que je scanne : il y a deux hommes tout seuls, je les regarde sous le nez, mais ils ne font pas mine de me calculer, j'en conclus qu'il n'est pas encore arrivé. Je m'installe donc, et je demande à la serveuse un verre de vin blanc. Je sirote gentiment mon verre quand arrive un type tout droit sorti de l'université d'été des Républicains (ou de *La Boum*) : coupe de cheveux très stricte, chemise blanche, pantalon beigeasse (dans ce cas-là, on est au-delà du beige), pull noué sur les épaules et, bien évidemment, les mocassins bateau. J'encaisse le choc visuel (manière, la probabilité qu'un type qui habite École-Militaire ait une dégaine de *bad boy* était assez faible). Je respire un grand coup, parce que quand même, d'accord il a un look tout bof, mais il n'est pas mal du tout. Je reste donc sereine.

Je suis quelque peu surprise qu'il me fasse quitter la terrasse pour aller s'installer à l'intérieur, et je me dis que môssieur doit avoir peur d'être vu en compagnie dans son quartier… Pas un bon point pour lui, ça. Ensuite, je tombe littéralement de ma chaise quand il commande… une menthe à l'eau. Bravo, j'ai un baquet de vin blanc à la main (qui doit contenir au moins un quart de litre), mais j'assume. S'ensuit une conversation relativement sympathique, bien qu'un peu mollassonne. Monsieur n'a pas l'air très motivé. Moi il me plaît bien, tout en trouvant qu'il a un peu l'air du gars qui rigole quand il se brûle. Mais comme il dit qu'il adore les films de Sacha Baron Cohen, je me dis que c'est étrange, mais bon signe.

Lorsque, tout à trac, monsieur me lance :

– Bon, je règle, on y va ?

OK, me dis-je, *c'est mort*, il donne le signal du départ, tant pis, je vais reprendre mon bus. Nous sortons du café et, tout en marchant par terre sur son trottoir immaculé, il annonce :

– Voyez, j'habite juste là.

Il se dirige vers le porche. Je fais ma naïve :

– Ah ? Et c'est quoi le programme ?

Monsieur s'arrête net, tel un épagneul breton devant une bécasse.

– Comment ça, c'est quoi le programme ?

– Oui, que faisons-nous ? On se dit au revoir ? On va grignoter un morceau ? Jolie métaphore pour dire on continue à faire un minimum connaissance avant de baiser si ça ne vous dérange pas trop.

– Ah mais, j'ai déjà dîné, moi, à cette heure-là.

Ah ouaaaiiis, quaaand mêêême... Vous auriez dû me prévenir. *Ben oui, chuis bête, on se maile à dix-neuf heures trente pour un rencard à vingt et une heures à l'autre bout de Paris, j'aurais dû préciser que je n'avais pas eu le temps de manger...*

– Ah. Vous vous doutez bien que je n'ai pas eu le temps de manger, vu le timing de cette soirée... Donc, qu'est-ce qu'on fait ?

J'avais bien l'intention d'imposer un minimum de tenue à la suite des événements. De plus, dans certains cas, un petit côté « on se saute dessus direct » peut être intéressant, mais « faut qu'c'est bien m'né ». Et là, clairement, c'est pas bien m'né.

– Ah, mais moi, je n'ai plus du tout envie de sortir à cette heure-ci.

YEAH ! Wock'n woll!!!

– Vous proposez quoi ?

– Si vous voulez, j'ai un Kinder Bueno à la maison.

OH, MON DIEU, JO-WILFRIED, SORS DE CE CORPS !!!

– J'ai aussi des Petits Cœurs et du Coca.

– Certes, mais je n'ai plus six ans.

– Ah. Bon. Ben, qu'est-ce qu'on fait ?

– Écoutez, la situation me semble quelque peu bloquée, là. Je propose donc que je reprenne mon bus dans l'autre sens.

– Ah ben, oui, mais moi, j'avais envie de faire un câlin ce soir.

SANS DÉCONNER ? Mon petit lapin, réalises-tu que tu es en train de creuser la tombe dans laquelle tu vas dormir bien seul cette nuit, hum ?

– Oui, je pense que j'avais compris, mais vous êtes conscient que c'est un petit peu cavalier ce que vous proposez, là ?

Incroyable, c'est à cet empaffé qui habite chez les bourges, avec son pull à la con sur les épaules, qu'il faut que j'apprenne les bonnes manières ?

– Ah bon ? vous avez ce genre de scrupules ?

Merci, c'est élégant, vas-y, traite-moi de pute pendant que tu y es.

– Bien, j'y vais.

– Je vous accompagne à l'arrêt du bus. Vous remarquerez que je ne vous force pas.

HEIN ? QUOI ? NAN, MAIS Y MANQUERAIT PLUS QUE ÇA, TÊTE DE CON !!!

– ...

– Votre bus se fait attendre. Je crois que vous allez finalement quand même être obligée de venir chez moi.

– Je ne pense pas, non.

Mais va promener ton chien sur l'autoroute !

Malgré l'incroyable goujaterie du dialogue, nous sommes restés très 15e arrondissement jusqu'au bout, en nous vouvoyant comme des êtres civilisés.

À peine dans le bus, je téléphone à Véro en urgence, histoire de débriefer à chaud. Je me fais bien un peu regarder de travers à lancer des « 'Pafféé »,

« 'Foirééé » et autres « 'Naaard », mais je n'en ai plus rien à cirer de rien. Arrivée à la maison, je me mets en pyjama, j'attrape la chatte, je récupère des vivres de secours dans le congélo (glace menthe-chocolat) et vide quelques verres de rouge pour faire passer. Je pleure de rage. Le pire, c'est que je suis en rage contre moi, et pas contre lui. Si ce crétin de bourge est un gros naze malpoli dans son pull bleu lavande, c'est son problème. Mais que j'aie été assez mollassonne pour ne pas lui dire ses quatre vérités et assez stupide pour accepter un rendez-vous au débotté, à l'autre bout de Paris, de changer de place pour quitter la terrasse, et pour finir le suivre sur le trottoir me met en rogne comme pas permis. Ça y est ? Je suis une presque quinquagénaire tellement désespérée à l'idée de ne pas trouver son Graal qu'elle est prête à accepter n'importe quoi, pourvu que le premier débile venu lui accorde une heure d'attention ? C'est ça l'idée ? Et en fait, il s'y serait un tout petit peu mieux pris, je serais montée chez lui, c'est ça ? Et il aurait pavoisé intérieurement devant sa victoire à peu de frais ? Il aurait arboré un petit sourire satisfait à la perspective d'un bon coup, sachant que les femmes les plus désespérées sont les plus généreuses sexuellement ? Et donc, dans le long naufrage qui m'attend, ça va être une longue descente aux enfers, pavée de mecs Kinder Bueno de plus en plus convaincus que je suis tellement en demande que je vais accepter n'importe quoi ? C'est ça qui m'attend ?

Quête du Graal, J + 1 an, 6 mois et 20 jours

Je suis au bureau. C'est un jour où je n'aurais pas dû travailler, mais ma conscience professionnelle hors du commun m'avait tirée de mon lit ce matin-là.

Le Nifoune sonne : numéro inconnu. Oh, c'est encore SFR qui me harcèle pour me fourguer des trucs que je ne comprends pas, je ne réponds pas. Et ça re-sonne. Et ça re-re-sonne : ils ne vont pas me lâcher, je les envoie bouler, je vous jure que ça ne va pas traîner nom de d'là. Et qu'est-ce que j'entends pas au bout du fil (qu'il n'y a clairement plus sur un Nifoune) ? Le charmant petit accent italien de mon Matteo. Qui me dit qu'il est à Paris pour la journée et me demande si je peux me libérer pour le retrouver chez moi. Il est onze heures trente. OK. D'accord. Bien. Faut d'abord que je ferme la bouche. Et les yeux aussi, tiens. Et est-ce que je peux rebooter ? Non. Je n'y arrive pas. Je suis au bureau et je regarde les papiers devant moi et le mur avec les plannings accrochés et les dossiers tout ça, et j'entends Matteo qui me parle et je n'arrive pas à faire que mon cerveau soit à la fois ici et en train de l'écouter. Je lui dis, je ne peux pas me libérer, je suis au boulot, là. Je pourrai, plus tard dans la journée, mais pas maintenant. Il me répond, tant pis, je reprends mon avion en fin d'après-midi.

MonDieuSeigneurJésusMarieJoseph, je vais tous mourir.

On échange encore quelques mots et je raccroche. Et je reste bloquée. Mon cerveau reboote que dalle.

Catherine entre dans le bureau et je lui jette un regard paniqué. D'un coup d'un seul, les larmes sortent, comme ça, genre bière pression au Hellfest. Ça dégouline, peux plus m'arrêter. J'expose la situation, et elle me dit :

– Mais t'es dingue ou quoi ? T'étais pas obligée de venir aujourd'hui, t'es pas obligée de rester ! Tu prends tes affaires, tu t'en vas immédiatement, et tu vas faire l'amour avec ton bel Italien ! Bon sang, j'aurais un coup de fil pareil, j'te jure que je ne serais déjà plus là !

– Beuh oui, mais quand même, là, quand même, quoi. Ça fait VRAIMENT plan Q de base. Le gars, il me sonne au dernier moment et tout, quoi. Puis chuis pas in ze moude for love, là.

– 'taiiin, appelle-le !

– Je peux pas, il m'a pas donné son numéro.

– QUOI ???

– Il ne m'a jamais donné son numéro, il m'appelle en numéro inconnu, parce que c'est un téléphone de boulot. Je sais, ça craint. Je suis tout à fait consciente que ça sent son mec marié à des kilomètres. Mais vu qu'il habite à Milan, moi à Paris et que, *a priori*, sauf trou de la quatrième dimension, les probabilités que ça aille plus loin sont quand même assez faibles, ce n'est pas la peine de se cuire la rate pour si peu.

Toujours est-il qu'après avoir tenu un débat houleux entre ma raison, ma fanfouette et mon cœur, j'envoie un mail à Matteo : « Je n'ai pas pensé que je pouvais te retrouver quelque part pour déjeuner ou boire un café… Appelle-moi si tu as ce message ! » Ce qui me permet de garder un tout petit peu de dignité… Matteo me répond une demi-heure plus tard : « J'ai changé de vol, du coup. Je suis en route vers l'aéroport. » Là, je m'en veux à mort. En fait, non. Dire que je m'en veux à mort, ce serait comme si j'avais eu la perspective d'un joli petit plan Q qui se serait envolée. Mais c'est pas ça. Ça me coupe le souffle, ça me fait un trou dans le ventre et je tombe à genoux. Voilà ce que ça me fait. Une grosse main pénètre dans ma poitrine et m'arrache le cœur. Lentement, en laissant bien tous les petits vaisseaux se déchirer un par un.

Je n'arrête quasiment plus de pleurer. Je me ridiculise complètement au bureau, dès que quelqu'un m'adresse la parole, allez hop, c'est reparti mon kiki. Là, on est plus au niveau bière pression du Hellfest, je pense qu'on est passé à l'Oktoberfest de Munich. Moi qui ai la réputation d'une rigolote enjouée, forcément, le moindre collègue qui me croise dans un couloir avec des yeux de lapin russe me demande ce qu'il se passe. Et vu que dès qu'on me parle, ça repart, c'est la fête du Kleenex. Je rentre me rouler en boule sur mon canapé avec un verre de vin (j'ai même pas eu le courage d'aller acheter des After Eight), sous le plaid, avec Pupuce en guise de doudou. Je n'appelle personne, je débriefe que dalle, je décide juste qu'il faut que je pleure tout ce que j'ai à pleurer.

Aujourd'hui, j'ai travaillé, j'ai acheté des croquettes, j'ai dîné chez Tonton Pétard, la journée passe en apnée... Puis, comme toujours, je reprends mon souffle, je me relève doucement et l'espace laissé vacant est peu à peu rempli par les amies, les soucis divers et variés, le boulot, bref, les trucs et les machins de la vie.

Matteo m'écrit : « J'aurais dû te prévenir, mais comme je n'étais pas sûr de me libérer, je ne voulais pas te décevoir comme l'autre fois », et j'ai trouvé ça super choupinou. Puis, il me demande si je suis à Paris mercredi. Il revient sans (évidemment) être sûr de pouvoir se libérer. Cette fois, ça lui paraît pertinent de prévenir à l'avance, quoi qu'il en soit.

C'est marrant, sur le moment, je ne fais pas des bonds partout, je ne me mets pas en surchauffe, rien. Je suis simplement envahie d'une sorte de calme certitude. Pas inquiète pour deux sous, quoi. Mais juste avant qu'il arrive, je commence à partir en sucette : je ne l'ai pas vu depuis trois mois, il envoie un mail « J'arrive chez toi dans une demi-heure » et moi, je ne réfléchis pas, j'accours comme une gourde. Et si ça se trouve je suis son plan Q parisien, et il en a un dans chaque ville, et il se tape de la Stambouliote en veux-tu en voilà, et l'histoire de son fils c'est un bobard, c'est un séducteur comme les autres, qu'est-ce que je peux être naïve ! Alors que je suis en train de me griffer les cheveux, je sors sur le balcon pour me calmer et aussi pour le guetter (malgré tout).

Je le vois. Il s'arrête en bas de l'immeuble, il se recoiffe, brosse sa veste de costume et lisse sa chemise avant de faire le code. J'exulte. Parce que ces tout petits gestes, ce sont peut-être des détails, mais ils veulent dire beaucoup. D'un seul coup, d'un seul, je sais pourquoi il est là et pourquoi moi je suis là. Je sais que ce n'est pas (ou plus) un plan Q. Je suis derrière la porte quand je l'entends monter les escaliers puis sonner. J'ouvre sur son sourire et je souris et je dis « enfin » et on s'embrasse.

Pendant quelques heures, l'existence nous accorde un peu de répit.

Ce sera la dernière fois. Je sais que ça va être douloureux, parce que j'ai eu le coup de cœur pour Matteo, mais qu'attendre d'une relation comme celle-là ? Le deuil en moins, on dirait un copié-collé de l'histoire avec Jean-René. Sauf que je n'ai plus vingt ans et, même si je garde à peu près le moral, je ne suis pas complètement aveugle : le temps passe et on ne peut pas dire que la gravité soit dans mon camp. Si je veux garder espoir de trouver un Graal avec lequel partager de beaux moments sans déambulateur, il vaut mieux que je ne m'embarque pas dans une histoire vouée à l'échec et que je garde mon énergie pour accomplir ma Quête.

Chapitre XII

Quête du Graal, J + 1 an, 7 mois et 25 jours

Je n'en peux plus. Je ne supporte plus les messages pourris, surtout que je viens d'en recevoir trois bien gratinés sur mon âge. « j aimerais bien voir ton fizike... ya de tres belle femme a ton age... sa ces sur ! prend moi une foto... juste fizike j aimerer bien voir ton corps. o pire sans la tete !!! je suis franchement exciter... lol ». Ah ben oui, lol. Turbo lol, même. « L'âge, ça veut rien dire. Regarde, y a bien des yaourts qu'on peut consommer après la date de péremption. » Et pour finir, le ouineur : « Je kiffe les grosses cougar blondes aux gros seins comme toi. Parce que quand j'arrive dans une soirée avec un bout de barbaque comme ça au bras, les autres mecs me regardent avec envie. » Mais quelle horreur ! Je suis excédée par les hommes, je ne veux pas être comme ça. Je ne veux pas devenir comme ces femmes qui cassent tout le temps du sucre sur le dos des hommes en disant qu'ils sont tous volages, menteurs, obsédés, que sais-je encore. Il n'y a absolument aucune raison pour qu'il n'y ait pas la même proportion de mecs bien et de baltringues sur les sites de rencontres que dans la vraie vie. Mais où sont les mecs bien ? On ne peut pas dire que j'en aie eu des pelletées jusqu'à présent. Si je fais le bilan de mon inscription, en un an et six mois, j'ai reçu quinze mille visites sur mes profils, mille cinq cents messages complètement ineptes, grossiers, vulgaires, des propositions malhonnêtes et autres, cent cinquante messages vaguement cohérents et une quinzaine de rencontres en comptant les verres expédiés en une demi-heure pour cause d'incompatibilité majeure et définitive. On est donc sur du un pour cent de rendement. C'est pas pour dire, mais y a pas de quoi se relever la nuit. Grâce à mon optimisme en béton armé et à la présence bienveillante de mes amies, je ne me remets heureusement pas complètement en question pour autant. Mais c'est quand même un coup à avoir des doutes sur son potentiel de séduction. Contre toute attente, compte tenu de mon âge et de mon physique, moi j'aurais plutôt des doutes sur ma capacité à me récolter des messages et des contacts tout moisis. Quand je demande aux filles qui sont inscrites sur les sites, elles me disent qu'elles n'en ont pas ou peu. Alors ? Elles racontent des carabistouilles ? Ou je suis la reine de la *lose* ? Ou un petit mélange des deux ?

Pendant ce temps-là, j'ai terminé de relater l'idylle passionnée entre Charlotte Hootkins et Austin Reardon, ivres de désir l'un pour l'autre sur la côte enchanteresse de Floride, au milieu des palmiers, des ouragans, des marais, des alligators, toussa toussa. L'éditrice a l'air emballé, ça me rassure, moi je me demande bien ce que va donner cette première expérience dans le roman olé olé vu que mes dernières expériences de olé olé ne sont pas vraiment pertinentes dans le registre amour fou.

Quête du Graal, J + 1 an, 7 mois et 30 jours

Même si je n'ai pas grand moral après le dernier rendez-vous avec Matteo, je ne suis pas insensible au dernier message que je reçois : « Chère Caroline, je vous trouve charmante... Pour faire connaissance, que diriez-vous de déguster une crème Chantilly ce samedi, au Hameau du parc du Château de Chantilly ? Pour ce faire, vous prendriez un train à Gare du Nord à 14 h 19 et nous nous retrouverions à 14 h 42 en gare de Chantilly. Montez plutôt à l'arrière du train et prenez l'escalier à l'arrière du quai. Sortez direction Chantilly. Je vous attendrai en haut de l'escalier. »

J'en reste baba. Dans mon cerveau de femme conditionnée par des siècles de bourrage de crâne s'allume la petite ampoule « J'aime les hommes qui prennent les choses en main ». Emballée par cette proposition on ne peut plus honnête (outre la prise en main, la chantilly miroite déjà dans le lointain, miam), je réponds par l'affirmative à cet homme à poigne, tout en l'intronisant instantanément champion du monde de l'organisation de rendez-vous. Je le trouve hyper efficace et en même temps super romantique. Le coup de la chantilly à Chantilly, le salon de thé, le parc, les crinolines, tout ça, quoi… C'est vrai que s'il avait écrit « Que diriez-vous de déguster un verre de vin ce samedi, à la brasserie en face de la gare de l'Est. Pour ce faire, vous prendriez un bus à 14 h 19 et nous nous retrouverions à 14 h 42 en face de la gare. Je vous attendrai vers la sortie de l'escalier du métro », j'y serais pas allée, le considérant comme un *control freak* à deux doigts de se transformer en psychopathe qui veut se fabriquer une chemise de nuit avec ma peau.

Je prends donc le train en gare du Nord à l'heure convenue. Je suis munie d'une gueule de bois de tous les diables, puisque la veille, j'ai descendu un certain nombre de verres de chardonnay avec Corinne et Béa en leur racontant l'histoire avec Matteo, je suis rentrée chez moi à quatre heures du matin.

Monsieur m'attend sur le parking, très grand, très baraqué avec l'air timide… ou bizarre… ou gêné… ou les trois. Nous voilà partis pour le château, tentant de converser de façon décontractée, alors que nous partageons l'exiguïté de l'habitacle. Monsieur lance la conversation sur le livre *Comment chier dans les bois*. Comment on en est arrivés là ? Mystère. Comme sujet de conversation pour un début de premier rendez-vous, ça se place là ! Château atteint, voiture garée, billets achetés, nous déambulons dans les allées du parc. L'idée que je marche dans les bois, toute seule avec un inconnu (y a pas un pékin à la ronde), qui pourrait me faire subir les derniers zoutrages, m'effleure, mais je la repousse. C'est marrant, c'est le genre de choses auxquelles je pense toujours dans la nature (qui n'est clairement pas mon élément) et jamais dans les quartiers déserts de Paris. Ce doit être le côté « la nature et sa force qui nous submergent », machin tout ça, je n'ai pas l'habitude. En même temps, le gars, il m'a contactée par Meetic, il est donc facile à retrouver. D'un autre côté, ça me ferait une belle jambe si les Experts remontaient jusqu'à lui grâce à mon disque dur, alors que je serais enterrée dans la forêt. Mais bon…

Tout en marchant, nous commençons à échanger les informations de base selon l'usage. À sa question sur mon domaine d'activité professionnelle, sa réponse « Ah bon, vous étiez journaliste en chiens ? Ah ouais, bof, les chiens, aucun intérêt » me laisse entrevoir un niveau d'ouverture aux autres et d'empathie peu commun. À ma question sur ce qu'il fait, il me répond qu'il consacre tout son temps libre au vélo. Comme je suis une fille polie, je fais semblant de m'intéresser. Vraisemblablement pas assez, puisque Raymond Poulidor me demande soudain :

– Mais vous ne m'avez pas demandé combien j'en ai !

Hein ? Combien il en a ? De quoi ? euh... ça ne doit pas être ce qui me vient à l'esprit, ce n'est pas possible...

– De quoi ?

– Ben, de vélos !

– Ah bon ? Parce qu'on peut en avoir plusieurs ?

Au moment où cette phrase sort de ma bouche, je réalise que je suis tombée dans un vide abyssal dans l'estime de Raymond. En même temps, comme il enchaîne sur la description minutieuse de ses SIX vélos, l'espoir que nous ayons de nombreux points communs s'envole doucement. Je fais semblant de m'intéresser à la question, y compris à la description de ses DEUX vélos couchés, tout en continuant à arpenter les allées du château.

Je devrais écourter, ce n'est pas possible ce rendez-vous pourri. Sauf que je suis en plein milieu de ce putain de parc, sans moyen de transport pour retourner à la gare. Je devrais lancer : « Je pense que nous n'avons pas beaucoup de points communs. Il vaudrait peut-être mieux écourter ce rendez-vous. Pensez-vous pouvoir me déposer à la gare... Sinon j'appelle un taxi ? » Mais je me dégonfle. Envoyer bouler un gars bizarre au fond des bois, pas bon. S'en rappeler pour la prochaine fois.

D'un seul coup, Raymond Poulidor est saisi d'une inspiration.

– Vous savez qu'il y a une ferme de kangourous ici ? Il paraît qu'ils ont reçu un albinos, ça vous dit d'aller le voir ?

Dans le genre improbable, fallait la faire, celle-là.

– Oui, avec plaisir…

Nous allons donc voir les kangourous. Ils sont vautrés comme des grosses feignasses dans l'herbe. Ils ne font même pas de petits bonds partout. Quel est l'intérêt d'un kangourou s'il ne fait pas des petits bonds partout, hum ? En plus, je ne vois pas la queue d'un albinos, bien que j'aie fait tout le tour de l'enclos, méthodiquement. Ce qui fait piaffer Raymond d'impatience… Visiblement, les kangourous l'intéressent autant que les chiens. L'avait qu'à pas proposer d'y aller.

Nous arrivons au fameux salon de thé chantillesque. Raymond énonce :

– Ici, il y a une spécialité qu'il FAUT que vous preniez, c'est le jus de rhubarbe.

– Moui…

Réponse très très molle, qui devrait laisser comprendre, même à un cycliste, que ça ne m'enthousiasme pas. Mais non, Raymond Poulidor insiste.

– Rhâlàlà, moi j'adore le jus de rhubarbe ! Vous saviez qu'en diminuant le taux de mauvais cholestérol dans le sang, la rhubarbe limite également le risque de maladies cardiovasculaires ? C'est un excellent antioxydant !

Rien qu'à entendre le mot « rhubarbe », j'ai les dents qui grincent, les papilles qui s'ébrouent, la glotte qui se rétracte et les intérieurs qui pleurent misère. De toute façon, ce n'est pas compliqué : en règle générale, je bois peu de liquides qui n'aient été préalablement fermentés ou distillés. Je sens bien qu'il va falloir que je mette les points sur les « i » :

– Euh, pour la rhubarbe, ça va pas être possible.

– Ah ? Et pourquoi ça ? me demande-t-il finement.

– Je n'aime pas ça.

– Pourtant, c'est très bon.

– Oui mais c'est une opinion que je suis très loin de partager.

Parfois, j'en veux à Môman de m'avoir si bien élevée, parce que j'avais juste envie de hurler : « J'AIME PAS ÇA, J'AIME PAS ÇA ! TU SAIS OÙ TU PEUX TE L'ENVOYER, TA RHUBARBE ? »

– Ah, je suppose que vous voulez boire de l'alcool, alors ?

Hein ? ça va pas non ? À quatre heures de l'après-midi, avec un sorbet framboise-mûres couvert de chantilly ?

– Un verre d'eau, ce sera parfait, réponds-je sèchement.

Ce qui, pour qui est muni d'un lobe frontal, devrait donner une vague indication que là, ce serait bien d'adopter un profil bas, pasque sinon ça va mal s'enquiller. Je tente de me calmer en dégustant ma chantilly, quand Raymond se bloque soudain, me regarde fixement et me dit :

– J'aimerais bien que vous enleviez vos lunettes de soleil, je ne vois pas vos yeux, là.

– Euh, oui, mais j'en ai besoin…

Je cherche pas à la jouer Catherine Deneuve, mais si je n'ai pas mes lunettes de soleil correctrices, je vais pleurer, c'est un peu pénible.

– Alleeeez !

Relou, le garçon. Il commence à me brasser sévère à ne pas du tout tenir compte de ce que je dis.

Soudain, tel un coureur qui vient de recevoir sa première injection d'érythropoïétine (on comprend qu'ils disent EPO, sinon c'est imprononçable), dans le même mouvement Raymond se lève, jette un billet de vingt euros sur la table et dit :

– Bon, on fait la suite de la promenade ?

J'avale ma dernière cuillerée de chantilly, hop, un coup d'eau, je récupère toutes mes petites affaires, et je trottine pour essayer de le rattraper, parti qu'il est en deux enjambées. Décidément, ce play-boy me plaît de plus en plus, il n'y a vraiment aucun doute là-dessus. Mon côté rebelle me dit que je suis vraiment stupide de le suivre comme ça, tandis que mon côté mollassonne me susurre que je ne suis plus à cinq minutes, l'aprèm touche à sa fin.

Nous déambulons dans les allées de ce foutu parc que plus ça va, plus je le trouve trop grand, quand soudain, Raymond se penche vers moi et reluque dans mon sac à main, où il aperçoit une bouteille de Coca. Il me demande d'un ton comminatoire :

– Et quelle est votre excuse, pour ça ?

La mâchoire m'en tombe. Je rêve ou cette tête de nul de buveur de jus de tiges me demande de me justifier sur ma consommation de Coca ? C'est parce que je n'ai pas voulu de son jus de plante, c'est ça ? La triplette vélo/nature/rhubarbe, quelque part, fait sauter un verrou chez moi. N'éprouvant plus le besoin de faire semblant d'être gentille, je réponds :

– C'est pour la gueule de bois. Je me suis mis une mine de tous les diables hier soir avec des copines. Je suis rentrée chez moi à quatre heures du mat'. Alors pour prendre le train à la gare du Nord à quatorze heures, il fallait bien une bouteille de Coca.

Et paf. Ça lui a momentanément coupé la chique, l'a rien trouvé à répondre à ça, M. Je-fais-que-des-trucs-bons-pour-mon-corps-dans-la-nature.

Malheureusement, il faut croire que cette franchise, tout comme mon peu de goût pour la rhubarbe et le vélo, ne suffisent pas à décourager Raymond Poulidor. Car le voilà qui se bloque à nouveau, tel un spaniel devant une grouse et qui me demande tout à trac :

– Je peux vous demander votre main ?

– HEIN ???

– Euh, enfin, juste pour la tenir.

– Ah oui, mais non, même.

Dans mon cerveau se façonne immédiatement la vision d'horreur de notre couple marchant main dans la main façon François Mitterrand et Helmut Kohl.

– Pourquoi ?

– Chuis pas très main.

Je ne trouve pas d'autre explication à cette réplique d'anthologie que le fait que des millions de neurones se sont évaporés dans le chardonnay hier soir.

D'autant plus que ce n'est même pas vrai d'abord.

Je peux être très main, parfois.

Mais bon.

Pas là.

Raymond Poulidor se met à bouder : il marche quatre pas devant moi et je me demande s'il va me ramener à la gare ou m'abandonner dans les bois zhostiles. Toutefois, cet homme malgré tout bien élevé me largue à la gare de Chantilly.

Je suis enfin dans le train pour Paris. Toute cette nature, ça m'a donné mal au crâne. À moins que ce ne soit le chardonnay, mais ça me paraît peu probable.

Quête du Graal, J + 1 an et 8 mois

Aujourd'hui, c'est le jour du concert des Pogues à Paris. Je les avais vus pour la première fois en concert en 1983 à Orléans, et j'étais tombée sous le charme de leur musique (non, pas des chicots de leur chanteur, Shane MacGowan). Je suis donc totalement au taquet, j'ai acheté les places il y a trois mois, j'y vais avec Béa. À dix-sept heures, le Nifoune sonne, c'est Kamel, sorti de nulle part, qui me propose de nous voir ce soir. Je tombe des nues. C'est confirmé, les mecs ont un sixième sens. Ils SAVENT quand tu vas leur tomber toute cuite. Car après les derniers rendez-vous pourris, l'affaire Kinder Bueno et l'histoire avec Matteo, j'ai bien besoin d'un rendez-vous *caliente* avec un bogosse. Je résiste un peu quand même pour la forme. J'argumente que je ne sais pas à quelle heure se termine le concert, que ce n'est pas très pratique tout ça, mais Kamel balaie tous mes arguments d'une main ferme, en m'assénant un « Laisse-toi porter par les événements. Laisse l'imprévu t'arriver » qui me cloue le bec. Alors que je chante encore à tue-tête « Deurti old taoune, deurti old taouuuuune », Kamel me rejoint chez moi pour une nuit de retrouvailles très *hot spicy*.

Quête du Graal, J + 1 an et 9 mois

« À partir du mois de septembre l'année dernière, je n'ai plus rien fait d'autre qu'attendre un homme : qu'il me téléphone et qu'il vienne chez moi. » C'est dingue comme un livre peut parfois rencontrer votre vie. Là c'est *Passion simple*, d'Annie Ernaux. Bon, à part la première phrase, il n'y a pas grand-chose de commun, mais quand même, je trouve que ça matche bien. Kamel commence à faire partie du paysage. Je me détends et je tire des plans sur la comète. Je n'envisage pas qu'on s'achète une maison de campagne, mais on pourrait peut-être commencer, éventuellement, à faire des trucs ensemble. Sauf que ça ne semble toujours pas faire partie des projets du beau Kamel. Je tente de mettre le sujet sur le tapis, sans grand succès :

– Ça ne te dirait pas qu'on se fasse un ciné la prochaine fois qu'on se verra ? Ou un restau ?

– …

– Mmm ? Qu'en dis-tu ?

– Oui-oui.

– Mais oui-oui quoi ? Un ciné ou un restau ?

– Comme tu veux, bébé.

– OK. Je regarde les séances alors ? Tu as envie de voir quoi ?

– Comme tu veux, bébé.

– OK. Bon, je regarde, et je t'envoie les séances, et on avise.

– Comme tu veux, bébé.

J'envoie les horaires de séances, mais il est soudain terrassé par une « asthénie généralisée ». Ensuite, il n'a « pas le moral », puis, alors que j'insiste, « POUF ! » fait-il en disparaissant une semaine « dans la famille à Pithiviers ». Première nouvelle, il a de la famille à Pithiviers. En même temps, c'est plausible, personne n'irait inventer un truc pareil. Les rares informations que Kamel a distillées ces dernières semaines, c'est qu'on a le même âge, il est divorcé, père d'un grand ado, qu'il est né en Kabylie, ses parents sont décédés, mais il a plein d'oncles et de tantes et de cousins (il en parle beaucoup, mais je m'y perds complètement dans toute sa smala. Je ne peux évidemment pas le dire. Ni employer le mot « smala ». Je marche sur la pointe des œufs de peur de faire une boulette. Non, pas de blagues avec ça non plus). Au bout de deux mois de relation avec Kamel, les soirées sont gravées dans le marbre : il m'envoie des SMS pour me dire où il en est pendant qu'il tourne dans le quartier à la recherche d'une place, il me demande le code, il gratte à la porte, ne sonne jamais. J'ouvre, il arrondit les yeux et la bouche de surprise devant ma beauté ravageuse, me fait un petit bisou, entre, pose ses affaires, s'assied dans le fauteuil, commence à se rouler son premier pét', je nous sers un verre, on discute, on s'embrasse, et on croque la pomme et on va se coucher, on recroque la pomme et il reste dormir et le lendemain matin on en croque une dernière bouchée pour la route et il part complètement à la bourre de peur de se faire enlever la voiture parce qu'il n'a pas mis d'argent dans le parcmètre. Quasiment rien ne peut le faire dévier de ce programme. J'ai essayé de lui proposer d'autres sorties, d'aller tout simplement boire un verre en bas, d'aller chez Sophie qui nous invitait à passer la voir… Rien, de jamais de nulle part on n'a encore rien fait de tout cela. J'ai un peu de mal, mais comme Kamel reste insaisissable et disparaît régulièrement de la circulation plusieurs jours dès que je le tarabuste un peu trop, je me dis que ce garçon n'est pas simple et que s'il a besoin d'un peu de temps, je vais lui en laisser, le jeu en vaut la chandelle. Comme les retrouvailles sont toujours aussi intenses, je fais avec.

Quête du Graal, J + 1 an et 10 mois

Les fêtes sont arrivées. *Damned.* Comment traverser cette période à très haut risque ? Kamel gère ça de main de maître… à sa manière. Le 25 décembre, il me demande si je passe un bon Noël et quand je lui retourne la question, il me répond : « Je suis au lit, je joue avec ce que tu sais. » Ce texto me parvient alors que j'ai les deux mains dans la crème fouettée, en train de préparer le vacherin de Noël et que mon téléphone est posé sur la table basse, à portée de nez de la famille rassemblée. Oups.

Ce soir, le 30, je lui demande de la manière la plus décontractée possible ce qu'il fait pour le réveillon. C'est vrai, quoi, pour une fois que je dispose d'un mec au moment du réveillon, il y aurait peut-être moyen d'en faire quelque chose ? Je ne rêve pas, on ne va pas aller main dans la main dans une fête de couples d'amis ni dans un restau. Mais on pourrait au moins passer le réveillon ensemble, je ferais un bon petit dîner, ça pourrait être sympa… Sa réponse : « Je vais avec mon cousin chercher une tractopelle à Barcelone. »

Erreur système.

Réponse invalide,

fait mon cerveau. Et je me retrouve encore une fois toute seule le 31 dans une soirée remplie de couples (alors que j'avais dit que je ne le ferais plus), à regarder tout le monde se sauter au cou et s'embrasser, alors que je n'ai même pas un petit SMS, je pleure toutes les larmes de mon corps dans la pièce d'à côté. Mais nos retrouvailles me font prier tous les saints du paradis que ça continue toujours comme ça. Ce gars me rend mystique.

Quand il me dit : « Il y a un feu ardent qui couve dans l'âtre de tes yeux », je me fendille légèrement sur les bords.

Quand il me demande de lui acheter une brosse à dents, je me craquelle carrément. C'est incroyable comme ce petit accessoire en plastique muni de poils peut être signifiant.

Quand il me sort : « Pupuce commence à s'habituer à moi, elle ne crépite plus quand je m'en approche », je vous jure, je suis tombée de ma chaise. Et je me suis dit, tiens, c'est vrai, pas faux, ma chatte s'habitue à lui. Alors que, comme chacun sait, c'est une connasse. Trop dingue.

Quand il s'endort en m'enlaçant, le nez dans mon cou, je commence à y croire. Car lors de précédents plans Q, je croyais avoir atteint le nirvana parce qu'un gars caressait avec plus ou moins de méthode, d'application ou d'enthousiasme différentes parties de mon petit corps potelé. Des fois cela pouvait même être très sensuel, très agréable, toussatoussa. Et moi aussi je le touchais. Mais pas trop. On est quand même dans un plan Q, il ne faudrait pas qu'il croie que comme une gourde je me suis attachée. Alors je suis méthodique et appliquée, je touche là où il faut toucher, sans m'attarder. Une fois que la chose a été consommée, on reste bien chacun dans ses cordes, on se carressote un peu, mais point trop n'en faut. Certains poussent le manque de tact jusqu'à me tapoter gentiment la fesse, comme on le ferait à un brave toutou qui s'est assis quand on lui a ordonné.

Et cette nuit, c'est différent. Cette nuit, je suis couchée contre Kamel et il ne s'est pas tortillé dans tous les sens pour me faire comprendre pas du tout subtilement que ça l'agace. Il a passé son bras autour de mon épaule et je pose ma main sur sa poitrine, et là, quelque chose explose. Toutes ces années de retenue, de contrôle, de répression viennent se loger dans la paume de ma main. Soudain, je réalise que ma main est ouverte sur sa poitrine, un peu courbée autour. Ma paume, mes doigts, depuis leur base jusqu'à la pulpe, sentent sa chaleur. Cette main, suffisamment appliquée pour ressentir la chaleur, n'appuie pas pour ne pas faire disparaître cette sensation. Cette main, ma main, qui m'appartient plus qu'elle ne m'a jamais appartenu en caressant des inconnus, est devenue le centre de mon univers. Elle sent sa peau, elle ressent la manière dont sa chair s'enfonce tout doucement sous ma pression. Le cœur qui bat, le torse qui se soulève, les poils : les quelques centimètres carrés que représente cette main, tout mon corps, mon cœur, mon cerveau, ma mémoire, mes pensées et mes espoirs perdus sont là. À ce moment-là, je ne suis plus que cette main. Et plus encore qu'être touchée, toucher cet homme, là, c'est un moment beau et fort qui annihile tout le reste et me coupe la respiration.

Quête du Graal, J + 1 an et 11 mois

Je commence à me demander si je n'aurais pas trouvé mon Graal, même si tout n'est pas parfait. Je remets le couvert sur les sorties :

– Tu sais, Kamel, j'aimerais bien qu'on fasse des trucs ensemble.

– Moi aussi. T'as un jogging ? Tu pourrais m'accompagner au bois de Vincennes quand je vais courir et toi tu marcherais.

Sérieux ? Non, je ne fais pas ça.

– On ne se voit jamais dehors, on pourrait aller boire un café, au moins ?

– Je préfère faire des trucs intenses, la médiocrité c'est pas mon truc.

– Certes, mais entre intense et médiocre, il y a un monde…

– Si j'avais des sous, je t'emmènerais un week-end au bord de la mer à passer deux jours à manger des coquilles Saint-Jacques et à baiser.

– Quel programme !

Ne pas mettre la barre trop haut. Mes copines hurlent quand je leur raconte des trucs comme ça. Mais moi, je trouve qu'elles ont l'air d'avoir des exigences de dingues. Et en plus, elles n'ont pas toujours un mec, hein. Alors pouêt-pouêt camembert.

Le bouquin olé olé, *Nos amours tropicales*, est sorti. Kamel est un peu déçu en le lisant, apparemment, il se serait bien vu en héros. En plus, il trouve que mon style érotique c'est de la gnognote et commence à me faire une liste exhaustive de toutes les positions que je n'ai pas détaillées. J'essaie de lui faire comprendre que c'est un roman *girly* et que les femmes risquent de ne pas être émoustillées par les mêmes fantasmes que lui, mais dans son incroyable égocentrisme masculin mâtiné de *mansplaining*, il me prouve par A + B que j'ai tort et qu'il a raison. D'accord. Je n'ai pas envie de me battre pour ça. En tout cas, le livre marche bien et ça c'est le plus important.

Chapitre XIII

Alors que tout va pour le mieux dans le meilleur des mondes, un magazine me propose, grâce à mon nouveau statut d'autrice d'amouuur, de faire une enquête sur les sites de rencontres. Je m'inscris sur douze sites en même temps, sans photo et avec des infos un peu différentes des miennes pour faire des statistiques qui tiennent un peu la route. Et qui me contacte sur POF la bouche en cœur ? Qui ? Visiblement attiré par ce profil de blonde plantureuse ? Eh oui. Autant le dire, je le prends assez mal. Alors que c'est bête : si on y réfléchit bien, Kamel m'a choisie DEUX fois et même sans voir ma photo. Il s'est senti irrémédiablement attiré par mon charme incandescent. Ça fait un peu comme si c'était le destin qui nous réunissait encore dans son infinie sagesse… ou pas. Je reste malgré tout interdite devant sa photo. Au moins, ce n'est pas une photo que j'ai prise de lui, c'est déjà ça. Mais voir cette image, ce profil… Je lui envoie un message :

Bonjour Kamel

Bonjour chérie
Bon, au moins, il ne fait pas semblant de pas savoir que c'est moi.

Surprenant de te retrouver ici…
Je suis la reine de l'understatement.

Je suis au bureau avec des potes, on s'amuse un peu avant de partir en rendez-vous.
Ah ouais, quelle poilade.

Ah ok…
Je fais concis pour éviter de m'énerver, mais je mets quand même des points de suspension pour montrer que je ne suis pas dupe. Si tant est que cette subtilité typographique soit perçue.

J'admets qu'on ne s'est pas promis l'exclusivité, mais lire « Recherche une relation sérieuse » sur sa fiche m'enfonce un pieu dans le cœur. Même si je sais parfaitement que tous les séducteurs du Web se sentent obligés d'indiquer ça pour espérer pécho. Par ailleurs, je ricane quand même un petit coup en lisant qu'il ne consomme pas de drogue et boit occasionnellement… Je ne suis pas jalouse de nature, mais là, quand même… J'ai un peu l'impression d'être sur la fin du vol du Hindenburg : j'ai évolué gracieusement dans les airs jusque-là, mais le feu se répand et le crash n'est pas loin. Il va falloir qu'on parle de tout ça la prochaine fois qu'on se verra, histoire de voir où ça nous mène.

– Dis, Kamel, je crois que ce serait bien qu'on parle de notre rencontre fortuite sur POF.

– Ah, ça, bébé !

J't'en ficherais, moi, du « bébé ».

– Oui, ça.

– Au fait, bébé, comment tu m'expliques ce que tu faisais sur un site de rencontres ?

– Euh, j'te ferais dire que si tu m'y as vue, c'est que tu y étais aussi, hein…

– Oui, mais toi, tu expliques ça comment ?

– J'ai eu une commande de boulot, je dois faire un comparatif de sites de rencontres, alors je suis inscrite sur douze sites pour voir comment ils fonctionnent. Mais je ne réponds pas aux messages, et je n'y suis que pour le boulot.

– C'est ça, tu vas me faire croire ça, telle que je te connais.

– Ben oui. Et toi ?

– Moi quoi ?

– Ben, toi, qu'est-ce que tu faisais là ?

– Ah, ouiii, çaaa… Euh, alors en fait, tu vas rire.

Je suis déjà morte de lol.

– Euh, tu sais, donc, j'avais un profil sur POF…

– Ouiii…

– Et bon, ben, je n'y allais plus, hein, forcément, depuis qu'on s'est rencontrés…

– Ouiii…

– Et alors d'un coup, figure-toi que j'ai eu un problème avec mon ordinateur…

– Ouiii…

– Et avec ma messagerie, alors j'ai dû tout faire réinstaller. Et figure-toi pas que…

– Ouiii…

– Quand l'informaticien a tout réinstallé, ben, ça m'a réactivé mon compte sur POF. Comme ça. Tout seul. C'est dingue, non ?

– Mmm…

– Tu trouves pas ?

– Si-si…

– Rhâlàlà, l'informatique des fois, c'est mystérieux, hein… et du coup, j'y allais pour fermer définitivement mon compte, et c'est là que je t'ai vue.

– Et tu m'as reconnue comme ça, direct, sans photo ?

– Évidemment, bébé, je te reconnaîtrais entre mille.

– Mmm.

Je ravale mes larmes. Je ne veux pas lui montrer que je pleure. Ce n'est pas tant que je ne veux pas qu'il voie mon émotion, mais je sais pertinemment qu'il ne supportera pas cette démonstration d'attachement, qui le fera fuir encore plus sûrement qu'une engueulade. Pour être tout à fait honnête avec moi-même, je pleure surtout de rage qu'il me mente de manière aussi grossière et qu'il me prenne pour une idiote. Je n'ai pas un tempérament jaloux, je suis indépendante, je crois que j'aurais pu lui pardonner d'aller baguenauder à droite et à gauche à ce stade de notre relation. Mais je pense que ça va être nettement plus compliqué de lui pardonner ce niveau d'insulte à mon intelligence.

Je propose à Corinne un apéro d'urgence pour débriefer ce ratage de toute beauté.

– J'ai vu Kamel hier, on a discuté. Il m'a donné des explications très peu convaincantes, mais il semble toujours éprouver au minimum de la tendresse…

– Qu'est-ce qui te fait dire ça ?

– Il a été très tendre, très attentionné hier soir, visiblement, il voulait tenter de recoller les morceaux…

– À mon avis il a toujours été sincère avec toi… dans la mesure de ses capacités.

– Oui. J'ai envie d'attendre de voir la suite.

– Reste à savoir si tu peux supporter ses démons, et si les rares moments que tu passes avec lui te suffisent. Il faut que tu en tires de véritables bénéfices. En tenant compte du fait qu'il est vraisemblablement loin d'être prêt pour l'exclusivité.

– Je peux voir venir et d'ici là, je le sors de la catégorie Graal pour le remettre dans la catégorie plan Q avec du potentiel d'amélioration ! La nuit a été magique : c'est bien connu, les réconciliations sur l'oreiller sont toujours exceptionnelles. Mais j'irai peut-être voir ailleurs si l'herbe ne serait pas plus verte, sur un malentendu...

– Tant qu'il te fait plus de bien que de mal et que tu gères les moments de silence entre les nuits exceptionnelles... fonce ma bichette ! Mais effectivement c'est bien que tu restes *open*.

– Finalement ça va peut-être me servir cet essai comparatif des sites de rencontres !

– Hahaha ! Tu me tiens au courant, je veux tout savoir s'il y a du nouveau sur le front !

Et, avant même que je ne prenne une décision, « RE-POUF », fait Kamel en redisparaissant. Comme ça. Du jour au lendemain, interruption totale de l'image et du son. Finalement, ce n'était donc qu'un Kabyle d'essayage (ha ha !).

Malgré les circonstances, j'erre comme une âme en peine et je retourne toutes les explications plausibles à sa disparition (à part s'être fait prendre en flag) devant les copines compatissantes. Mais non, en fait si ça se trouve, il est passé sous un bus. Ou alors il a été obligé de retourner au bled. Ou sinon, après avoir contracté la peste bubonique, il est devenu amnésique, s'est rasé et vit dans un ashram en pratiquant l'ascèse et l'abstinence... j'en passe et des meilleures. Mon petit cœur se retrouve donc à nouveau éparpillé en mode puzzle. Ça commence à bien faire. J'ai comme l'impression que c'est à chaque fois plus laborieux de recoller les morceaux. Les copines, elles, me disent : « Mééé, il faut que tu insistes, que tu rappelles (j'avais laissé trois SMS à trois semaines d'intervalle, j'estimais que c'était déjà bien. Je ne vais pas me rouler par terre non plus. C'est là qu'on voit mon niveau vertigineux de quant-à-moi), vous êtes faits l'un pour l'autre, tu ne peux pas laisser cette histoire se finir comme ça. » Je suis plutôt dubitative sur le concept « Faits l'un pour l'autre ». Et puis, à un moment, ça va bien de me prendre pour une conne, et EN PLUS de disparaître. Alors je suis très patiente et très gentille comme fille (voire trop, disent certain[e]s), mais là, la coupe est pleine (et pas de chardonnay). Quand je suis fâchée, je ne fais pas semblant. Ce n'est pas rattrapable. Ce n'est pas que je boude, mais c'est que je considère que la personne en question ne fait plus partie de mon univers et, par conséquent, elle n'existe plus, vu que je l'ai mentalement téléportée sur Alpha du Centaure. Un peu catégorique, j'en conviens, mais je ne fais pas ça tous les quatre matins non plus. Alors je lèche mes plaies et quand on me demande si j'ai des nouvelles de Kamel, je réponds : « Non, et s'il y a une seule chose dont je suis absolument sûre dans la vie, c'est que je ne le reverrai plus jamais. »

Et toc. Fin de la conversation.

Non, mais alors.

Doté d'une capacité d'anticipation de deux heures max, Kamel avait la spécialité un peu agaçante de me proposer de nous voir sur le coup des dix-huit heures pour la soirée. Comme une cruche qui commençait à être amoureuse, j'en étais venue à ne plus trop rien programmer avec les copines, pour être dispo pour Son Altesse. Mais quelle cruche. Bon, l'avantage, du coup, c'est que je reprends ma vie en mains et j'arrête d'attendre cet homme. J'ai eu beau faire la maligne devant Corinne, je ne suis pas prête à retourner sur les sites et autres applications. Ça fait quasiment deux ans jour pour jour que je me suis inscrite et je pense qu'il va me falloir un petit peu de temps pour digérer tout ça. Alors, au lieu de me faire des nœuds au cerveau sur Kamel et ma Grande Quête, je me recentre sur moi, ma vie, mes projets.

La énième peau de banane des Empuses a raison de ma patience. Après Maléfique et Cruella, c'est Aurore qui a l'insigne honneur de mettre le feu aux poudres qui fera finalement déborder le vase. Cette petite peste a « oublié » de m'informer qu'un client avait appelé en mon absence pour me fixer un rendez-vous auquel, logiquement, je ne me suis pas rendue. Malgré mon envie de la ratatiner et de me faire des tresses avec son scalp et un collier avec ses dents, je décide de partir comme une princesse. Je vais voir Sandrine pour lui dire que je démissionne à cause des trois saloperies, sans préavis, comme ça, du jour au lendemain, et *démerden Sie sich*. Sandrine essaie bien de me tirer les vers du nez, mais je reste très Sissi impératrice face à la reine mère :

« Je pense que tu sais très bien ce qu'il se passe, je n'ai pas besoin de détailler. Au revoir. »

Je laisse tomber un « au revoir » glacial, pas un « au revoir » à la Giscard. Et bim. Je ne suis pas peu fière de moi. Même si je sais que les Trois Empuses vont pavoiser, je m'en fous. Je pars sans rien, sans argent, sans économies, sans perspective de boulot, je m'en fous. Je vais avoir cinquante ans dans deux mois, ce n'est plus vraiment le moment de faire dans la dentelle.

Je vais chez papa-maman me faire chouchouter. On discute de mon futur qui ne s'annonce pas super radieux là tout de suite, et dans un retournement de situation improbable, ce sont eux qui me poussent à ne pas chercher un autre boulot et à commencer à écrire. Moi j'ai les jetons, mais ils me disent : « Tu t'en fous, vas-y ! Si tu ne le fais pas maintenant, tu ne le feras jamais ! Fonce, on y croit ! » À force de me bourrer le crâne, ils finissent par me convaincre.

De retour à Paris, lors d'une soirée avec Béa, quelle autre idée de génie raisonnable jaillit de nos cerveaux flottant dans le chardonnay ? Partir à Cuba pour fêter nos cinquante ans. Ben oui, tiens, c'te bonne blague, et si on faisait ça ? Toujours pas d'argent, toujours gnafout. Bien qu'aucune n'ait les premiers sous pour le faire, on commence à préparer le voyage, et on décide d'y aller en mode *Thelma & Louise* (enfin, en espérant que ça se termine mieux) : un *road-trip* de *warriors*, on loue une voiture, et hop !

Et donc, nous voilà parties.

On arrive à La Havane où nous sommes logées chez l'habitant. Notre première soirée à La Havane se fait au gré des bars d'Hemingway : on commence par un mojito au *Sloppy Joe's*, on continue les mojitos à *La Bodeguita del Medio* et on finit par un daïquiri au *Floridita*. Ce voyage s'annonce sous les meilleurs auspices. Le nez dans nos mojitos, on débriefe sur les mecs en passant en mode *girl power* : les copines, y a que ça de vrai, au moins, on n'est jamais déçues. La preuve.

Nous visitons également Cienfuegos, une super jolie petite ville au sud. Ambiance palmiers et coucher de soleil à mater des beaux gars torse nu en buvant une piña colada. Autant dire qu'on est d'humeur romantico-*caliente*. Et ça ne s'arrange pas du tout avec le dîner, pendant lequel nous avons droit à un trio de musiciens. Le chanteur est le portrait craché de Nikos Aliagas, mais en version chanteur d'opéra chaud bouillant. Une espèce de mélange bizarre : il a le physique de Nikos, la gestuelle de Pavarotti, mais il chante *Quizas, quizas, quizas*, avec une tête de « je vais te manger toute crue petite chose innocente toute molle » qui nous donne des vapeurs. Surchauffe.

À Trinidad, hyper jolie ville, un garçon me propose de me joindre à son groupe, qui joue *Guantanamera*. Pauvre innocent qui ne sait pas que je chante comme une casserole et n'ai absolument aucun sens du rythme. Mais rien de rien. Donc je dis, non-non merci, c'est gentil, mais il insiste, il me prend par la main, et comme il est choupinou, Oresto, évidemment, je me laisse entraîner (pfff, je me laisse toujours entraîner par le premier mâle vaguement choupinou, chème on mi). Il me tend un grand machin blanc qui fait tchic-tchic pour que je tape dessus en rythme. Je m'exécute avec brio (grand moment que Béa filme en se bidonnant). Je vois bien qu'à certains moments il plisse les yeux et fait de gros efforts pour ne pas saigner des tympans, mais nous conduisons cette expérience à son terme. À la fin, je lui demande ce que c'est que ce truc blanc sur lequel j'ai allègrement tapé et la réponse « *Es mi caballo*[1] » me coupe la chique. En fait, ce qui fait tchi-tchic, ce sont les dents qui s'entrechoquent dans la mâchoire d'un crâne de cheval mort. J'ai chanté *Guantanamera* sur le cadavre de Jolly Jumper, en gros.

Nous finissons ce séjour au nord de l'île, dans un lieu paradisiaque où nous devons passer trois jours à nous dorer la pilule à la plage. Dans l'hôtel *Cayo Santa Maria*. On n'avait pas les sous pour aller dans un palace, donc on avait choisi cet hôtel qui avait l'air pas mal sur les photos. Sauf que. On n'avait pas tout à fait capté toutes les implications du concept *all inclusive* : tout est à volonté, même l'alcool. Enfin, surtout l'alcool. Voui. À Cuba. Donc, mojitos à volonté, piña coladas à volonté, tous les coquetèles à volonté, et aussi le vin et la bière, bref… Pour ce

1. C'est mon cheval.

qui nous concerne, ce n'est pas parce que c'est gratuit qu'on va picoler H24 (*a fortiori* quand il fait 32 °C à l'ombre), mais visiblement, ce n'est pas l'approche de nos petits camarades de plage. En gros, une horde de Canadiens bourrés non-stop. Je n'ai rien contre les Canadiens. J'ai beaucoup d'amis canadiens, j'ai même de la famille là-bas, ça aurait pu être des Anglais ou des Français ou des n'importe quoi, ça n'aurait rien changé. Une horde. Bourrée. Non-stop.

Ces petits malins sont tous munis de mugs isothermes qui doivent contenir un litre, et qu'ils se font recharger en bière aux différents bars de l'hôtel. Les hommes font de l'aquagym dans la piscine, leur mug à la main. Des femmes apprennent à danser la salsa sur la plage, leur mug à la main. Des gens vont se baigner, complètement torchés, un mug à la main. J'en ai vu un, il a titubé jusqu'à la plage, puis il s'est vautré dans le sable à la limite des vagues, son mug en l'air. Il est resté là, en mode mec bourré, jusqu'à ce que les vagues forment une petite piscine autour de lui. Et pendant ce temps, les animateurs cubains font comme si de rien n'était, vu qu'ils se coltinent des hordes bourrées chaque jour que Dieu fait. Ils réussissent même à me couper l'envie de picoler, c'est dire !

Nous rentrons à Paris avec des souvenirs plein les mirettes et le foie un peu fatigué, mais ce voyage nous rend l'énergie que nous n'aurions jamais dû perdre à nous préoccuper de ces messieurs. Chacune se reconnecte avec son féminin divin à sa manière. Nous, c'est dans le mojito qu'on s'est vachement bien reconnectées.

Autant j'étais trop contente d'avoir vingt ans (je croyais que j'avais le monde à mes pieds), autant j'ai détesté en avoir trente (je me suis rendu compte que ce n'était pas vrai), autant en avoir quarante c'était pas mal, même si j'étais un peu inquiète sur la suite des événements (sentimentalement parlant, s'entend). Et là, en avoir cinquante, sérieux, je suis super contente. Plus la quarantaine s'éloigne, plus la cinquantaine approche, et plus je me sens *couine of ze oueurld.*

Genre je fais ce que j'ai à faire, je m'amuse, je ne me pose plus de questions existentielles, je me trouve vachement meilleure au pieu (en toute modestie) parce que je ne suis plus complexée (j'ai eu tout le temps de m'habituer à mes bourrelets et puis j'ai rencontré des hommes qui m'ont dit qu'ils les aimaient), et surtout, surtout, je n'en ai plus grand-chose à faire de ce que les gens pensent de moi. Je mange des Fingers et des crocodiles Haribo si j'ai envie (manière, le plus gros est fait, si je puis dire), je ne rate pas une occasion de rigoler avec les copines, bref, la vie est quand même globalement plutôt chouette. Ah, et aussi, j'allais oublier, plus personne ne me casse les pieds avec le mariage et la maternité : ils n'osent bien évidemment plus poser la question, flippés à l'idée que je sois rongée de regrets et que ce sujet ravive une plaie ouverte dont je ne me serais jamais remise et dont le souvenir, à peine évoqué, ferait perler une larme au coin de mon œil azuréen. Hahaha, mais lol, quoi. Bon, je ne marche pas non plus sur un chemin de pétales de roses, mais en gros, je trouve que ma vie tient à peu près la route.

Mais il y a une conspiration extrêmement bien organisée pour vous péter le groove quand vous fêtez vos cinquante ans, même si vous avez une patate d'enfer. Et ça, personne ne vous prévient. Enfin moi, personne ne m'a prévenue. Et sérieux, ça picote un peu sur les bords. La première salve arrive très vite, direct, la semaine de mon anniversaire : je reçois le bon pour une mammographie gratuite. Okéokéoké. Puis, la deuxième salve dans la foulée, pour le dépistage du cancer colorectal. Bienbienbien. Je reprends un petit verre de chardonnay, ça va aller. La troisième salve est arrivée avec la réception du magazine *Victoria, enfin quinqua, et plus !*.

Ah oui, c'est vrai, tiens, un magazine exprès pour nous les femmes quinqua. Qui détaille dans un article les actrices qui ont foulé le tapis rouge à Cannes, qui « ont plus de quarante ans et sont toujours glamour ». Avec, excusez du peu, Isabelle Huppert (soixante-cinq ans), Susan Sarandon (soixante-douze ans) et Marthe Keller (soixante-quatorze ans). Genre oui, effectivement, elles ont plus de quarante ans. Bref. S'ensuit un article passionnant sur les pulls qui boulochent. Puis une interview de Sophie Davant, qui se termine sur cette phrase improbable : la cinquantaine, « c'est le bon moment pour bander son arc, avec les meilleurs atouts pour viser juste ». Ké ? Ensuite, ZE dossier : « Fuites urinaires, parlons peu, parlons bien ». Alors oui, effectivement, merci l'info sur les fuites urinaires, comme qui dirait que j'avais déjà vaguement percuté. Après quelques déboires, la gynéco m'a envoyée faire de la rééducation. Je découvre donc le concept de rééducation périnéale : la kiné te met ce qui ressemble furieusement à un sex-toy dans la fanfouette, un truc qui fait des pulsations, que tu es supposée serrer pour te rééduquer les intérieurs. Sans penser du tout de rien de nulle part à autre chose. Il faut vraiment bien rester concentrée sur l'objectif pour ne pas le perdre de vue sur un malentendu.

Commencer la journée par un dépistage
du cancer colorectal
et la continuer avec le dossier retraite,
Véro, moi je dis faut que ça cesse nanmého.

Morte de rire. J'étais chez le dentiste… arf.
Je suis avec toi de toutes mes gencives…

Dans le genre ma vie est formidable,
ce matin j'ai eu un appel d'un éditeur
hyper important alors que j'étais
chez la kiné avec la sonde de rééducation périnéale
dans la fanfouette. Grand moment de solitude.

Mouhahahaha
Je compatis, mais je me gausse…

Et j'étais en grande conversation quand la kiné est venue la retirer…

Krkrkr

Et plop !

Ha ha ha ha… personne ne peut imaginer un truc pareil !

Hahaha j'en rigole encore toute seule dans le bus !!!

Heureusement que j'ai les copines pour partager nos problèmes de quinqua. On se fait régulièrement des petits dîners et je vois bien que les conversations changent. Avant on s'échangeait les bons plans, on parlait bijoux, fringues, sacs à main. Là, j'ai l'impression que le dossier « Arthrose » a un peu pris le pas sur le dossier « Soldes ». Mais ce n'est pas grave, parce qu'il y en a toujours une qui a testé un nouveau truc : magnétiseur, chamane, acuponcture, aimants, huiles essentielles, je crois qu'on est devenues des pros de la médecine alternative. Bon, ça ne nous empêche pas non plus de continuer à déconner.

– Rhôlàlà les filles, vous savez pas quoi ? Je me suis fait traiter de cougar aujourd'hui !

– Ah bon ? Mais toi tu serais plutôt une MILF, non ?

– Mais j'ai pas d'enfants !

– C'est quoi la différence entre une cougar et une MILF ? L'âge ?

– Je crois que c'est plutôt le point de vue : la cougar veut se taper des petits jeunes, alors que la MILF, ce sont les petits jeunes qui veulent se la taper.

– Et du coup, en version masculine, ça donne quoi ? un PILF ? un FILF ? Moi quand j'étais jeune et innocente, j'appelais ça un joli papa.

– C'est pas un *dad bod* ?

– C'est quoi ?

– C'est un mec qui a un petit bidon de papa.

– Mais tous les papas n'ont pas un petit bidon ! Ça ne serait pas plutôt un *sugar daddy* ?

– Mais c'est pas un vieux pervers le *sugar daddy* ?

– C'est un vieux très vieux qui veut entretenir une fille très jeune parce qu'il a les moyens.

– Toujours la lutte des classes, même dans le sexe !

– Ouais, et quand tu réfléchis en plus au sexisme du sexe, on n'est pas sorties de l'auberge !

– Tu penses à quoi ?

– Ben, quand tu vois que l'équivalent de « don juan », c'est « salope », on se dit qu'on n'est pas sorties du sable.

– Et avec #MeToo par là-dessus, je ne sais pas si on va y arriver.

– Euh, quand même, #MeToo, c'est bien, non ?

– Évidemment que c'est bien ! Mais bon, j'en ai eu des mains au fesses, et je n'en suis pas morte… C'est comme les fessées…

– Mais tu parles des fessées de tes parents, ou…

– Hahaha, mais nooon, t'es con ! Évidemment, de mes parents !

– On est d'accord, le harcèlement et les comportements déplacés, ce n'est pas possible, mais bon, faut faire la part des choses aussi. On ne va pas monter sur les barricades à chaque fois qu'un mec sympa ou rigolo fait une blague de cul devant nous.

– Je crois que c'est ça, en fait, qui fait la différence : si le mec ne nous plaît pas, n'est pas sympa ou pas drôle, il est relou. Sinon, ça passe crème.

– Oui. Le problème, c'est de définir où se trouve la limite, vu que c'est hyper subjectif.

Une petite nana attablée à côté de nous et qui écoute notre conversation nous lance :

– Mesdames, j'aurais tellement voulu vivre à votre époque !

On se regarde toutes et on éclate de rire comme jamais.

Je crois que je tiens le sujet de mon livre. Les hommes, les femmes, l'amour, tout ça.

Chapitre XIV

Ma fin d'année est particulièrement morose. Et je rumine et je rumine et évidemment, je repense à Kamel, l'auréolant de plus en plus de vertus (c'est incroyable la résilience du cerveau humain). Le 31 décembre, je suis à Prague avec Béa, c'est trop chouette. Et à partir de minuit, elle reçoit des SMS. Des SMS de garçons, je le vois bien, elle sourit quand elle les lit. C'est dingue comment on peut tout de suite repérer le sexe d'un expéditeur de SMS en voyant la tête que fait son destinataire. À tel point que je me demande vraiment comment font les adultères pour ne pas se faire choper. Béa est célibataire aussi, et elle reçoit des SMS d'ex, de en-cours, de potentiels, je sais pas (elle est gentille, elle raconte pas trop, elle sait que je suis à la ramasse). Et sérieux, ça me fracasse par terre. Pas UN. Je n'ai pas reçu UN SMS de garçon. Logique en même temps, vu la réussite de ma Quête.

Mon ego en est tout écornifié : parmi tous les mecs que j'ai rencontrés, pas un n'a eu envie de me recontacter pour que, subséquemment, j'aie le plaisir de l'envoyer bouler. L'horreur de la situation me saute à la gorge : je suis restée inscrite deux ans sur les sites de rencontres et presque un an après la disparition de Kamel, il ne s'est rien passé. Rien de rien. Aucune rencontre. Pas un rendez-vous.

De retour à Paris, je cogite à une éventuelle reprise de la Quête quand je reçois un mail de Kamel. Décidément, il a vraiment des antennes, celui-là. Je sais, j'avais dit plus jamais-jamais, Alpha du Centaure, machin tout ça, mais bon, comme dit l'autre, y a que les imbéciles qui ne changent pas d'avis. Il m'envoie « Une pensée affectueuse ». Il ne se mouille pas, mais vu l'état dans lequel je suis, il n'a pas besoin de mettre un genou en terre non plus.

Je réponds : « Alors tu m'offres un verre pour fêter ce début d'année ? » Je fais genre très décontractée. Et il m'écrit : « Avec un plaisir non feint :) » Il me propose de nous retrouver pour boire un verre le soir même, je suis agréablement surprise par son empressement. Il me dit qu'il est déjà arrivé au point de rendez-vous (avec une demi-heure d'avance). Je n'en reviens pas, pour un mec qui avait toujours entre une demi-heure et une heure de retard.

Je suis sur le trottoir, je le vois sur le trottoir opposé. Ça paraît totalement dérisoire comme ça, mais voir cet homme, toujours en retard, m'attendre dehors dans le froid alors qu'on se voyait toujours chez moi, ça me touche. Je le rejoins, il me prend dans ses bras et me serre fort en me disant à quel point il est content de me revoir. Le cœur m'en tombe dans les genoux. Je sens son parfum, qui fait revenir le désir. Il reprend sa place dans mon cerveau et dans ma chair et me rappelle à quel point j'aime les hommes. Enfin bon, pas tous, hein, quand même.

Mais peut-être bien celui-là.

On se fait un petit frichti improvisé avec ce qu'il y a dans le frigo et alors que je suis en train de tartiner ce que j'ai à me tartiner, qu'est-ce qui arrive dans mon champ de vision ? Une tartine tartinée avec amour au bout de la main du bras de Kamel. Qui m'a donc tartiné une tartine. Attention délicate qui ne m'est absolument pas venue à l'esprit. Et d'un coup d'un seul, je suis saisie de l'horreur de la situation : je suis une grosse salope égoïste. Je n'y ai pas pensé une seule seconde. Mais pas une, hein. Et pour ne pas passer pour une grosse égoïste de ma race, il va falloir que je pense à tartiner des tartines. Incrédibeule beut trou. Alors on fait comment ? Y a un ordre ? On fait une sur deux ? C'est qui qui commence la première tartine ? Ça marche avec les jours pairs ? Mais n'empêche que pour un mec comme lui, tartiner une tartine, je sais que c'est un détail pour vous, mais ça veut dire beaucoup.

– Après avoir baisé à droite et à gauche, j'ai envie de me poser ici avec toi. Mais il faut qu'on se mette d'accord sur la liste des trucs que t'es pas d'accord. Bon, les photos de bites, j'ai compris ; je m'en souviendrai.

C'est ça qui est bien avec Kamel, c'est qu'il est sans filtre.

– Bien.

– Les textos cochons aussi ? Bon, mais pas TOUS les textos cochons ?

– Ben, faudrait que ça soit un peu élégant, tu vois.

– Ah. Et sinon, bon ben, quand j'ai envie de te voir, je viens, tu me prépares l'apéro et on baise.

– Oui, bon, mais avec un peu plus de décorum quand même. Tu ne voudrais pas qu'on mange ensemble des fois ? Parce que les apéros cacahouètes, ça va bien un moment…

– Mais tu sais cuisiner ?

– Ben oui. Tiens, tu veux goûter ça ? Je l'ai préparé hier. C'est un plat italien.

– Oh putain, mais tu m'avais pas dit que tu cuisinais aussi bien !

– Ben oui, mais tu m'as pas demandé. Je passe mon temps à dire que je suis bonne à marier, que j'adore faire des galipettes et que je cuisine super bien, mais personne ne veut me croire…

– Comment j'ai fait pour séduire une femme aussi gentille ?

– Ça…

– N'aie pas peur, je ne vais nulle part. Mais tu te protèges tellement, tu mets tellement de barrières autour de toi, on dirait que tu es dans une cage de Faraday.

– Ouaip.

– Parce que tu crois que tu vas t'en tirer avec un « Ouaip » ? Mais c'est toi l'écrivain ici, qui es censée faire des phrases ! Je sais que tu as peur que je parte, je le vois dans tes yeux.

– Ben oui, mais on s'est déjà séparés deux fois, alors...

– Non, bébé, je suis parti deux fois.

– Euh...

– Tu ne te souviens pas ? Quand je t'ai quittée la première fois ?

– Euh Kamel, je ne crois pas que ça se soit passé tout à fait comme ça...

– Si, si, souviens-toi.

– D'accord, d'accord.

– Je sais que je suis une plaie ouverte pour toi, qui se cicatrise peu à peu.

Dit comme ça, c'est un peu grandiloquent, mais en même temps, il n'a pas complètement tort. Et j'aimerais bien, dans la mesure du possible, éviter de rouvrir cette plaie.

On se voit régulièrement, et je sens bien que quelque chose a changé chez lui. Il semble apaisé, moins sur la défensive. Avant, quand j'avais des gestes tendres envers lui, des fois il se reculait, ou esquivait tout simplement. Là, parfois il se laisse faire. Ce qui a amené Corinne à le surnommer Bambi. Je l'apprivoise tout doucement, avec des petits croûtons, mais dès que je marche sur une brindille, il repart dans sa grotte. Béa, elle, a opté pour Le Vampire de Pithiviers. Ça marche aussi, vu qu'on ne se voit toujours que le soir et que, quand ça va pas, il se retranche à Pithiviers. Et Agnès a opté pour Corto Maltese, plus romantique, mais tout aussi insaisissable.

Oh merde, je suis tombée sur un Christian Grey de la vraie vie. Un gars qui veut éviter à tout prix de mettre sa batterie de casseroles sur la table. La « petite » différence, c'est que mon Christian Grey à moi, il n'a pas un radis. Alors si je fais le bilan, j'ai un gars qui :

– débarque quand ça lui chante ;

– disparaît dès qu'il a un pet de travers ;

– ne peut pas m'emmener dans son bolide étincelant dans un hôtel incroyablement romantique ; ni me faire des cadeaux magnifiques pour se faire pardonner quand il a poussé le bouchon un peu trop loin.

Merde. Contrairement à cette gourde d'Anastasia Steele, je ne suis pas munie d'une déesse intérieure, mais plutôt d'une connasse intérieure qui aurait tendance à dire, du coup, c'est quoi l'intérêt ? Ah oui, c'est vrai : il est intelligent, beau comme un dieu, il a des atouts incontestables dont il se sert divinement bien. Et pis, je l'aime, c'est con.

Hé Véro, la dernière du Vampire de Pithiviers :
« Bébé, t'es ma nana » Là, il est à son max !!!

Argghh mon dieu ça y est
tu es en couple… alléluia… :)

BUHAHAHAHA
En couple avec un mec qui parle
comme en 1962, je m'attendais presque
à ce qu'il rajoute « c'est bath »

Arfff il a un petit côté désuet charmant.

Ouiiii ;-)

Dfaçon les garçons c'est con !

Bévi

Soirée exceptionnelle, assortie de déclarations
à en être toute chmuchmuch ;-)
Bref je nage dans le bonheur !

Hoooo ma chérie je suis heureuse pour toi !
Trop trop bon

OUÉÉÉÉÉ :-)
J'ai oublié une info de taille :
il a pris sa douche ici !!! Truc de dingue,
la première fois depuis qu'on se connaît !

Whaouhhh !!!
Il n'a plus peur que tu voies
son service trois-pièces !

Krkrkr

L'info est de taille en effet !
Mouhargharfarfarf

Je m'étrangle avec mon torchon à vaisselle
BUHAHAHAHA !!!
Chte jure si ça continue y va me
demander un tiroir à calfouètes !!!

Le dimanche, je me transforme en fée du logis : je fais du ménage et du rangement. Avant, je faisais le ménage une fois tous les 36 du mois ou quand les parents venaient à la maison. À présent, on se croirait dans un appartement témoin. Je veux bien passer pour une cochonne, mais pas question que Kamel me prenne pour une souillon. La question du ménage est d'autant plus cruelle que je le soupçonne fortement d'avoir un seuil de résistance à la crasse bien plus bas que moi (c'est bien ma veine de tomber sur un mec qui remarque ce genre de choses, tiens). En plus, je passe des plombes à tenter d'aspirer le moindre poil de chatte vu l'allergie précédemment mentionnée.

Je me suis mis en tête d'acheter un pull à Kamel, c'est un dossier qui m'a occupée pendant au moins deux semaines. D'abord, l'idée a germé dans mon esprit : Kamel, très stylé au demeurant, n'est toutefois pas très versé dans les achats. Donc, je me suis dit que je pourrais lui acheter un pull. Comme ça, parce que ça me fait plaisir de lui faire plaisir. Mais est-ce que c'est pas trop connoté ? Est-ce que c'est trop tôt ? Est-ce qu'il va croire que je veux lui refaire sa garde-robe ? Et, *Oh, mon Dieu*, que je veux le changer ? Comment présenter ça sans que ça ait l'air… de ce que c'est, à savoir une preuve de quelque chose qui pourrait bien ressembler à de l'engagement ? Alors quand je vais dans ma solderie préférée avec Agnès, je passe des plombes au rayon homme (Agnès m'a demandé ce que je foutais là), je tripote tout, je regarde chaque pull sous toutes les coutures, je fais une sélection en fonction de ce que le pull dit : « je vais te donner mes clés », « je suis une psychopathe », « t'es mon plan Q », bref. Je demande son avis à Agnès, je refais une sélection et j'achète un pull qui dit « je suis amoureuse, mais on se détend ». Et au final je ne m'achète rien pour moi, trop occupée à cette grande affaire. Et quand je lui offre le pull, je fais : « Tiens chuis tombée sur ça dans une solderie, bof, c'est une bricole, une broutille, alors prends, va. » Genre pour un peu on me l'aurait mis de force dans les mains.

Ce soir, Kamel me regarde avec une tête de : « Je viens de penser à un truc. Et puis non. Et puis si. » Je lui demande ce qu'il y a, il me répond : « Non, non, rien, je peux pas te faire ça. » Bien que je sente arriver une manipulation de toute beauté, je pose la question fatidique :

– Non quoi, dis-moi ?

– Ben ce soir y a France-Pérou sur TF1, j'y ai pensé et puis je me suis dit, non, je peux pas te faire ça.

– Ah. Bienbienbien. Donc, France-Pérou. Bien. Euh, c'est un match, c'est ça ?

– Oui…

– De foot ?

– Ben oui.

Okéokéoké. Nous y sommes donc. À ce jour, le seul match de foot que j'ai vu de toute ma vie, c'est la finale de 1998 pour faire genre je participe à un truc qui a l'air important pour des gens. L'année dernière j'avais été dans la même pièce que la diffusion du match France-Kékchose, mais j'avais rien suivi vu que je tournais le dos à l'écran. Et donc là, je me coltine France-Pérou. Mais on est vachement bien tous les deux. Je ne fais aucun commentaire sur le physique de certains joueurs et la coupe de cheveux d'autres, et je ne pose même pas de question con. Quant à Kamel, il ne me demande pas de faire semblant de m'intéresser ni de rester dans la même pièce, et quand ça me saoule, je pars faire autre chose. Mais bon, je sens bien qu'avec ce match de foot je suis passée du côté obscur de la Force.

Après plusieurs mois avec Kamel se pose la question de ma désinscription des sites. Cette question ne m'est pas venue tout de suite. Ou plutôt si, elle est venue assez vite, mais j'ai longtemps hésité à me reconnecter pour faire l'opération, craignant que Kamel ne voie que je me suis connectée. Vu le précédent historique. Mais en même temps, s'il me reproche d'être connectée, c'est que lui aussi il est connecté. Alors du coup, je n'y suis pas allée de peur de voir qu'il était connecté et qu'il ne me croie pas si je lui dis que je me suis connectée juste pour me désinscrire, sauf que si ça se trouve, lui aussi il se connecte pour se désinscrire et… Bref, vous voyez le truc.

Au bout de plusieurs mois de jus de cerveau de cet acabit, je me suis prise par la main et je me suis désinscrite. Et j'ai eu un petit pincement au cœur en effaçant mon profil : c'était dire adieu à toutes ces heures à rêvasser, espérer, fantasmer. Adieu à ce petit frisson en se demandant comment il va être le gars. Bon, bye-bye les baltringues aussi. Mais même eux, ils ont fini par me manquer. C'est là que j'ai réalisé que cette

Quête du Graal pouvait finir par devenir vraiment addictive. Une quête de Quête en somme.

À chaque fois que Kamel arpente mon appartement de ses grandes enjambées, je me dis que c'est vraiment dommage qu'on ne sorte toujours pas. Je l'aime avec ses failles (et des jours je me dis que j'ai du mérite), mais je n'arrive pas à lui faire lâcher où est le problème. Le manque d'argent n'est pas une excuse : un café, une balade, c'est pas ça qui grève un budget. La double vie reste toujours possible, mais il dort quand même à la maison. À moins qu'il vive avec une infirmière de nuit ? Ou alors il ne veut pas être vu avec moi. Parce que, s'il me couvre de compliments à la maison, il ne peut pas assumer une quinqua gironde qui ne matcherait pas avec son statut de bogosse ? Je me fais des nœuds dans mon cerveau de blonde, j'échafaude, j'abandonne, je remets ça, je laisse tomber, je rempile, faut que j'arrête. M'enfin, quand je pense à ma première annonce, « Alors que les voyages à deux, c'est tellement mieux ! Et aussi les promenades, les restaus, les cinés, et tout plein d'autres trucs ! », je me dis qu'il y a quelque chose qui a bien foiré quelque part.

Comme tous les amoureux, on fait des plans sur la comète. On fantasme sur une vie dans laquelle mon livre serait un best-seller, que j'aurais plein de sous, et que du coup on irait vivre dans un mas en Provence. J'écrirais dans une pièce, face à la fenêtre ouverte sur les abricotiers, pendant qu'il vaquerait à ses occupations. Ou alors le même genre, mais en Grèce (on n'est pas trop sûrs de la chaumière à Vierzon).

J'écoute la version live de *Heroes* de Bowie en boucle (« *Oh, we can beat them, forever and ever. Then we could be heroes just for one day*[1] ») et j'y crois vraiment.

Je suis amoureuse, mais d'une force.

Je suis tellement amoureuse que la question des sorties n'est plus « Pourquoi refuse-t-il de sortir ? », mais devient « Je voudrais tellement le voir ailleurs ». Je veux voir son regard devant le Duomo de Florence, je veux voir son corps s'enfoncer dans l'eau à Cuba, je veux le voir dormir allongé dans l'herbe, je veux le voir marcher en Provence, je veux le voir accoudé dans un pub de Londres, je veux le voir conduire sur les routes d'Espagne, je veux le voir manger une pizza à Naples, je veux le voir vivre une vie qui serait belle.

Quête du Graal, J + 4 ans

C'est maintenant que j'ai enfin un mec que la ménopause me tombe dessus. Super. Kamel a beau m'assurer de son attachement, passer dans le camp des « vieilles » n'est pas du tout envisageable. Enfin, moi

---

1. Oh, nous pouvons les battre, pour toujours et toujours. Nous pourrions être des héros, juste pour un jour.

toute seule, ça ne me pose pas de problème, vu que je n'ai jamais eu l'intention d'avoir des enfants et que je trouve que la ménopause, c'est dans l'ordre naturel des choses. Mais c'est vis-à-vis de Kamel, j'ai peur qu'il me voie comme périmée. Alors j'essaie de gérer les dérèglements d'usage de la manière la plus discrète possible. L'avantage de sortir avec un champion du monde de l'égotisme, c'est qu'il ne voit pas grand-chose à part lui, j'arrive donc à donner le change. Sauf pour les bouffées de chaleur nocturnes, où c'est plus chaud, c'est le cas de le dire. Quand je sens que ça monte, j'essaie de me décaler touuut doucement pour pas qu'il s'en rende compte et je me mets en mode surchauffe dans mon coin, en espérant que le lit ne sera pas transformé en sauna.

Le rendez-vous de contrôle chez la gynéco ne se passe pas tout à fait comme je l'avais espéré.

– Bon, écoutez, madame Huyghues, les résultats indiquent que vous avez un fibrome dans l'utérus qu'il va falloir retirer.

– Ah.

– C'est une opération légère, qui se fait en ambulatoire, mais il faut respecter les consignes postopératoires et, entre autres, vous abstenir de toute activité sexuelle pendant quinze jours.

Sérieux. C'est maintenant que j'ai enfin achevé ma Quête qu'on va me trifouiller dans les intérieurs ? Mais c'est une conspiration pour me démoraliser ou quoi ? Et comment je vais dire ça à Kamel sans passer pour une vieille périmée ?

Ça y est, tu as été opérée ?
Comment tu te sens ?
Bisous ma poulette

Arf j'attends encore
qu'ils m'emmènent au bloc !
J'en peux plus, Véro, je suis là depuis
7 heures ce matin !

Tu m'étonnes !!! Reste zen,
c'est eux qui ont les instruments tranchants.

Je suis ravissante dans mon ensemble
qui s'attache dans le dos et qui découvre mes fesses
pas du tout cachées par la délicieuse culotte coordonnée…

Argl, la fameuse culotte !

Te plains pas, TOI tu rentres dedans !

Mouhahahaha ! !!

Je le savais ;-)
J'ai eu un regard de bête traquée
quand ils m'ont dit que j'étais censée l'enfiler

sans la craquer de partout, surtout que ça n'a pas l'air
trop solide ce machin-là

Mais elle est bizarre cette culotte...
elle n'a pas de sens... et je me demandais
en la mettant s'ils donnaient la même aux hommes...
Comme tu le constates, mon champ d'intérêt
ne s'est pas beaucoup élargi

Moi aussiii ! Même question existentielle,
krkrkr, et mêmes préoccupations,
je viens de passer le temps en visionnant le clip
de Lenny Kravitz *I belong to you*, au moins,
ça, ça me fait toujours du bien.

Petite coquine !

Ah ça y est, ils viennent me chercher

Courage, à tout à l'heure, bisous !

J'essaie de conserver ce que je peux de dignité alors que je suis en mode baleine échouée sur le brancard et qu'on m'emmène en salle d'opération. L'anesthésiste arrive.

– Vous voulez que je vous mette la télé ?

– Pourquoi ? Y a quoi à cette heure-ci ?

Le mec me regarde comme si j'étais folle à lier.

– Ben, votre opération, c'est sous péridurale.

Non, mais quelle gourde.

– Ah, quoi ? Mais nooon, c'est dégueu ! Je ne veux pas voir ça !

– Très bien.

Manière au bout d'un moment, je ne me sens pas bien et il me colle l'anesthésie générale, bye-bye.

– Glebleuglarf…

– Pardon ?

– Gliporableuf.

– Ne bougez pas madame, vous êtes en salle de réveil, attendez que l'anesthésie se dissipe.

– D'aggord. Mais il est où Lenny Kravitz ?

– Hein ?

– Ouiii, il est où Lenny Kraviiitz ? Il m'a opérée avec trois beaux gosses qui lui servent d'assistants !

– Ça va aller, reposez-vous. Hey, les filles ! L'anesthésie lui a fait un bon effet à celle-là, elle a rêvé de Lenny Kravitz pendant son opération !

– La chance !

Comment vas-tu chérie ?

Un peu dans le cirage
à cause de l'anesthésie, mais ça va…

Tant mieux :)

:-) Et toi tu vas bien ?

Je tousse un peu, mais ça va
J'arrive à avaler un peu de nourriture

Tant mieux !
Rhôôô pôv choupinou
qui a mal à la gooorge…

Repose-toi bien bébé
Du coup on est convalescents les deux
Gros bisous
Sérieux ? Non, mais sérieux ?
On est convalescents tous les deux ?
Il met sur le même plan un coup de froid
et une opération pendant laquelle
on m'a enlevé des bouts ? Nan, mais WTF.

Je respecte évidemment scrupuleusement les consignes de la faculté, faut pas déconner avec la santé. Les retrouvailles n'en seront que plus intenses. Manière, monsieur est hors service pour l'instant, puisqu'il est sur son lit de douleur à cause d'un rhume. J'ai un *update* régulier « petite diarrhée », « écoulement nasal abondant », j'en passe et des meilleures. Je ne sais pas si je dois rire ou pleurer. On a le droit de se moquer quand on est amoureuse ? Enfin, que dis-je, « se moquer », de se foutre carrément de la gueule de son chéri d'amour ?

Nous finissons par nous revoir, et effectivement les retrouvailles sont intenses. Nous nous endormons dans les bras l'un de l'autre. Je savoure ce moment, puis on prend chacun notre côté du lit, il s'endort, je me retourne et... *Aïe mééé euh, c'est quoi ce truc qui me pique le cul ?* Je me tortille pour faire de la spéléo sous la couette, j'attrape le coupable, que je mets sous le Nifoune allumé pour voir ce que ça peut bien être. Et là, dans la lumière bleutée, devant mes yeux tout pleins d'une incompréhension légitime, je vois une dent. *Merde, j'ai perdu une dent ?* Je checke mes quenottes, non, tout va bien... Mais alors... *Damned.* Cette dent, munie d'un pivot, ne peut pas être à Pupuce. Cette dent ne m'appartenant pas, je ne vois qu'un autre propriétaire possible. Oups. Dans un sens, c'est rassurant, il n'y a pas que moi qui ai des bouts en moins. C'est le gros avantage d'être en couple avec quelqu'un de son âge. Un point partout, la dent au centre. Je cogite à la manière de lui rendre la chose. Bon, au niveau asepsie, c'est pas tip-top. Je me lève donc tout doucement, je vais passer la dent sous l'alcool dans la salle de bains, et telle la petite souris, je la remets ni vu ni connu sous son oreiller. Sauver les apparences, ça peut jamais nuire à notre âge.

Pendant ces mois d'amour béat, j'ai écrit mon livre et je l'ai terminé. Kamel avait beau me demander régulièrement de lui lire des extraits ou de le laisser le lire, j'ai refusé. Parce que ce livre, il parle de lui, il parle de moi, il parle de nous ensemble, et plus ensemble et re-ensemble. Il parle du sentiment amoureux aujourd'hui, et comment on peut s'en sortir les uns et les autres, à l'époque de #MeToo, de l'écriture inclusive, du *mansplaining*, du *manspreading*, du *manterrupting* et du plafond de verre. Autant de choses dont il n'est même pas conscient la plupart du temps. Aujourd'hui, j'ai reçu les premiers exemplaires, et il va bien falloir que je me résolve à lui en donner un. Je sais qu'il croit que je l'aime parce qu'il est fort. Et que j'ai écrit un livre à sa gloire de mâle, le montrant vaillant et conquérant. Je ne l'ai pas détrompé. Comment pourrait-il se douter que j'ai rédigé trois cents pages d'un manifeste amoureux sur les faiblesses qui le rendent si beau ? En revanche, j'aimerais bien éviter qu'il reparte dans sa grotte à cause de ça.

Si c'est pas trop demander.

Dépôt légal : juin 2019
Achevé d'imprimer en Italie par Rotolito